ANDREA CAMILLERI

LE VOLEUR DE GOUTER

Traduit de l'italien (Sicile)
par Serge Quadruppani
avec l'aide de Maruzza Loria

Texte proposé par Serge Quadruppani

FLEUVE NOIR

Cet ouvrage est paru sous le titre
Il ladro di merendine.
Publié pour la première fois
par Sellerio Editore, Palerme (Italie)

ISBN : 2-265-06763-6

Après une longue carrière de metteur en scène pour le théâtre, la radio et la télévision, auteur de poèmes et d'innombrables nouvelles, Andrea Camilleri a choisi d'écrire dans la langue de ses origines des romans situés dans sa Sicile natale. Depuis deux ans, on assiste en Italie au phénomène Camilleri. Du Sud au Nord, l'Italie est tombée amoureuse de lui. Tous ses derniers livres sont en tête des ventes. Il vient de recevoir le Grand Prix des lecteurs des Bibliothèques de la Ville de Paris pour *Chien de faïence*.

Note du traducteur

Déjà vieux de deux années, le « phénomène Camilleri » ne se dément toujours pas en Italie. Depuis qu'il a commencé, plusieurs des titres d'Andrea Camilleri ont occupé en même temps, de manière quasi ininterrompue, la tête des meilleures ventes. Et voilà qu'à peine cinq jours après son apparition dans les librairies outre-alpines, *La gita a Tindari,* dernier épisode des aventures du commissaire Montalbano (dont on tient ici le troisième), s'était déjà vendu à deux cent mille exemplaires ! On sait que ce succès éditorial, qui avait commencé, longtemps avant que les médias ne s'intéressent enfin à lui, par un irrésistible bouche à oreille, est largement dû à la langue de Camilleri. A travers lui, le grand public italien redécouvre l'un des trésors de la péninsule, qu'on avait eu tendance à laisser dépérir : les langues régionales, si vivaces dans un pays où l'Etat national, de création récente, n'a jamais réussi à imposer vraiment sa centralisation culturelle. Au moment même où la télévision menaçait de réaliser ce que l'école n'avait pu obtenir, que tous les

Italiens parlent une langue uniforme et incolore (aujourd'hui parsemée d'anglais et d'anglicismes), voici que Camilleri leur restitue la saveur de la langue de ses pères, l'italo-sicilien des environs d'Agrigente — et au-delà qu'il leur redonne le goût des parlers romain, piémontais, florentin (voir *L'Opéra de Vigàta*, Métailié) ou génois (*Le Coup du cavalier*, même éditeur).

Au lecteur qui entrerait pour la première fois dans l'univers de Camilleri, on conseillera de se reporter à la préface de *La Forme de l'eau*, où sont présentés à la fois l'auteur, l'œuvre et les principes qui ont guidé la traduction. On se limitera ici à un bref rappel. Trois niveaux de langue coexistent dans les romans de Camilleri : l'italien classique, le sicilien pur et l'italo-sicilien, cet italien fortement marqué par la syntaxe, les tournures et le vocabulaire siciliens. Entre les trois niveaux, toutes sortes de nuances sont possibles : par exemple, Catarella, le calamiteux standardiste du commissariat, parle ce qu'il appelle le *taliano*, le « talien », un italien macaronique parsemé d'expressions siciliennes plus ou moins déformées. Il existe aussi bien plus que des nuances entre la langue qu'emploie le commissaire quand il s'adresse à un ami d'enfance ou quand il parle avec son supérieur.

La traduction de l'italien et celle du sicilien pur ne présentent pas de difficulté particulière (pour le sicilien, on a reproduit les passages concernés, en y adjoignant leur traduction). Mais pour le niveau de l'italo-sicilien qui occupe la plus grande partie du livre, il a fallu trouver des solutions spécifiques. Avant tout, il s'agissait de faire éprouver au lecteur français le sentiment de familière étrangeté qu'éprouve le lecteur italien non sicilien en se plongeant dans Camilleri. Il se trouve en effet confronté à toute une série de tournures et de vocables dont il ne connaît pas le sens mais que, grâce au contexte ou à une traduction fournie immédiatement après, il apprend aussitôt.

Le recours à des termes du français du Midi (« minot » pour *picciliddro*), s'il permet de signaler qu'on se trouve au niveau de l'italo-sicilien, ne peut être trop systématique, sous peine de transformer Montalbano en personnage de Pagnol. J'ai donc choisi de transposer aussi en français une autre marque de cette langue : la déformation de nombreux mots italiens. Par exemple, *pensare,* penser, devient *pinsare.* En le traduisant par « pinser », j'essaie de restituer un peu de ce que ressent l'Italien en lisant *pinsare,* où perce l'accent sicilien. Deux autres particularités m'ont semblé devoir être, autant que possible, transposées : l'ordre des mots dans la phrase, avec notamment l'inversion du verbe et du sujet (*Montalbano sono* : Montalbano, je suis), et l'usage si particulier du passé simple (*Che fu* ? « Qu'est-ce qu'il fut ? », pour « que se passe-t-il ? »), où perce l'emphase sicilienne.

Ainsi a-t-on tenté de rendre, au moins en partie, ce

que perçoit le lecteur italien à travers la langue de Montalbano et consorts : la truculence généreuse et raffinée d'un peuple très ancien, qui a traversé tant d'aléas historiques et qui, grâce, entre autres, au travail d'un Camilleri, semble bien capable de conserver encore longtemps sa savoureuse et pathétique et hilarante singularité.

Serge Quadruppani

Un

Il se réveilla difficilement : les draps, sous l'effet de la suée d'un sommeil agité provoqué par le kilo et demi de sardines *a beccafico* dont il s'était bâfré le soir précédent, s'étaient étroitement entortillés autour de son corps, il lui semblait être devenu une momie. Il se leva, alla à la cuisine, ouvrit le réfrigérateur, se descendit une demi-bouteille d'eau glacée. Tandis qu'il buvait, il regarda au-dehors par la fenêtre grande ouverte. La lumière de l'aube promettait une belle journée, la mer était d'huile, le ciel clair sans nuages. Montalbano, sensible comme il l'était aux variations du temps, se sentit rassuré quant à l'humeur qu'il aurait dans les heures à venir. Il était encore trop tôt, il se recoucha, se prépara à faire encore un petit somme de deux heures en se tirant le drap au-dessus de la tête. Il pensa, comme toujours avant de s'endormir, à Livia dans son lit de Boccadasse, faubourg de Gênes : c'était une présence favorable à tout voyage, qu'il fût long ou court, « in the country sleep », comme disait une poésie de Dylan Thomas qui leur avait beaucoup plu.

Le voyage était à peine commencé qu'il fut tout de suite interrompu par la sonnerie du téléphone. Il lui sembla que ce son entrait comme une vrille par une oreille pour ressortir par l'autre, en lui perçant la cervelle.

— Allô !

— C'est qui qui est à l'appareil ?

— Dis-moi d'abord toi, qui tu es.

— Catarella, je suis.

— Qu'est-ce qui se passe ?

— Excusâtes, mais je n'avais pas areconnu votre voix à vous, *dottori*. Si ça se trouve, vous dormiez.

— Si ça se trouve, oui, à cinq heures du matin ! Tu veux bien me dire ce qui se passe sans me casser davantage les couilles ?

— Il y eut un mort à Mazàra del Vallo.

— Et qu'est-ce que j'en ai à foutre, moi ? A Vigàta, je suis.

— Mais, écoutez, *dottori*, le mort…

Il raccrocha, débrancha la prise. Avant de fermer les yeux, il se dit que c'était peut-être son ami Valente, vice-Questeur[1] à Mazàra, qui le cherchait. Il lui téléphonerait plus tard, de son bureau.

1. On traduit ici *questore* par « Questeur », puisqu'un Questeur n'est pas un simple commissaire, mais plutôt l'équivalent d'un préfet de police. La *Questura* (traduit ici « questure ») de Montelusa équivaut à la préfecture de police de Paris ou à l'Evêché de Marseille.

Le volet claqua avec violence contre le mur et, dans un brusque sursaut, Montalbano se leva à demi sur le lit, les yeux écarquillés par la frayeur, persuadé, dans la fumée du sommeil qui l'enveloppait encore, que quelqu'un avait tiré sur lui. En un clin d'œil, le temps avait changé, un vent froid et humide faisait des vagues à l'écumasse jaunâtre, le ciel était entièrement couvert de nuages où menaçait la pluie.

En jurant, il se leva, gagna la salle de bains, ouvrit la douche, se savonna. Tout d'un coup, le flot s'arrêta. A Vigàta, et donc aussi à Marinella, où il habitait, l'eau, ils la distribuaient probablement tous les trois jours. Probablement, parce qu'il n'était pas dit qu'ils la distribueraient le lendemain ou la semaine suivante. C'est pourquoi Montalbano s'était prémuni en faisant installer sur le toit de sa petite villa de vastes réservoirs, mais visiblement, cette fois, l'eau, ils ne la distribuaient plus depuis plus de huit jours, car telle était l'autonomie dont il pouvait disposer. Il courut à la cuisine, mit une casserole sous le robinet pour recueillir le maigre filet d'eau qui en sortait, fit de même avec le lavabo. Ainsi, avec le peu de liquide rassemblé, il réussit à s'enlever tant bien que mal le savon qu'il avait sur lui, mais toute cette affaire n'améliora certes pas son humeur.

Tandis qu'il roulait vers Vigàta, en disant des gros mots à tous les automobilistes rencontrés, lesquels, à son avis, le code de la route, ils avaient l'habitude, pour une raison ou une autre, de s'en nettoyer le cul, il lui revint à l'esprit le coup de fil de Catarella et les explications qu'il s'en était données. Ça ne tenait pas, si Valente avait eu besoin de lui pour un meurtre survenu à Mazàra, il l'aurait, à cinq heures du matin, cherché chez lui et non pas au bureau. Cette explication, il l'avait confectionnée par commodité, pour se soulager la conscience et se taper paisiblement deux heures de sommeil supplémentaires.

— Il y a absolutionément personne ! lui communiqua Catarella, en se dressant, respectueux, sur son siège du standard téléphonique.

Montalbano avait décidé avec Fazio de le maintenir à ce poste ; même s'il avait des façons d'annoncer les appels hagardes et improbables, c'était là qu'il ferait le moins de mal.

— Et pourquoi, c'est fête ?

— Oh que non, *dottori*, on est pas jour de fête, mais ils sont tous au port du fait d'à cause de ce mort à Mazàra dont auquel je vous téléphonai, vous vous arapellez, dans les parages de ce matin tôt.

— Mais si le mort est à Mazàra, qu'est-ce qu'ils font au port ?

— Oh que non, *dottori*, le mort, ici, il est.

— Mais si le mort est ici, nom de Dieu, pourquoi t'es venu me dire qu'il est mort à Mazàra ?

— Passque le mort était de Mazàra, lui, il besognait là-bas.

— Cataré, réfléchis, enfin, façon de parler...

comme tu fais, toi, s'ils tuent, ici, à Vigàta, un touriste de Bergame, toi qu'est-ce que tu me dis ? Qu'il y a un mort à Bergame ?

— *Dottori,* la quistion ça serait que ce mort est un mort de passage. Donc, lui, ils l'ont tué pendant qu'il se trouvait embarqué dans une embarracation de Mazàra.

— Et qui lui a tiré dessus ?

— Les Tunisiens, *dottori.*

Il renonça à en savoir davantage, découragé.

— Le *dottor* Augelo est lui aussi allé sur le port ?

— Oh que si monsieur.

Son adjoint, Mimì Augello, serait fort heureux qu'il ne se fasse pas voir au port.

— Ecoute, Catarè, moi, je dois écrire un rapport. Je ne suis là pour personne.

— Allô, *dottori* ! Il y aurait la mademoiselle Livia qui est au tilifone de Gênes. Qu'est-ce que je fais, *dottori* ? Je vous la passe ou pas ?

— Passe-la-moi.

— Etant donné comme quoi vous avez dit, y a pas dix minutes, que vous, vous étiez pas là pour personne…

— Catarè, je t'ai dit de me la passer. Allô, Livia ? Bonjour.

— Bonjour mon œil. C'est depuis ce matin que je cherche à te joindre. Chez toi, le téléphone sonne dans le vide.

— Ah oui ? J'ai oublié de le rebrancher. Ecoute, tu vas rire, ce matin, à cinq heures, ils m'ont téléphoné que…

— Je n'ai pas envie de rire. J'ai essayé à sept heures et demie, à huit heures un quart, j'ai ressayé à…

— Livia, je t'ai déjà expliqué que j'avais oublié…

— Moi. Tu m'avais simplement oubliée, moi. Hier, je t'avais averti que je t'appellerais à sept heures et demie pour décider si…

— Livia, je te préviens. Il va pleuvoir et le vent souffle.

— Et alors ?

— Tu le sais. Par ce temps, je me retrouve de mauvaise humeur. Je ne voudrais pas qu'un mot après l'autre…

— J'ai compris. Je ne t'appelle plus. Fais-le, toi, si tu veux.

— Montalbano ? Comment va ? Le *dottor* Augello m'a tout rapporté. C'est certainement une affaire qui aura des répercussions internationales. Vous ne croyez pas ?

Il se sentit pris par les Turcs, il ne comprenait pas de quoi le Questeur parlait. Il choisit l'option de l'acquiescement vague.

— Eh oui, eh oui.

« Répercussions internationales » ?

— Montalbano, vous vous sentez bien ?

— Très bien. Pourquoi ?

— Non, c'est qu'il me semblait…

— Un peu de mal de tête, c'est tout.

— Aujourd'hui, quel jour est-on ?

— Jeudi, monsieur le Questeur.

— Ecoutez, samedi, vous voulez venir dîner chez nous ? Ma femme vous préparera les spaghettis à l'encre de seiche. Un délice.

Les pâtes « au noir de seiche ». Avec l'humeur qu'il se sentait en ce moment, il aurait pu assaisonner un quintal de spaghettis. Répercussions internationales ?

Fazio arriva et Montalbano lui rentra dans le lard.

— Quelqu'un veut bien avoir l'obligeance de me dire ce qui se passe, bordel ?

— *Duttù,* ne vous en prenez pas à moi juste parce que le vent souffle. Moi, tôt ce matin, avant d'avertir le *dottor* Augello, je vous ai fait contacter.

— Par Catarella ? Si tu me fais contacter par Catarella pour quelque chose d'important, ça veut dire que t'es une bordille. Tu le sais très bien qu'avec lui, on comprend que dalle, merde. Qu'est-ce qui s'est passé ?

— Une barque de pêche à moteur de Mazàra qui, à ce que dit le patron, pêchait dans les eaux internationales, a été attaquée par une vedette tunisienne qui lui a tiré dessus une rafale de mitraillette. Le bateau de pêche a signalé sa position à une vedette à nous, la *Fulmine,* et il a réussi à s'enfuir.

— Courageux, dit Montalbano.

— Qui ? demanda Fazio.

— Le commandant du bateau de pêche qui, au lieu de se rendre, trouve le courage de s'enfuir. Et puis ?

— La rafale a tué quelqu'un de l'équipage.

— De Mazàra ?

— Oui et non.

— Tu veux bien t'expliquer ?

— C'était un Tunisien. Ils disent qu'il besognait avec les papiers en règle. Là-bas presque tous les équipages sont mixtes. D'abord parce que ce sont des bons travailleurs et ensuite parce que, s'ils sont arrêtés, ils sont là pour parler avec ceux d'en face.

— Toi, tu y crois, que le bateau pêchait dans les eaux internationales ?

— Moi ? Et qu'est-ce que j'ai ? Une tête de crétin, ou quoi ?

— Allô, *dottor* Montalbano ? Je suis Marniti, de la Capitainerie du Port.

— Je vous écoute, capitaine.

— C'est pour cette vilaine affaire du Tunisien tué sur le bateau de pêche mazarais. Je suis en train d'interroger le patron pour établir exactement où il se trouvait au moment de l'agression et la dynamique des faits. Après, il passera à votre bureau.

— Pourquoi ? Il n'a pas été interrogé par mon adjoint ?

— Si.

— Alors, ce n'est vraiment pas la peine qu'il vienne ici. Je vous remercie pour votre courtoisie.

Ils voulaient l'y entraîner à tout prix, dans cette histoire.

La porte s'ouvrit avec tant de violence que le commissaire fit un bond sur son siège. Catarella apparut, très agité.

— Je vous demanda pardon pour le bruit, mais la porte m'échappa.

— Si tu entres encore une fois comme ça, je te flingue. Qu'est-ce qu'il y a ?

— Il y a qu'ils ont tilifoné à peine maintenant qu'il y en a un qui se trouve dans un ascenseur.

L'encrier de bronze finement travaillé manqua le front de Catarella, mais le bruit résonna contre le bois de la porte comme un coup de canon. Catarella se recroquevilla, les bras levés pour se protéger la tête. Montalbano s'en prit à coups de pied au bureau. Fazio se rua à l'intérieur de la pièce, une main sur l'étui ouvert de son arme.

— Qu'est-ce qui fut ? Qu'est-ce qui se passa ?

— Fais-toi expliquer par ce con ce que c'est que cette histoire d'un type enfermé dans un ascenseur. Qu'il s'adresse aux pompiers. Mais emmène-le d'ici, moi, je ne veux pas l'entendre parler.

Fazio revint un instant plus tard.

— Quelqu'un de tué dans un ascenseur, dit-il

avec rapidité et concision, pour éviter un autre tir d'encrier.

— Cosentino Giuseppe, garde assermenté, se présenta l'homme près de la porte ouverte de l'ascenseur. Je le trouvai moi, le pôvre M. Lapecora.

— Comment se fait-il qu'il n'y ait pas de badauds ? s'étonna Fazio.

— Je les ai tous renvoyés chez eux. A moi, ici, ils m'obéissent. J'habite au sixième, répondit avec orgueil le garde en ajustant sa veste d'uniforme.

Montalbano se demanda ce qu'il en aurait été du pouvoir de Giuseppe Cosentino s'il avait habité au sous-sol.

Le défunt M. Lapecora était assis sur le sol de l'ascenseur, le dos appuyé à la paroi du fond. Près de sa main droite, il y avait une bouteille de Corvo blanc, encore bouchée et capuchonnée d'étain. A côté de la main gauche, un chapeau gris clair. Feu M. Lapecora, vêtu de pied en cap cravate comprise, était un sexagénaire distingué, les yeux ouverts et le regard étonné, peut-être pour le fait de s'être pissé dessus. Montalbano se baissa ; de la pointe d'un doigt, il effleura la tâche obscure entre les jambes du mort : ce n'était pas de la pisse, mais du sang. L'ascenseur était du type encastré qui glisse dans le mur, impossible de voir le dos du mort pour savoir si on l'avait tué d'un coup de feu ou par arme blanche. Le commissaire inspira profondément, ça ne sentait pas la poudre, il était possible que l'odeur se soit évaporée.

Il fallait avertir le médecin légiste.

— Selon toi, le Dr Pasquano est encore au port ou il est revenu à Montelusa ? demanda-t-il à Fazio.

— Il doit être encore au port.

— Va le chercher. Et s'il y a Jacomuzzi et la bande de la police scientifique, dis-leur aussi à eux de venir.

Fazio sortit en courant. Montalbano s'adressa au garde assermenté qui, s'entendant interpeller, se mit respectueusement au garde-à-vous.

— Repos, dit Montalbano d'une voix lasse.

Le commissaire apprit que l'immeuble avait six étages, qu'il y avait trois appartements par étage, tous habités.

— Je loge au sixième, c'est-à-dire que c'est le dernier, tint à réaffirmer Cosentino Giuseppe.

— Il était marié, M. Lapecora ?

— Oh que si, monsieur ; avec Palmisano Antonietta.

— La veuve aussi, vous l'avez renvoyée chez elle ?

— Oh que non, monsieur. La veuve ne le sait pas encore, qu'elle est veuve. Elle est partie ce matin tôt pour aller trouver sa sœur à Fiacca, étant donné que cette sœur n'est pas bien, côté santé. Elle a pris le car de six heures et demie.

— Excusez-moi, mais vous, comment vous savez tout ça ?

Le sixième étage lui donnait peut-être ce pouvoir, que tous devaient lui rendre compte de ce qu'ils faisaient ?

— Parce que Mme Palmisano Lapecora, expliqua le garde, le dit à hier soir à ma dame, étant donné que les deux femmes se parlent.

— Ils ont des enfants ?

— Un. Il est médecin. Mais il vit loin de Vigàta.

— Quel métier faisait-il ?

— Il faisait le commerçant. Il a son bureau 28, montée Granet. Mais dans les dernières années, il n'y allait que trois fois par semaine, le lundi, le mercredi et le vendredi, étant donné qu'il lui était passé l'envie de besogner. Il avait mis quelques sous de côté, il ne devait dépendre de personne.

— Vous êtes une mine d'or, monsieur Cosentino.

Le garde assermenté bondit de nouveau au garde-à-vous.

A ce moment, arriva une femme d'une cinquantaine d'années, ses jambes semblaient des troncs d'arbre. Elle avait les mains chargées de sacs de plastique pleins à ras bord.

— Les courses, je fis ! proclama-t-elle en lançant un regard torve au commissaire et au garde.

— Je m'en félicite, dit Montalbano.

— Et moi non, d'accord ? Passque maintenant, je dois me taper six étages d'escalier à pied. Quand c'est que vous vous l'emmenez, le mort ?

Et, foudroyant encore une fois du regard les deux

hommes, elle reprit la pénible montée. Elle soufflait des narines comme un taureau enragé.

— Celle-là, c'est une femelle terrible, monsieur le Commissaire. Elle s'appelle Pinna Gaetana. Elle habite dans l'appartement à côté du mien et il se passe pas un jour qu'elle attaque pas une dispute avec ma dame, laquelle, étant donné que c'est une vraie dame, ne lui cède pas et celle-là, elle s'énerve encore plus et elle se met à faire du bordel, surtout quand je dois me remettre du sommeil perdu pendant le service.

Le manche du couteau qui émergeait d'entre les omoplates de M. Lapecora était usé, c'était un très banal objet de cuisine.

— Quand est-ce qu'ils l'ont tué, d'après vous ? demanda le commissaire au Dr Pasquano.

— A vue de nez, entre sept et huit heures ce matin. Mais je pourrai plus tard être plus précis.

Jacomuzzi et ses hommes de la Scientifique arrivèrent, ils commencèrent leurs complexes relevés.

Montalbano sortit de l'immeuble, le vent soufflait, mais le ciel restait quand même chargé de nuages. La rue était très courte, avec seulement deux boutiques en façade. A main gauche, il y avait un marchand de fruits et légumes, derrière le comptoir se tenait un homme très sec, un des deux verres épais de ses lunettes était fêlé.

— Bonjour, je suis le commissaire Montalbano.

Ce matin, par hasard, vous avez vu M. Lapecora entrer et sortir de l'immeuble ?

L'homme très maigre eut un petit rire et ne répondit pas.

— Vous avez entendu ma question ? demanda le commissaire quelque peu irrité.

— Pour l'entendre, je l'ai entendue, dit le marchand. Mais pour ce qui est de voir, risque pas, malheureusement. Même un char d'assaut, s'il était sorti de cet immeuble, je l'aurais pas vu.

A main droite, il y avait un poissonnier avec deux clients. Le commissaire attendit qu'ils soient sortis pour entrer.

— Bonjour, Lollo.

— Bonjour, commissaire. J'ai de la bonite très fraîche.

— Lollo, je suis pas là pour acheter du poisson.

— Vous venez pour le mort.

— Oui.

— Comment mourut Lapecora ?

— Un coup de couteau dans le dos.

Lolo le regarda bouche bée.

— Lapecora assassiné ?

— Pourquoi tu t'étonnes tant ?

— Et qui pouvait lui vouloir du mal, à M. Lapecora ? Un monsieur très bien, c'était. Une histoire de fous.

— Toi, ce matin, tu l'as vu ?

— Oh que non, monsieur.

— A quelle heure tu as ouvert ?

— A six heures et demie. Ah, voilà, au coin de la rue, j'ai rencontré Mme Antonietta, la femme, qui courait.

— Elle allait prendre son bus pour Fiacca.

Il y avait de fortes probabilités, conclut Montalbano, pour que Lapecora ait été tué pendant qu'il prenait l'ascenseur pour sortir de chez lui. Il habitait au quatrième.

Le Dr Pasquano s'emmena le mort à Montelusa pour l'autopsie, Jacomuzzi perdit encore quelque temps à remplir trois sachets de plastique contenant un mégot de cigarette, un peu de poussière et un minuscule bout de bois.

— Je te tiendrai au courant.

Montalbano entra dans l'ascenseur, en invitant d'un geste à le suivre le garde assermenté qui n'avait pas bougé d'un centimètre. Cosentino parut hésiter.

— Qu'est-ce que vous avez ?

— Il y a encore du sang sur le sol.

— Et alors ? Faites attention de pas vous salir les semelles. Vous voulez vous taper les six étages à pied ?

Deux

— Entrez, entrez, invita avec chaleur Mme Cosentino, boule moustachue d'irrésistible sympathie.

Montalbano entra dans la salle à manger avec coin salon. La dame s'adressa à son mari, inquiète.

— Tu n'as pas pu te riposer, Pepè.

— Vous êtes sortie, ce matin, madame ?

— Je ne sors jamais avant le retour de Pepè.

— Vous connaissez Mme Lapecora ?

— Oh que si. Quand on se rencontre à attendre l'ascenseur, on se met un peu à barjaquer.

— Vous barjaquiez aussi avec le mari ?

— Oh que non. Il m'était pas sympathique. Une brave pirsonne, y a pas à tortiller, mais il me plaisait pas. Si vous permettez une seconde…

Elle sortit. Montalbano se tourna vers le garde.

— Où est-ce que vous remplissez vos fonctions ?

— A l'entrepôt de sel. De huit heures du soir à huit heures du matin.

— C'est vous qui avez découvert le cadavre, non ?

— Oh que si, monsieur. Il devait être dans les huit

heures dix, au maximum, l'entrepôt est à deux pas. J'ai appelé l'ascenseur...

— Il était pas au rez-de-chaussée ?

— Non. Je me souviens très bien que je l'ai appelé.

— Naturellement, vous ne savez pas à quel étage il était.

— J'y ai pinsé, commissaire. Vu le temps qu'il a mis à arriver, pour moi, il était arrêté au cinquième. Je crois avoir fait le calcul juste.

Ça ne collait pas. Habillé de pied en cap, M. Lapecora...

— A propos, c'était comment, son prénom ?

— Aurelio, dit Arelio.

... au lieu de descendre, était remonté d'un étage. Le chapeau gris démontrait qu'il allait sortir dans la rue et non pas voir quelqu'un dans l'immeuble.

— Et alors, qu'est-ce que vous avez fait ?

— Rien. C'est-à-dire, étant donné que l'ascenseur était arrivé, j'ai ouvert la porte et j'ai vu le mort.

— Vous l'avez touché ?

— Vous rigolez ? J'ai de l'esspérience, moi, pour ce genre de choses.

— Comment avez-vous fait pour comprendre qu'il était mort ?

— Je vous l'ai dit, j'ai de l'esspérience. J'ai couru chez le fruits et légumes pour vous téléphoner. Après, je me suis mis de garde devant l'ascenseur.

Mme Cosentino entra avec une tasse fumante.

— Ça vous dirait, un peu de café ?

Ça lui disait, au commissaire. Puis il se leva pour s'en aller.

— Attendez un instant, dit le garde en ouvrant un tiroir et en lui tendant un bloc-notes et un stylo.

— Vu que vous devez prendre des notes, expliqua-t-il en réponse au coup d'œil interrogatif du commissaire.

— C'est quoi, ça, on est à l'école ? réagit Montalbano, grognon.

Il ne supportait pas les flics qui prenaient des notes. Quand il en voyait un faire ça à la télé, il changeait de chaîne.

Dans l'appartement voisin vivait Gaetana Pinna, avec ses jambes en troncs d'arbre. Dès qu'elle vit Montalbano, la dame l'agressa.

— Vous vous le portâtes, finalement, le mort ?

— Oui, madame. Vous pouvez utiliser l'ascenseur. Non, ne fermez pas. Je dois vous poser quelques questions.

— A moi ?! Rin, j'ai rin à vous dire, moi.

Une voix se fit entendre de l'intérieur, mais plus qu'une voix, c'était une espèce de grondement bas.

— Tanina ! Fais pas ta mauvaise ! Fais rentrer le monsieur !

Le commissaire entra dans l'habituelle salle à manger-salon. Assis sur un fauteuil, en tricot de corps, un drap sur les jambes, il y avait un éléphant, un homme aux proportions gigantesques. Les pieds nus, hors du drap, paraissaient des pattes ; même le nez, long et pendouillant, ressemblait à une trompe.

— Assoyez-vous, dit l'homme qui avait manifestement envie de parler, en indiquant un siège. A moi, quand ma femme fait la mauvaise, il me vient l'envie de… de…

— … barrir ? laissa échapper Montalbano.

Heureusement, l'autre ne comprit pas.

— … de lui éclater la tête. Je vous écoute.

— Vous connaissiez M. Aurelio Lapecora ?

— Moi, j'aconnais pirsonne dans cette baraque. J'y habite depuis cinq ans et j'aconnais pas un rat. Depuis cinq ans, je suis même pas sorti sur le palier. Je peux pas bouger les jambes, ça me cause de la fatigue. Ici en haut, vu que dans l'ascenseur, j'y rentrais pas, j'ai été monté par quatre dockers. Ils m'ont trimbalé comme on fait avec un piano.

Il rit, en une sorte de roulement de tonnerre.

— Je le connaissais, moi, M. Lapecora, intervint la femme. C'était un homme 'ntipathique. A saluer les pirsonnes, ça lui faisait mal.

— Vous, madame, comment avez-vous su qu'il était mort ?

— Comment je le sus ? Je devais sortir pour les courses et j'appelai l'ascenseur. Rin, il venait pas. Je me suis mis en tête que quéqu'un devait avoir laissé la porte ouverte, comme souvent ça arrive avec les grossiers personnages qui habitent dans l'immeuble.

Je sortis à pied et vis le garde qui montait la garde devant le cadavre. Et, quand j'ai fait les courses, j'ai dû remonter l'escalier à pied, qu'encore maintenant, j'en ai le souffle coupé.

— Et tant mieux, comme ça tu parles moins, dit l'éléphant.

« FAM. CRISTOFOLETTI » était écrit sur la porte du troisième appartement, mais le commissaire eut beau frapper, personne ne vint lui ouvrir. Il revint heurter l'huis de chez Cosentino.

— Je vous écoute, commissaire.

— Vous savez si la famille Cristofoletti…

Le garde se flanqua une grande claque sur le front.

— Je me le suis oublié de vous le dire ! Etant donné le fait de l'assassinat, ça m'est sorti de l'esprit. M. et Mme Cristofoletti ne sont ni l'un ni l'autre à Montelusa. Elle, Mme Romilda, a été opérée, des trucs de femme. Demain, elle devrait être de retour.

— Merci.

— De rien.

Il fit deux pas sur le palier, retourna en arrière, refrappa.

— Je vous écoute, commissaire.

— Vous, tout à l'heure, vous m'avez dit que vous aviez l'expérience des morts ? Comment ça se fait ?

— J'ai été infirmier quelques années.

— Merci.

— De rien.

Montalbano descendit au cinquième étage, celui où, d'après le garde, l'ascenseur était arrêté avec Aurelio Lapecora déjà tué. Etait-il monté pour rencontrer quelqu'un qui l'avait poignardé ?

— Excusez-moi, madame, je suis le commissaire Montalbano.

La jeune dame qui était venue ouvrir, trentenaire, fort belle mais négligée, air complice, se mit l'index sur la bouche pour lui intimer silence.

Montalbano se troubla. Que signifiait ce geste ? Foutue habitude qu'il avait, de sortir désarmé ! Avec toutes sortes de précautions, la jeune femme s'écarta du seuil et le commissaire entra, sur ses gardes, avec des regards autour de lui, dans un petit bureau plein de livres.

— S'il vous plaît, parlez à voix très basse, si l'enfant se réveille, c'est la fin, nous ne pourrons plus parler, il pleure comme un désespéré.

Montalbano poussa un soupir de soulagement.

— Madame, vous êtes au courant, n'est-ce pas ?

— Oui, j'ai été avertie par Mme Gullotta qui habite dans l'appartement voisin, lui souffla la dame à l'oreille.

Le commissaire trouvait la situation excitante.

— Vous n'avez donc pas vu ce matin M. Lapecora ?

— Je ne suis pas encore sortie de chez moi.

— Votre mari, il est où ?

— A Fela. Il enseigne au collège. Il part le matin à six heures et quart précises.

Il regretta la brièveté de la rencontre : plus il la regardait et plus Mme Gusilano — c'est le nom qu'annonçait la plaque — lui plaisait. Intuition féminine, la jeune femme le devina.

— Je peux vous offrir une tasse de café ?

— J'accepte volontiers, dit Montalbano.

L'enfant qui vint lui ouvrir, dans l'appartement voisin, avait au maximum quatre ans et louchait louchement.

— Qui es-tu, étranger ? demanda-t-il.

— Je suis un policier, dit Montalbano en souriant et en se forçant à entrer dans le jeu.

— Tu me prendras pas vivant, annonça le gamin et il tira sur lui un coup de son pistolet à eau, le cueillant en plein front.

L'échauffourée qui suivit fut brève et, tandis que le mouflet désarmé commençait à pleurer, Montalbano, avec la froideur d'un tueur à gages, lui tirait en plein visage, le trempant comme une soupe.

— Que se passa-t-il ? Qui est là ?

La maman du petit ange, Mme Gullotta, n'avait rien à voir avec la petite mère de la porte à côté. Comme première mesure, la dame flanqua une solide torgnole à son fils puis prit le pistolet que le commissaire avait laissé tomber à terre et le balança par la fenêtre.

— Voilà, comme ça, on a fini de s'emmerder avec ça !

Avec des hurlements déchirants, l'enfant s'enfuit dans une autre pièce.

— C'est la faute à son père qui lui a acheté ce jouet ! Lui, il reste dehors toute la journée, il s'en fout, et ce démon, c'est moi qui dois m'en occuper ! Vous, qu'est-ce que vous voulez ?

— Je suis le commissaire Montalbano. Par hasard, ce matin, M. Lapecora, il ne serait pas monté chez vous ?

— Lapecora ? Chez nous ? Et qu'est-ce qu'il serait venu à faire ?

— Dites-le-moi, vous.

— Moi, Lapecora, je le connaissais, oui, mais comme ça, bonjour, bonsoir, jamais un mot de plus.

— Peut-être que votre mari…

— Mon mari, il parlait pas avec Lapecora. Et puis, quand est-ce qu'il aurait pu le faire ? Celui-là, il reste dehors de la maison et il s'en fout.

— Où il est, votre mari ?

— Comme vous voyez, dehors.

— Oui, mais où est-ce qu'il besogne ?

— Au port. Au marché aux poissons. Il se lève à quatre heures du matin et il rentre à huit heures du soir. Et heureux qui se le voit.

Compréhensive, Mme Gullotta.

Sur la porte du troisième et dernier appartement du cinquième étage, était écrit « PICCIRILLO ». La femme qui vint lui ouvrir, une quinquagénaire distinguée, était visiblement agitée, nerveuse.

— Vous, qu'est-ce que vous voulez ?

— Je suis le commissaire Montalbano.

La femme détourna le regard.

— Rien, nous ne savons rien.

Tout de suite, Montalbano trouva que ça sentait le roussi. Etait-ce pour cette femme que Lapecora était remonté d'un étage ?

— Faites-moi entrer. Je dois quand même vous poser quelques questions.

Mme Piccirillo s'écarta de mauvais gré, l'introduisant dans un petit salon agréable.

— Votre mari est à la maison ?

— Je suis veuve. Je vis avec ma fille Luigina qui est célibataire.

— Si elle est à la maison, faites-la venir.

— Luigina !

Apparut une jeune fille d'à peine plus de vingt ans, en jeans. Jolie, mais très pâle, littéralement terrorisée.

L'odeur de roussi se fit encore plus forte et le commissaire décida d'attaquer brutalement.

— Ce matin, Lapecora est venu vous trouver. Qu'est-ce qu'il voulait ?

— Non ! cria presque Luigina.

— Je vous le jure ! proclama la mère.

— Quels rapports aviez-vous avec M. Lapecora ?

— Nous le connaissions de vue, répondit Mme Piccirillo.

— Nous n'avons rien fait de mal, geignit Luigina.

— Ecoutez-moi bien : si vous n'avez rien fait de mal, vous ne devez pas avoir peur. Il y a un témoin qui affirme que M. Lapecora était au cinquième étage quand...

— Mais pourquoi vous vous en prenez à nous ? Sur ce palier, il y a deux autres familles qui habitent, et qui...

— Assez ! éclata Luigina, en proie à une attaque hystérique. Assez, maman ! Dis-lui tout ! Dis-le-lui !

— Bon, d'accord. Ce matin, ma fille, qui devait aller tôt chez le coiffeur, a appelé l'ascenseur qui est arrivé tout de suite. Il devait être arrêté en dessous, au quatrième.

— A quelle heure ?

— Il était dans les huit heures, huit heures cinq. Elle ouvrit la porte, vit M. Lapecora assis par terre. Moi, qui l'avais accompagnée, je regardai dans l'ascenseur et ce bonhomme me parut saoul. Il avait encore une bouteille de vin à se vider et puis... on aurait dit qu'il avait fait son besoin sous lui. Ma fille en a été dégoûtée. J'ai refermé la porte de l'ascenseur et j'ai commencé à descendre à pied. A ce moment, l'ascenseur se mit en mouvement, on l'avait appelé d'en dessous. Ma fille est dilicate de l'estomac, cette vue nous avait mises dans tous nos états. Luigina entra pour se rafraîchir et moi aussi. Il n'était pas passé cinq minutes que Mme Gullotta vint nous dire que le pôvre M. Lapecora n'était pas saoul, mais mort ! Et voilà tout.

— Non, dit Montalbano. Ce n'est pas tout.

— Qu'est-ce que ça veut dire ? La vérité, je vous dis ! se récria, irritée et offensée, Mme Piccirillo.

— La vérité est légèrement différente et plus désagréable. Vous deux, vous avez tout de suite compris que cet homme était mort. Mais vous n'avez rien dit, vous avez feint de ne l'avoir même pas vu. Pourquoi ?

— Nous ne voulions pas finir dans les cancans de tout le monde, admit, défaite, Mme Piccirillo, mais aussitôt, elle eut un sursaut d'énergie et cria, hystérique : Nous sommes des gens convenables, nous !

Et ces deux personnes convenables avaient fait en sorte que le cadavre soit découvert par quelqu'un d'autre, peut-être moins convenable ? Et si Lapecora agonisait ? Elles s'en étaient foutues, de lui, pour sauver… Quoi ? Qu'est-ce qu'elles voulaient sauver ? En sortant, il claqua la porte et se retrouva devant Fazio venu lui tenir compagnie.

— Je suis là, commissaire. Si vous avez besoin…

Une idée lui traversa l'esprit.

— Oui, j'ai besoin. Tu frappes à cette porte, il y a deux femmes, mère et fille. Non-assistance à personne en danger. Emmène-les au bureau, en faisant le plus de chahut possible. Tout le monde, dans l'immeuble, doit croire que nous les avons arrêtées. Puis, quand je serai de retour, on les remettra en liberté.

Le comptable Culicchia, qui habitait dans le premier appartement du quatrième étage, à peine la porte ouverte, poussa le commissaire et l'éloigna.

— Ma femme ne doit pas nous entendre, dit-il en se mettant sur le côté de l'embrasure.

— Je suis le commissaire…

— Je sais, je sais. Vous m'avez ramené la bouteille ?

— Quelle bouteille ? demanda Montalbano, ébahi, en scrutant le sexagénaire maigre aux airs de conspirateur.

— Celle qui était près du mort, la bouteille de Corvo blanc.

— Elle n'était pas à M. Lapecora ?

— Non pas ! Elle est à moi.

— Excusez-moi, je ne comprends pas bien, expliquez-vous mieux.

— Ce matin, je suis sorti pour faire les courses et quand je suis rentré, j'ai ouvert l'ascenseur. Dedans, il y avait Lapecora, mort. Je l'ai compris tout de suite, moi.

— C'est vous qui avez appelé l'ascenseur ?

— Et pourquoi ? Il était déjà au rez-de-chaussée.

— Et qu'est-ce que vous avez fait ?

— Qu'est-ce que je devais faire, fiston ? J'ai la

jambe gauche et le bras droit blessés. Les Américains me tirèrent dessus. J'avais quatre paquets à la main, je pouvais me taper tous les escaliers à pied ?

— Vous êtes en train de me dire que vous êtes monté avec le mort ?

— Bien obligé ! Sinon que, quand l'ascenseur s'est arrêté à mon étage, qui est aussi celui du mort, la bouteille de vin roula hors du sac. Alors, je fis comme ça : j'ouvris la porte de la maison, je rentrai les paquets et puis je retournai dehors pour récupérer la bouteille. Mais j'ai pas réussi à revenir à temps parce que l'ascenseur était appelé à l'étage supérieur.

— Comment est-ce possible ? Si la porte était ouverte !

— Oh que non, monsieur. Moi, je l'avais fermée, par distraction ! Ah, la tête ! A mon âge, on raisonne plus bien. Je savais pas quoi faire, si ma femme venait à savoir que je m'étais perdu la bouteille, elle m'écorchait vif. Vous devrez me croire, commissaire. C'est une femelle capable de tout.

— Dites-moi ce qui s'est passé ensuite.

— L'ascenseur me passa de nouveau devant et descendit au rez-de-chaussée. Et alors, j'ai commencé à me taper les escaliers. Quand, avec ma jambe blessée, je suis finalement arrivé, j'ai trouvé le garde qui ne laissait approcher personne. Moi, je lui dis, pour la bouteille, et il me répondit qu'il en référerait à l'autorité compétente. Vous, une autorité, vous êtes ?

— En un certain sens.

— Le garde vous en a référé, pour la bouteille ?

— Non.

— Et moi, comment je fais, alors ? Comment je fais ? Celle-là, les sous, elle me les compte ! se lamenta le comptable en se tordant les mains.

A l'étage du dessus, on entendit les voix désespérées des dames Piccirillo et celle, impérieuse, de Fazio :

— Descendez à pied ! Silence ! A pied !

Des portes s'ouvrirent, des questions volèrent à voix haute, d'étage en étage :

— A qui, ils arrêtèrent ? A la Piccirillo, ils arrêtèrent ? Ils se les emmènent ? En prison, elles vont ?

Quand Fazio passa à sa portée, Montalbano lui refila dix mille lires :

— Après que tu les as emmenées au bureau, achète une bouteille de Corvo blanc et donne-la à ce monsieur là.

De l'interrogatoire des autres locataires, Montalbano ne tira rien d'important. Le seul à lui fournir un élément de quelque intérêt, ce fut l'instituteur Bonavia, au troisième. Il expliqua au commissaire que son fils Matteo, huit ans, en se préparant pour aller à l'école, était tombé en s'écorchant le nez. Comme le sang ne s'arrêtait pas, il l'avait accompagné aux urgences. Il était sept heures et demie et dans l'ascenseur, il n'y avait pas trace de M. Lapecora, ni mort ni vif.

A part les voyages en ascenseur effectués par le sieur Lapecora en qualité de cadavre, il apparut clairement à Montalbano que : premièrement, le défunt était une bonne personne, mais décidément antipathique ; deuxièmement, il avait été tué dans l'ascenseur, entre sept heures trente-cinq et huit heures.

Si l'assassin avait couru le risque de se faire surprendre par un locataire avec le mort dans la cabine, cela signifiait que l'assassinat n'avait pas été prémédité, mais commis sur une impulsion.

Ce n'était pas beaucoup, et le commissaire réfléchit là-dessus un moment. Puis il regarda sa montre. Il était deux heures ! Voilà pourquoi il se sentait tant de pétit. Il appela Fazio.

— Je vais manger chez Calogero. Si, entre-temps, Augello se ramène, envoie-le-moi. Ah, écoute : mets un garde devant l'appartement du mort. Ne la faites pas entrer avant que je sois de retour.

— A qui, on doit pas faire entrer ?

— A la veuve, Mme Lapecora. Les deux Piccirillo sont encore là ?

— Oh que si, *dottore.*

— Renvoie-les chez elles.

— Et qu'est-ce que je leur dis ?

— Que l'enquête continue. Comme ça, elles se chieront aux braies, ces personnes convenables.

Trois

— Qu'est-ce que je peux vous servir, aujourd'hui ?

— Qu'est-ce que tu as ?

— Ce que vous voulez, comme premier plat[1].

— Pas de premier plat, j'ai l'intention de rester léger.

— Comme plat, j'ai préparé du germon à l'aigre-doux et du merlan à la sauce aux anchois.

— Tu t'es lancé dans la grande cuisine, Calò ?

— Des fois, ça me prend comme ça, un caprice.

— Apporte-moi une grande portion de merlan. Ah, donne-moi, pendant que j'attends, une bonne assiette de hors-d'œuvre de la mer.

Il fut pris d'un doute. S'agissait-il bien d'un repas léger ? Il abandonna la question et ouvrit le journal.

1. Apprenons aux quelques malheureux qui ignorent encore la cuisine italienne, que les *primi*, les premiers plats (à ne pas confondre avec les *antipasti*, les hors-d'œuvre), ce sont des pâtes, du riz, de la polenta, des soupes, et les *secondi*, les deuxièmes plats, de la viande ou du poisson. Les *contorni*, garnitures de légumes, se servent indépendamment.

La petite manœuvre économique que le gouvernement s'apprêtait à faire ne porterait pas sur quinze mais sur vingt mille milliards. Il y aurait sûrement des hausses, parmi lesquelles l'essence et les cigarettes. Le chômage dans le Sud avait atteint un chiffre qu'il valait mieux ne pas faire connaître. Les gens de la Ligue du Nord[1], après la grève des impôts, avaient décidé de chasser les préfets, premier pas vers la sécession. Trente gamins d'un village près de Naples avaient violé une gamine éthiopienne, le village les défendait, la négresse non seulement était négresse mais en plus putain. Arrestation de trois dealers de douze ans d'âge moyen. Un garçon de vingt ans s'était fait sauter la coucourde en jouant à la roulette russe. Un octogénaire jaloux...

— Voilà le hors-d'œuvre.

Montalbano lui fut reconnaissant, encore quelques autres nouvelles et le pétit lui passait. Puis arrivèrent les huit morceaux de merlan, portion clairement destinée à huit personnes. Ils criaient, les morceaux de merlan, leur joie d'avoir été cuisinés comme Dieu le veut. Au nez, le plat faisait sentir sa perfection, obtenue par la juste quantité de chapelure, avec le délicat équilibre entre l'anchois et l'œuf battu.

Il porta à la bouche la première bouchée, mais ne

1. Mouvement réactionnaire, raciste et séparatiste, actif dans le Nord de l'Italie.

l'avala pas tout de suite. Il laissa le goût se répandre doucement et uniformément sur sa langue et son palais, afin que langue et palais se rendissent pleinement compte de l'offrande qui leur était présentée. Enfin, il avala et devant la table se matérialisa Mimì Augello.

— Assieds-toi.

Mimì Augello s'assit.

— Je mangerais bien, moi aussi, dit-il.

— Fais ce que tu veux. Mais ne parle pas, je te le dis en frère et dans ton propre intérêt, ne parle pour aucune raison au monde. Si tu m'interromps pendant que je suis en train de manger ce merlan, je suis capable de t'égorger.

— Porte-moi des spaghettis aux palourdes, dit, nullement effrayé, Mimì Augello à Calogero qui passait.

— Nature ou en sauce tomate ?

— Nature.

Dans l'attente de son plat, Augello s'empara du journal du commissaire et se mit à lire. Les spaghettis arrivèrent quand, par chance, Montalbano eut fini son merlan, parce que Mimì couvrit abondamment son assiette de parmesan. Seigneur ! Même une hyène, une vraie hyène qui se nourrit de charogne aurait vomi à l'idée d'un plat de pâtes aux palourdes avec du parmesan dessus.

— Comment tu t'es comporté avec le Questeur ?

— Qu'est-ce que ça veut dire ?

— Je veux seulement savoir si, au Questeur, tu lui as léché le cul ou les couilles.

— Mais qu'est-ce que tu racontes ?

— Mimì, je te connais. Tu as saisi au vol l'histoire du Tunisien mitraillé pour te mettre en valeur.

— Je n'ai fait que mon devoir, étant donné que tu étais introuvable.

Le parmesan lui parut insuffisant, il en rajouta deux autres cuillerées, se moulut par-dessus ça un bon peu de poivre.

— Et dans le bureau du préfet, comment tu es entré, en rampant ?

— Salvo, il faut que t'arrêtes.

— Et pourquoi ? Alors que tu manques jamais une occasion de me passer devant !

— Moi ?! Je te passerais devant ? Salvo, si j'avais vraiment voulu te passer devant, en quatre ans qu'on besogne ensemble, toi, à cette heure, tu serais à diriger le commissariat le plus perdu dans le plus perdu des villages de Sardaigne tandis que moi, je serais, au minimum, vice-Questeur. Toi, Salvo, tu sais ce que tu es ? Une écumoire qui fuit par tous les trous. Et moi je ne fais que te les boucher du mieux que je peux.

Il avait parfaitement raison et Montalbano, qui s'était soulagé, changea de ton :

— Au moins, tiens-moi au courant.

— J'ai écrit le rapport, là, il y a tout. Un bateau de pêche de haute mer de Mazàra del Vallo, le *Santo-*

padre, six hommes d'équipage, dont un Tunisien qui embarquait pour la première fois, le pôvre. Le scénario habituel, qu'est-ce que je dois te dire ? Une vedette tunisienne qui leur donne l'ordre de s'arrêter, le bateau de pêche qui n'obéit pas, les autres qui tirent. Mais cette fois, ça s'est passé différemment, il y a eu un mort, et les plus emmerdés de tous, ça sera les Tunisiens. Parce que, eux, la seule chose qui les intéresse, c'est de saisir le bateau et de se faire payer un bon paquet de fric, pour le relâcher, par l'armateur qui traite avec le gouvernement tunisien.

— Et le nôtre ?

— Le nôtre quoi ?

— Notre gouvernement, il n'est pas concerné ?

— Pour l'amour de Dieu ! Ça ferait perdre un temps infini de chercher à résoudre la question par la voie diplomatique. Et, tu comprends, plus lontemps le bateau reste saisi, moins l'armateur gagne de sous.

— Mais qu'est-ce qu'ils y gagnent, l'équipage tunisien ?

— Ils marchent au pourcentage, comme les gardes municipaux dans certaines de nos villes. Mais pas officiellement. Le patron du *Santopadre*, qui est aussi le propriétaire, dit que celui qui l'a attaqué, c'est le *Rameh*.

— Et c'est quoi ?

— Une vedette tunisienne qui s'appelle comme ça et qui est commandée par un officier qui se comporte en vrai pirate. Comme cette fois, il y a eu un mort, notre gouvernement va être contraint d'intervenir. Le préfet a voulu un rapport très minutieux.

— Pourquoi ils sont venus à nous casser les couilles à nous, au lieu de rentrer à Mazàra ?

— Le Tunisien n'est pas mort sur le coup, Vigàta était le port le plus proche, mais le pôvre a lâché la rampe.

— Ils ont demandé des secours ?

— Oui. A la vedette *Fulmine,* celle qui est toujours au mouillage dans notre port.

— Comment t'as dit, Mimì ?

— Qu'est-ce que j'ai dit ?

— Tu as dit « au mouillage ». Et tu l'as aussi sans doute écrit dans le rapport au préfet. Tu te rends compte, celui-là, pointilleux comme il est ! Tu t'es mis toi-même dans la merde, Mimì.

— Et comment je devais écrire ?

— A quai, Mimì. Au mouillage, ça signifie au large. La différence est fondamentale.

— Oh, seigneur !

C'était connu que le préfet Dieterich, de Bolzano, ne savait pas reconnaître une barcasse d'un croiseur, mais Augello avait marché et Montalbano s'en réjouit.

— Courage. Comment ça s'est terminé ?

— Le *Fulmine* n'a pas mis un quart d'heure pour arriver sur les lieux, mais une fois là, il n'a rien vu. Il a croisé dans les parages mais sans résultat. Voilà ce que la Capitainerie a su par radio. En tout cas, cette nuit, notre vedette va rentrer et on en saura davantage sur les détails de l'histoire.

— Bah ! fit le commissaire, dubitatif.

— Qu'est-ce qu'il y a ?

— Je ne vois pas en quoi ça nous regarde, nous, notre gouvernement, si des Tunisiens tuent un Tunisien.

Mimì Augello le dévisagea, bouche bée.

— Salvù, moi, de temps en temps, je dis peut-être des conneries, mais quand toi tu en balances, elles sont pires que des coups de canon.

— Bah ! répéta Montalbano, peu convaincu d'avoir dit une connerie.

— Et du mort d'ici, celui de l'ascenseur, qu'est-ce que tu me dis ?

— Rien, je te dis. Ce mort est à moi. Tu t'es pris l'assassiné tunisien ? Et moi, je me prends celui de Vigàta.

« Espérons que le temps s'améliore, pensa Augello, sinon, ce type, qui est-ce qui va se le supporter ? »

— Allô, commissaire Montalbano ? Ici Marniti.

— Capitaine, je vous écoute.

— Je voulais vous avertir que notre Commandement a décidé — à juste titre, selon moi — que de l'affaire de la vedette, c'est la Capitainerie du port de Mazàra qui s'en occupera. Le *Santopadre* devrait donc appareiller immédiatement. Vous avez d'autres relevés à faire sur l'embarcation ?

— Je ne crois pas. Mais je suis en train de penser que nous devrions nous conformer nous aussi à ce que votre Commandement a sagement décidé.

— Je n'osais pas vous le suggérer.

— Montalbano je suis, monsieur le Questeur. Veuillez m'excuser si...

— Du neuf ?

— Non, rien. Il s'agit d'un scrupule, comment dire, procédural. A l'instant, vient de me téléphoner le capitaine Marniti, il m'a communiqué que leur commandement a arrêté que l'enquête sur le Tunisien mitraillé serait transférée à Mazàra. Maintenant, je me demande si nous aussi...

— J'ai compris, Montalbano. Je pense que vous avez raison. Je téléphone immédiatement à mon collègue de Trapani pour l'avertir que nous nous désistons de l'enquête. A Mazàra, il y a un vice-Questeur fort capable, il me semble. Qu'ils se tapent tout eux-mêmes. De cette affaire, vous vous occupiez vous personnellement ?

— Non, c'était mon adjoint, le *dottor* Augello.

— Avertissez-le que nous allons envoyer les résultats de l'autopsie et ceux des examens balistiques à Mazàra. Au *dottor* Augello, nous ferons avoir une copie pour information.

D'un coup de pied, il ouvrit grand la porte de la pièce de Mimì Augello, allongea le bras droit, ferma le poing, posa la main gauche sur l'avant-bras droit.

— Tè, fume, Mimì !

— Qu'est-ce que ça veut dire ?

— Ça veut dire que l'enquête sur le mort du bateau de pêche est transférée à Mazàra. Tu restes les mains vides et moi, au contraire, je me garde mon tué de l'ascenseur. Un à zéro.

Il se sentait de meilleure humeur. Et de fait, le vent était tombé, le ciel redevenait serein.

Vers trois heures de l'après-midi, l'agent Gallo, envoyé à surveiller l'appartement du défunt Lapecora, en attendant l'arrivée de la veuve, vit se rouvrir la porte de la maison Culicchia. Le comptable s'approcha de l'agent et lui communiqua dans un souffle :

— Ma femme s'endormit.

Ce qu'apprenant, Gallo ne sut que dire.

— Culicchia je suis, le commissaire me connaît. Vous avez mangé ?

Gallo, qui tirait la teille, c'est-à-dire qui sentait une faim qui lui tordait le ventre, fit signe que non avec la tête.

Le comptable rentra chez lui et peu après revint avec une assiette contenant un petit pain, une épaisse tranche de *caciocavallo,* cinq rondelles de saucisson, un verre de vin.

— C'est du Corvo blanc. C'est le commissaire qui me l'acheta.

Une demi-heure plus tard, il revint.

— Le journal je vous portai, comme ça, ça passe le temps.

A sept heures et demie du soir, comme sur un signal convenu, pas un balcon, pas une fenêtre de l'immeuble sur la façade principale ne resta sans quelqu'un pour observer le retour de Mme Palmisano Antonietta, qui ignorait encore qu'elle était veuve Lapecora. Le spectacle se diviserait en deux parties.

Acte un : Mme Palmisano, descendue du car de Fiacca, celui de sept heures vingt-cinq, apparaîtrait au début de la rue cinq minutes plus tard, arborant pour le bénéfice de tous son habituel maintien ultra-correct, sans qu'elle pût imaginer que d'ici peu, une bombe allait lui exploser sur la tête. Ce premier acte était indispensable pour mieux profiter du deuxième (qui supposait un rapide déplacement des spectateurs de leurs fenêtres et leurs balcons à leurs paliers) : en apprenant de l'agent de garde la raison pour laquelle elle ne pouvait entrer dans son appartement, la désormais veuve Lapecora aurait commencé à faire comme une Marie, s'arrachant les cheveux, poussant des cris, se flanquant des coups de poing sur la poitrine, en vain contenue par d'endeuillés voisins promptement accourus.

Le spectacle n'eut pas lieu.

Il n'était pas juste que la pôvre Mme Palmisano, se

dirent le garde assermenté et son épouse, apprenne le meurtre de son mari d'une bouche étrangère. Vêtus pour l'occasion, costume gris sombre pour lui, ensemble noir pour elle, ils se postèrent dans les parages de l'arrêt du car. Quand Mme Antonietta en descendit, ils s'avancèrent, prenant la tête conforme à l'habit : grise pour lui, noire pour elle.

— Qu'est-ce qui se passa ? demanda, inquiète, Mme Antonietta.

Il n'est pas de femme sicilienne de quelque milieu que ce soit, noble ou manante, qui, passée la cinquantaine, ne s'attende au pire. Quel pire ? Un pire quelconque, mais toujours le pire. Mme Antonietta respecta la règle :

— Il arriva quelque chose à mon mari ?

Vu qu'elle se faisait les demandes et les réponses, à Cosentino et à sa dame, il resta plus qu'un rôle de comparses. Ils écartèrent largement les bras, inconsolés.

Et là, Mme Antonietta dit une chose que, en stricte logique, elle n'aurait pas dû dire :

— On le tua ?

Les conjoints Cosentino écartèrent de nouveau les bras. La veuve chancela, mais tint bon.

Les badauds en façade n'assistèrent donc qu'à une scène décevante : Mme Lapecora, entre M. et Mme Cosentino, parlait tranquillement. Elle expliquait, avec abondance de détails, l'opération que sa sœur avait subie à Fiacca.

Ignorant ce qui s'était passé, l'agent Gallo, en entendant à sept heures trente-cinq l'ascenseur s'arrêter à l'étage, se dressa sur la marche où il était assis, en se repassant dans la tête tout ce qu'il devrait dire à cette pauvre femme, et fit un pas en avant. La porte de l'ascenseur s'ouvrit, un monsieur en sortit.

— Cosentino Giuseppe, garde assermenté. Etant donné que Mme Lapecora doit attendre, je la fais venir chez moi. Avertissez le commissaire. J'habite au sixième.

L'appartement des Lapecora était dans un ordre parfait. Salon-salle à manger, chambre à coucher, bureau, cuisine, salle de bains : tout était à sa place. Posé sur la table du bureau, le portefeuille du défunt contenait tous ses papiers et cent mille lires. Donc, se dit Montalbano, Aurelio Lapecora s'était habillé pour sortir et aller en un lieu où il n'avait besoin ni de papiers ni d'argent. Il s'assit sur la chaise derrière le plan de travail, ouvrit les tiroirs l'un après l'autre. Dans le premier de gauche, se trouvaient des tampons, de vieilles enveloppes à en-tête « ENTREPRISE LAPECORA AURELIO — IMPORTATIONS EXPORTATIONS », des crayons, des stylos, des gommes, des timbres périmés et deux trousseaux de clés. La veuve expliqua qu'il s'agissait des doubles des clés de la maison et du siège. Le premier tiroir à droite réservait une surprise : il y avait un Beretta neuf avec deux chargeurs de réserve et cinq boîtes de munitions. M. Lapecora aurait pu, s'il l'avait voulu, faire un massacre. Le dernier tiroir contenait des ampoules, des lames de rasoir, des rouleaux de ficelle, des élastiques.

Le commissaire dit à Galluzzo, qui avait remplacé Gallo, de porter au commissariat armes et munitions.

— Ensuite, tu vérifieras si le pistolet a été déclaré.

Dans le bureau flottait un parfum couleur de paille brûlée, agressif, bien que le commissaire, à peine entré, eût ouvert en grand la fenêtre.

La veuve était allée s'asseoir dans un fauteuil du salon. Absolument indifférente, elle semblait se trouver dans la salle d'attente d'une gare, et patienter avant l'arrivée du train.

Montalbano aussi s'assit dans un fauteuil. A ce moment, on sonna à la porte, Mme Antonietta esquissa un mouvement instinctif pour se lever, mais le commissaire l'arrêta du geste.

— Galluzzo, vas-y toi.

La porte s'ouvrit, on entendit parler, l'agent revint.

— Il y a quelqu'un qui dit qu'il habite au sixième étage. Il veut vous parler. Il dit qu'il est garde assermenté.

Cosentino s'était mis en uniforme, il devait aller à besogner.

— Excusez-moi si je vous dérange, mais étant donné qu'il m'est venu une chose à l'esprit...

— Allez-y, je vous écoute.

— Vous voyez, Mme Antonietta, à peine descendue du car, quand elle comprit que son mari était mort, elle nous demanda si on l'avait tué. Or, si à moi, on vient à me dire que ma femme est morte, moi, sur comment elle est morte, je pense à tout sauf qu'on l'a tuée. A moins d'avoir, avant, pensé à cette possibilité. Je sais pas si je me fais comprendre.

— Vous vous faites très bien comprendre. Merci, dit Montalbano.

Il revint au salon, Mme Lapecora semblait momifiée.

— Vous avez des enfants, madame ?

— Oui.

— Combien ?

— Un.

— Il vit ici ?

— Non.

— Qu'est-ce qu'il fait ?

— Le médecin.

— Quel âge a-t-il ?

— Trente-deux ans.

— Il va falloir l'avertir.

— Je le ferai.

Bing. Fin du premier round. A la reprise, ce fut la veuve qui prit l'initiative.

— On lui a tiré dessus ?

— Non.

— On l'a étranglé ?

— Non.

— Et comment on a fait pour le tuer dans l'ascenseur ?

— Au couteau.

— De cuisine ?

— Probable.

La dame se dressa, gagna la cuisine, le commissaire l'entendit ouvrir et fermer un tiroir, elle revint, se rassit.

— Là, il manque rien.

Montalbano passa à la contre-attaque.

— Pourquoi avez-vous pensé que ce couteau pouvait vous appartenir ?

— Une pinsée comme une autre.

— Qu'a fait votre mari hier ?

— Ce qu'il faisait tous les mercredis. Il est allé au bureau. Il y allait le lundi, le mercredi et le vendredi.

— Quel horaire avait-il ?

— De dix heures à une heure, après il venait à manger, il se reposait un peu, il y retournait à trois heures et demie et y restait jusqu'à six heures et demie.

— A la maison, qu'est-ce qu'il faisait ?

— Il se mettait devant la télévision et il restait là.

— Et les jours où il n'allait pas au bureau ?

— Il restait pareil devant la télévision.

— Donc, ce matin, comme on était jeudi, votre mari aurait dû rester à la maison.

— Vrai, c'est.

— Et en fait, il s'est habillé pour sortir.

— Vrai, c'est.

— Vous avez idée d'où il allait ?

— Rin, il me dit.

— Quand vous êtes sortie de la maison, votre mari était réveillé ou il dormait ?

— Il dormait.

— Ça ne vous semble pas étrange que votre mari, à peine vous êtes partie, il s'est réveillé d'un coup, il s'est préparé en hâte et…

— Il a peut-être reçu un coup de fil.

Un point nettement en faveur de la veuve.

— Il avait encore beaucoup de relations d'affaires, votre mari ?

— Des affaires ? Ça faisait des années qu'il avait arrêté l'activité commerciale.

— Alors, pourquoi allait-il régulièrement au bureau ?

— Quand je le lui demandais, il m'arépondait qu'il y allait pour regarder voler les mouches. C'était lui qui le disait.

— Donc, madame, vous affirmez que hier, après que votre mari est rentré du bureau, il ne s'est rien passé d'anormal ?

— Rien. Du moins jusqu'à neuf heures du soir.

— Qu'est-ce qui se passa à neuf heures du soir ?

— Je me pris deux cachets de Tavor. Et je dormis comme ça si profond que la maison pouvait s'écrouler, que moi, j'aurais pas ouvert les yeux.

— Donc, si M. Lapecora avait reçu un coup de fil ou une visite après neuf heures du soir, vous ne vous en seriez pas aperçue.

— Certes.

— Il avait des ennemis, votre mari ?

— Non.

— Vous en êtes sûre ?

— Oui.

— Des amis ?

— Un. Le chevalier Pandolfo. Ils se téléphonaient le mardi et ils allaient bavarder au café Albanese.

— Madame, vous avez quelques soupçons sur qui peut avoir…

Il fut interrompu.

— Des soupçons, non. Une certitude, oui.

Montalbano fit un saut sur son fauteuil, Galluzzo dit « ah ben merde ! », mais à voix basse.

— Et qui ça serait ?

— Qui ça a été, commissaire ? Sa maîtresse. Elle s'appelle Karima, avec un K. Une Tunisienne. Ils se rencontraient au bureau, le lundi, le mercredi et le vendredi. La putain y allait avec l'excuse de faire le ménage.

Quatre

Le premier dimanche de l'année passée tombait le 5, la veuve dit que cette date fatale, elle se l'était imprimée dans la tête.

Bien, à la sortie de l'église où elle était allée pour la sainte messe de midi, elle avait été approchée par Mme Collura qui avait un magasin de meubles.

— Madame, dites à votre mari que la chose l'attend, elle est arrivée hier.

— Quelle chose ?

— Le canapé-lit.

Mme Antonietta remercia et rentra à la maison avec une *virrina,* une vrille qui lui trouait la tête. Qu'est-ce qu'il en faisait, son mari, d'un canapé-lit ? Bien que la curiosité la dévorât vive, elle ne demanda rien à Arelio. En bref, ce meuble n'arriva jamais à la maison. Ce fut deux dimanches plus tard que Mme Antonietta accosta la marchande de meubles.

— Vous savez quoi ? La couleur du canapé-lit ne va pas avec la couleur des murs.

Un coup tiré au hasard, mais qui mit dans le mille.

— Madame, à moi, on m'a dit que la couleur devait être vert sombre, comme la tapisserie.

La deuxième pièce du bureau était vert sombre ; voilà où il avait fait porter le canapé-lit, ce très grand fumier !

Le 13 juin, de l'an passé, toujours — cette date aussi, s'était imprimée dans sa tête —, lui arriva la première lettre anonyme. En tout, on lui en envoya trois, entre juin et septembre.

— Vous pouvez me les faire voir ? demanda Montalbano.

— Je les brûlai. Je garde pas les saloperies.

Les trois lettres anonymes, composées en lettres découpées dans des journaux selon la meilleure tradition, disaient toutes la même chose : Votre mari Arelio, trois fois la semaine, le lundi, le mercredi et le vendredi, reçoit une radasse tunisienne dénommée Karima, connue comme pute. Cette femme y allait soit le matin, soit l'après-midi des jours impairs. Quelquefois, elle achetait les choses qui lui servaient pour le ménage dans un magasin de la même rue, mais tout le monde savait qu'elle allait trouver M. Arelio pour faire des choses dégueulasses.

— Vous avez eu la possibilité de faire… des vérifications ? demanda diplomatiquement le commissaire.

— Si je me cachai pour voir quand la salope entrait et sortait du bureau de mon mari ?

— Ça aussi.

— Je ne m'abaisse pas à faire des choses comme

ça, dit la dame avec hauteur. Mais j'eus cette possibilité quand même. Un mouchoir sali.

— De rouge à lèvres ?

— Non, fit la veuve avec un certain effort et en rougissant légèrement. Et aussi deux culottes, ajouta-t-elle après une pause, en rougissant encore plus.

Montalbano et Galluzzo arrivèrent montée Granet que les trois magasins de cette courte rue étaient déjà fermés. Le numéro 28 correspondait à un minuscule immeuble : rez-de-chaussée surélevé de trois marches par rapport au niveau de la rue, premier et deuxième étage. A côté de la grande porte, il y avait trois plaques, l'une annonçait : « LAPECORA AURELIO IMPORTATIONS-EXPORTATIONS », une autre : « CANNATELLO ORAZIO NOTAIRE » ; la troisième : « ANGELO BELLINO EXPERT-COMPTABLE DERNIER ETAGE ». Ils entrèrent avec les clés que le commissaire avait prises dans le bureau de l'appartement. La première pièce constituait le siège social proprement dit : une vaste table de travail du XIXe siècle, en acajou noir ; une tablette portant une Olivetti années 40 ; quatre grandes armoires métalliques débordant de vieux dossiers. Sur le bureau, il y avait un téléphone qui marchait. Des chaises, dans la pièce, on en comptait cinq, mais l'une était cassée et renversée dans un coin. Dans la pièce à côté… La pièce d'à côté, aux murs vert sombre comme on sait désormais, ne semblait pas appartenir au même appartement : propre comme un sou neuf, vaste canapé-lit, télévision, téléphone relié à l'autre, stéréo, chariot avec des bouteilles d'alcools variés, minifrigo, un horrible nu de femme fesses au vent au-dessus du lit. A côté de ce dernier, était disposé un petit meuble bas avec une lampe faux Liberty, son tiroir rempli de préservatifs de tous types.

— Quel âge avait le mort ? demanda Galluzzo.

— Soixante-trois.

— Eh ben, mon vieux ! s'exclama l'agent, admiratif.

La salle de bains était comme la pièce vert sombre : resplendissante, munie d'un bidet anatomique, sèche-cheveux au mur, baignoire avec douche-téléphone, miroir où l'on pouvait se mirer en entier.

Ils revinrent dans la première pièce. Ils farfouillèrent dans les tiroirs du bureau, ouvrirent quelques dossiers. La correspondance la plus récente remontait à au moins trois ans auparavant.

Ils entendirent des pas à l'étage supérieur, dans le bureau du notaire Cannatello. Ce dernier n'était pas là, leur communiqua le clerc, un échalas trentenaire et sinistre. Il leur dit que le pôvre M. Lapecora n'ouvrait son bureau que pour passer le temps. Dans les jours d'ouverture, une belle Tunisienne venait faire le ménage. Ah, il oubliait : dans les derniers mois, avec une certaine fréquence, il recevait la visite d'un neveu, c'est du moins ainsi que l'avait présenté le pôvre Lapecora la fois où ils s'étaient rencontrés tous trois à la porte de l'immeuble. Il s'agissait d'un trentenaire, brun, grand, bien vêtu, qui conduisait une BMW gris métallisé. Il devait avoir été beaucoup à l'étranger, le neveu, il parlait l'italien avec un accent curieux. Non, le clerc ne savait rien de la plaque de la BMW, il n'y avait pas fait attention. D'un coup, il prit l'expression de quelqu'un qui considère sa maison dévastée par un tremblement de terre. Sur ce crime, dit-il, il avait une opinion précise.

— A savoir ? demanda Montalbano.

Ce devait être l'habituel petit voyou à la recherche de sous pour payer sa drogue.

Ils redescendirent et, du téléphone du bureau, le commissaire appela Mme Antonietta.

— Excusez-moi, pourquoi ne m'avez-vous pas parlé de votre neveu ?

— Parce que nous n'en avons pas.

— Retournons au bureau, dit Montalbano comme ils étaient arrivés à deux pas du commissariat.

Galluzzo ne se risqua pas à demander le pourquoi ni le comment. Dans les toilettes de la pièce vert sombre, le commissaire plongea le nez dans la serviette de bain, inspira profondément puis se mit à chercher sur le petit meuble à côté du lavabo. Il y avait un flacon de parfum Volupté, il le tendit à Galluzzo.

— Parfume-toi.

— Qu'est-ce que je dois me parfumer ?

— Le cul, fut l'inévitable réponse.

Galluzzo se passa un peu de Volupté sur une joue,

Montalbano y colla son nez, inspira. Ça concordait, c'était la même odeur couleur de paille brûlée qu'il avait sentie dans le bureau de l'appartement des Lapecora. Il voulut s'en assurer, répéta son geste.

Galluzzo sourit :

— *Dottore*, si on nous voyait ici, comme ça... qui sait ce qu'on penserait de nous.

Le commissaire ne répondit pas, alla au téléphone.

— Allô, madame ? Excusez-moi si je vous dérange encore. Votre mari utilisait un parfum ? Non ? Merci.

Dans le bureau de Montalbano entra Galluzzo.

— Le Beretta de Lapecora a été déclaré le 8 décembre de l'an dernier. Comme il n'avait pas de port d'arme, il devait le garder à la maison.

Quelque chose, pensa le commissaire, avait dû l'inquiéter durant cette période, pour qu'il se décide à acheter une arme.

— Qu'est-ce qu'on en fait du pistolet ?

— On le garde ici. Gallù, voilà les clés du siège. Demain matin, tu y vas tôt, tu entres et tu attends à l'intérieur. Essaie de ne pas te faire voir. Si la Tunisienne ne sait rien de ce qui est arrivé, demain, qui est un vendredi, elle se présentera régulièrement.

Galluzzo grimaça.

— Difficile qu'elle n'en sache rien.

— Pourquoi ? Qui va le lui dire ?

Le commissaire eut l'impression que Galluzzo essayait désespérément de faire marche arrière.

— Bah, vous savez ce que c'est, avec les rumeurs qui circulent…

— Ce n'est pas parce que, par hasard, tu en as parlé à ton beau-frère, le journaliste ? Attention que si tu l'as fait…

— Commissaire, je vous le jure. Je ne lui ai rien dit.

Montalbano le crut. Galluzzo n'était pas homme à raconter des blagues.

— En tout cas, au siège, tu y vas.

— Montalbano ? Jacomuzzi à l'appareil. Je voulais te notifier les résultats de nos analyses.

— Oh, mon Dieu, Jacomù, attends un instant, le cœur me bat la chamade. Dieu, quelle émotion ! Voilà, je suis un petit peu plus calme. Notifie-moi, comme tu dis dans ton incomparable jargon bureaucratique.

— A part le fait que tu es un inguérissable connard, le mégot de cigarette était un banal bout de Nazionale sans filtre, dans la poussière recueillie sur le sol de l'ascenseur, il n'y avait rien d'anormal et quant au petit bout de bois…

— … ce n'était qu'une allumette de cuisine.

— Exact.

— J'en ai le souffle coupé, pratiquement, je suis au bord de l'infarctus ! Vous m'avez livré l'assassin !

— Montalbà, va te faire foutre.

— Toujours moins pénible que de t'entendre. Qu'est-ce qu'il avait en poche ?

— Un mouchoir et un trousseau de clés.

— Et du couteau, qu'est-ce que tu me dis ?

— De cuisine, très usé. Entre la lame et le manche, il y avait une écaille de poisson.

— Et tu n'es pas allé plus loin ? C'était une écaille de rouget ou bien de morue ? Enquête encore, ne me laisse pas dans l'anxiété.

— Mais pourquoi tu me cherches tant ?

— Jacomù, essaie de faire tourner ton ciboulot. Si nous étions, mettons, dans le désert du Sahara et que tu viennes me dire qu'il y avait une écaille de poisson sur le couteau qui a tué un touriste, la chose pourrait, je dis bien pourrait, avoir un sens. Mais, putain, qu'est-ce que ça peut signifier dans un bled comme Vigàta, où sur vingt mille habitants, dix-neuf mille neuf cent soixante-dix mangent du poisson ?

— Et les trente autres, pourquoi ils s'en mangent pas ? demanda Jacomuzzi, impressionné et curieux.

— Parce que ce sont des nourrissons.

— Allô ? Montalbano à l'appareil. Vous m'appelez s'il vous plaît le Dr Pasquano ?

— Ne quittez pas.

Il eut le temps de commencer à chantonner « Et je veux te le dire / que c'était moi… »

— Allô, commissaire ? Le docteur s'excuse, mais il est en train de faire l'autopsie des deux *incaprettati*[1]

1. Victimes du mode d'exécution mafieux consistant à attacher le supplicié comme un cabri, pieds et mains liés ensemble dans le dos, avant de le tuer.

de Costabianca. Il dit comme ça que, pour le mort qui vous concerne, celui-là, il avait une santé de fer, si on le tuait pas, il tenait jusqu'à cent ans. Un seul coup de couteau, mais donné d'une main ferme. C'est arrivé entre sept et huit heures ce matin. Vous avez besoin d'autre chose ?

Au frigo, il trouva des pâtes aux brocolis qu'il se mit à réchauffer au four et comme deuxième plat, Adelina lui avait préparé des paupiettes de thon. Estimant qu'à midi, il en était resté à un régime léger, il se sentit en devoir de tout manger. Puis il rouvrit le téléviseur, le régla sur Retelibera, bonne télévision provinciale dans laquelle travaillait son ami Nicolò Zitto, rouge de poil et de pinsée. Zito commentait l'affaire du Tunisien tué sur le *Santopadre* tandis que l'opérateur faisait un gros plan sur les trous qui foraient les parois de la timonerie et sur une tache foncée dans le bois, qui pouvait être du sang. D'un coup, surgit Jacomuzzi agenouillé qui examinait quelque chose à la loupe.

— Bouffon ! s'exclama Montalbano et il passa sur Televigàta, la chaîne où besognait Prestìa, le beau-frère de Galluzzo. Là aussi apparut Jacomuzzi, sauf qu'il n'était plus sur la barque, maintenant, il était en train de faire semblant de prendre des empreintes digitales dans l'ascenseur où avait été assassiné Lapecora. Montalbano jura, se leva, balança un livre contre le mur. Voilà pourquoi Galluzzo s'était montré réticent, il savait que la nouvelle s'était répandue et n'avait pas eu le courage de le lui dire. A tous les coups, c'était Jacomuzzi qui avait averti les journalistes pour se mettre en valeur. Il ne pouvait s'en empêcher, l'exhibitionnisme chez cet homme atteignait des sommets qu'on pouvait trouver seulement chez quelques acteurs médiocres ou chez quelques auteurs vendus à cent cinquante exemplaires.

Maintenant, sur la vidéo, il y avait Pippo Ragonese, éditorialiste politique de la station. Il voulait parler, dit-il, de la lâche agression tunisienne contre notre bateau qui pêchait tranquillement à l'intérieur de nos eaux territoriales, c'est-à-dire sur le sol sacro-saint de la patrie. Certes, ce n'était pas à proprement parler un sol, puisqu'il s'agissait de mer, mais c'était toujours la patrie. Un gouvernement moins pusillanime que celui d'aujourd'hui, aux mains de l'extrême-gauche, aurait certainement réagi avec dureté à une provocation qui...

Montalbano éteignit le téléviseur.

La nervosité qui lui était venue pour la belle idée de Jacomuzzi ne semblait pas près de lui passer. Assis dans la véranda qui donnait sur la plage, contemplant la mer au clair de lune, il se fuma trois cigarettes à la file. Peut-être que la voix de Livia le calmerait assez pour qu'il puisse se coucher et dormir.

— Allô, Livia, comment ça va ?

— Couci-couça.

— Moi, j'ai eu une dure journée.

— Ah bon ?

Que diable avait Livia ? Puis il se souvint que le coup de fil du matin s'était mal terminé.

— Je t'appelle pour te demander pardon de ma grossièreté. Et pas seulement pour ça. Si tu savais ce que tu me manques...

Il craignit d'être en train d'exagérer.

— Je te manque vraiment ?

— Oui, tellement, tellement.

— Ecoute, Salvo, samedi matin, je prends l'avion et un peu avant déjeuner, je suis à Vigàta.

La terreur le prit, il ne manquait plus que Livia.

— Mais, non, mon amour, pour toi, c'est tellement compliqué...

Quand elle s'entêtait, Livia était pire qu'une Calabraise. Elle avait dit samedi matin et samedi matin, elle arriverait. Montalbano se dit que le lendemain, il lui faudrait téléphoner au Questeur. Adieu, pâtes au *nìvuro di sìccia* !

Le lendemain vers les onze heures, vu qu'au bureau il ne se passait rin, le commissaire se dirigea paresseusement vers la montée Granet. Le premier magasin de la rue était une boulangerie, elle était là depuis six ans. Le boulanger et son apprenti avaient effectivement su qu'un monsieur qui avait ses bureaux au 28 avait été tué, mais eux ne le connaissaient pas, jamais vu. Ce n'était pas possible et Montalbano questionna avec insistance, en prenant toujours plus ses airs de flic, jusqu'à ce qu'il s'avise que, pour se rendre de chez lui au bureau, M. Lapecora parcourait l'autre bout de la rue. Et de fait, à l'épicerie du 26, on le connaissait, pour sûr ! le pôvre M. Lapecora. On y connaissait aussi la Tunisienne, comment elle s'appelait, Karima, beau brin de fille, et quelques regards furtifs, quelques petits sourires furent échangés entre le patron et ses commis. Oh, mon Dieu, la main sur le feu, ça, non, ils pouvaient pas la mettre, mais vous comprendrez, commissaire, une fille si belle, seule à la maison avec un homme comme le pôvre M. Lapecora, si bien conservé pour son âge... Oui, il avait un neveu, un arrogant présomptueux qui souvent laissait la voiture collée juste contre la porte du magasin qu'une fois, Mme Micciché, qui se fait ses cent cinquante kilos, elle resta encastrée entre la voiture et la porte... Non, la plaque non. Si elle avait été comme celles d'autrefois que PA, ça voulait dire Palerme, et MI, Milan, ça aurait été différent.

Le troisième et dernier magasin de la montée Granet vendait de l'électroménager. Le propriétaire, M. Zircone Angelo, comme l'annonçait l'enseigne, se tenait derrière le comptoir et lisait le journal. Bien sûr qu'il connaissait le pôvre défunt, le magasin était là depuis dix ans. Quand M. Lapecora passait, dans les dernières années, seulement le lundi, le mercredi et le vendredi, il saluait toujours. Une si brave pirsonne.

Oui, il voyait aussi la Tunisienne, une belle femme. Oui, le neveu aussi, quelquefois. Le neveu et l'ami du neveu.

— Quel ami ? demanda Montalbano, pris par surprise.

Il apparut que M. Zircone, cet ami, il l'avait vu au moins trois fois : il arrivait avec le neveu et avec lui, entrait au 28. Un trentenaire, blondasse, plutôt grassouillet. Plus que ça, il ne pouvait rien dire. La plaque de la voiture ? Vous voulez rire ? Avec ces plaques qu'on comprend pas si c'est un Turc ou un chrétien ? Une BMW gris métallisé, s'il disait davantage, il se l'inventerait.

Le commissaire appuya sur la sonnette de la porte du bureau. Personne ne vint ouvrir, Galluzzo, derrière la porte, manifestement, était en train de pinser sur ce qu'il avait de mieux à faire.

— Montalbano, je suis.

La porte s'ouvrit immédiatement.

— La Tunisienne ne s'est pas montrée, annonça Galluzzo.

— Et elle va pas se montrer. C'est toi qui avais raison, Gallù.

L'agent baissa les yeux, confus.

— Qui a donné la nouvelle ?

— Le *dottor* Jacomuzzi.

Pour passer le temps, Galluzzo s'était organisé. S'étant emparé des vieux numéros du supplément du vendredi de la *Repubblica,* que M. Lapecora entassait sur un rayonnage, celui qui avait le moins de dossiers, il les avait répandus sur le bureau, à la recherche des pages qui représentaient des femmes plus ou moins nues. Puis il avait cessé de les regarder pour se consacrer aux mots croisés d'une revue jaunie.

— Je dois rester toute la sainte journée ici ? demanda-t-il, attristé.

— Je pense que oui, prends ton courage à deux mains. Ecoute, moi, je vais à côté, je profite des cabinets de M. Lapecora.

Cela ne lui arrivait pas souvent d'y aller en dehors de ses heures habituelles, peut-être la colère qu'il s'était prise en voyant Jacomuzzi faire le pantin à la télévision lui avait-elle altéré les rythmes de la digestion.

Il s'assit sur la lunette, poussa le rituel soupir de satisfaction et, à ce moment précis, son esprit accommoda sur une chose qu'il avait vue quelques minutes auparavant et à laquelle il n'avait accordé aucune valeur.

Bondissant sur ses pieds, il courut dans la pièce à côté, en se retenant d'une main pantalon et caleçon à moitié remontés.

— Stop ! intima-t-il à Galuzzo qui, de peur, blêmit comme un mort et leva instinctivement les mains en l'air.

Le voilà, juste à côté du coude de Galuzzo, un « R » noir, en gras, soigneusement découpé dans une quelconque page de journal. Non, pas de journal : de revue, le papier était glacé.

— Qu'est-ce qui se passe ? réussit à articuler Galluzzo.

— Ça peut être tout comme ça peut être rien, répondit le commissaire, telle la sibylle de Cumes.

Il remonta son pantalon, boucla la ceinture, laissant la braguette ouverte, prit le téléphone.

— Pardonnez-moi si je vous dérange, madame. A quelle date m'avez-vous dit avoir reçu la première lettre anonyme ?

— Le 13 juin de l'an dernier.

Il remercia, raccrocha.

— Donne-moi un coup de main, Gallù. Mettons en ordre tous les numéros de cette revue et voyons s'il manque des pages.

Ce qu'ils cherchaient, ils le trouvèrent : c'était le numéro du 7 juin, le seul dont deux pages avaient été arrachées.

— Continuons, dit le commissaire.

Au numéro du 30 juillet, il manquait deux pages ; idem pour le numéro du 1er septembre.

Les trois lettres anonymes avaient été composées là, dans ce bureau.

— Avec ta permission, dit poliment Montalbano.

Galluzzo l'entendit qui chantait dans les cabinets.

Cinq

— Monsieur le Questeur ? Montalbano, je suis. Je vous appelle pour vous dire que je suis vraiment navré, mais demain soir je ne pourrai venir dîner chez vous.

— Vous êtes navré parce que nous ne pourrons nous voir ou pour les pâtes à l'encre de seiche ?

— Pour les deux.

— S'il s'agit d'une obligation de travail, je ne peux…

— Ce n'est pas une obligation de travail… Le fait est que pour vingt-quatre heures va venir me retrouver ma…

Fiancée ? Ça lui sembla un terme du XIXe. Nana ? A leur âge ?

— Compagne ? suggéra le Questeur.

— Exactement.

— Mlle Livia Burlando doit tenir beaucoup à vous pour s'infliger un voyage si long et ennuyeux.

Jamais il n'avait parlé de Livia à son supérieur ; officiellement, il aurait dû en ignorer l'existence. Même quand il était à l'hôpital parce qu'on lui avait tiré dessus, l'un et l'autre ne s'étaient jamais rencontrés.

— Ecoutez, dit le Questeur. Pourquoi ne nous la présentez-vous pas ? Ma femme en serait très heureuse. Faites-la venir elle aussi, demain soir.

La bouffe de samedi était sauvée.

— Je parle avec monsieur le Commissaire ? Avec lui personnellement ?

— Oui, madame, c'est moi.

— Je voudrais vous dire quelque chose à propos du monsieur qu'on a assassiné hier matin.

— Vous le connaissiez ?

— Oui et non. Je ne lui ai jamais parlé. Même, je n'ai su comment il s'appelait que par le journal télévisé de hier soir.

— Ecoutez, madame, vous considérez que ce que vous avez à me dire est vraiment important ?

— Je pense que oui.

— Bien. Passez à mon bureau cet après-midi vers cinq heures.

— Je ne peux pas.

— Ben, alors demain.

— Demain non plus. Je suis paralytique.

— Je comprends. Je vais venir, moi, chez vous. Tout de suite, même.

— Moi, à la maison, je suis toujours.

— Où habitez-vous, madame ?

— 23, montée Granet. Je m'appelle Clementina Vasile Cozzo.

Tandis qu'il suivait le chemin le plus court jusqu'au rendez-vous, il entendit qu'on l'appelait. C'était le capitaine Marniti, assis à une table du café Albanese avec un autre officier plus jeune.

— Je vous présente le lieutenant Piovesan, commandant de la vedette *Fulmine*, celle qui...

— Montalbano, enchanté, dit le commissaire, nullement enchanté.

Cette histoire du bateau de pêche, il avait réussi à s'en débarrasser, pourquoi on continuait à la lui ramener ?

— Prenez un café avec nous.

— En fait, j'ai quelque chose à faire.

— Rien que cinq minutes.

— D'accord, mais sans café.

Il s'assit.

— Allez-y, vous, parlez, dit Marniti à Piovesan.

— Pour moi, gh'il n'y a rien de frai là-detans, dit Piovesan avec son accent vénitien.

— Qu'est-ce qui n'est pas vrai ?

— A moi, cette histoire du bateau de pêche, elle m'est restée sur le stomac. Nous avons reçu le SOS du *Santopadre* à une heure du matin, il nous a tonné sa position et nous a dit qu'il était suivi par la vedette *Rameh*.

— Quelle était la position ? s'informa malgré lui le commissaire.

— A peine hors de nos eaux territoriales.

— Et vous avez accouru.

— En fait, ça revenait à la vedette *Lampo* qui était plus brès.

— Et pourquoi la *Lampo* n'y est pas allée ?

— Parce qu'une heure avant, un SOS avait été lancé par un bateau de pêche qui embarquait de l'eau par une brèche. Le *Tuono* est allé prêter main-forte à la *Lampo* et comme ça, une large portion de mer est restée dégarnie.

« *Fulmine, Lampo, Tuono* : Foudre, Eclair, Tonnerre : toujours du mauvais temps dans la marine », pinsa Montalbano. Et au lieu de quoi, il dit :

— Naturellement, ils ne trouvèrent aucun bateau de pêche en difficulté.

— Naturellement. Et moi non blus, quand j'arrifai sur les lieux, je ne troufai pas trace ni du *Santopadre*, ni du *Rameh*, lequel, par ailleurs, n'était pas de service cette nuit-là. Je sais pas trop, mais pour moi, cette histoire, elle pue.

— Elle pue quoi ? s'enquit Montalbano.

— La contrepande, répondit Piovesan.

Le commissaire se leva, écarta les bras et haussa les épaules :

— Mais qu'est-ce qu'on y peut ? Ceux de Trapani et de Mazàra ont réclamé l'enquête.

Un acteur consommé, Montalbano.

— Commissaire ! *Dottore* Montalbano !

On l'appelait encore une fois. Etait-il possible qu'il arrive avant la nuit chez Mme ou Mlle Clementina ? Il se tourna, c'était Gallo qui le suivait.

— Qu'est-ce qu'il y a ?

— Rin, il y a. Comme je vous ai vu, je vous ai appelé.

— Où tu vas ?

— Galluzo m'a appelé du bureau de Lapecora. Maintenant, je vais acheter quelques sandwiches et je vais lui tenir compagnie.

Le 23 de la montée Granet était exactement en face du 28, les deux maisons étaient identiques.

Clementina Vasile Cozzo, sexagénaire bien vêtue, était assise sur une chaise roulante. L'appartement brillait de propreté. Suivie de Montalbano, elle alla se placer très près d'une fenêtre munie de rideaux. D'un signe, elle invita le commissaire à se prendre une chaise et à s'asseoir devant elle.

— Je suis veuve, attaqua-t-elle. Mais, grâce à mon fils Giulio, je ne manque de rien. Je suis à la retraite, je faisais institutrice. Mon fils me paie une bonne qui prend soin de moi et de la maison. Elle vient trois fois par jour, le matin, à midi et le soir quand je me mets au lit. Ma belle-fille, qui m'aime comme une vraie fille, passe ici au moins une fois par jour, Giulio fait pareil. A part ce malheur qui m'est arrivé il y a six ans, je n'ai pas à me plaindre. J'écoute la radio, je regarde la télévision, mais surtout je lis. Vous voyez ?

Elle indiquait deux rayonnages débordants de livres.

Quand est-ce qu'elle se déciderait à en venir au fait, cette dame — et non demoiselle, la chose était à présent tranchée.

— Je vous ai exposé tout cela pour vous faire comprendre que je ne suis pas une pipelette, une femme qui passe son temps à regarder ce que font les autres. Mais de temps en temps, les choses, je les vois, même quand je ne voudrais pas.

Le téléphone sans fil qu'elle gardait sur un plateau fixé au bras de son fauteuil sonna.

— Giulio ? Oui, le commissaire est là. Non, je n'ai besoin de rien. A plus tard.

Elle regarda le commissaire avec un sourire.

— Giulio était opposé à notre entrevue. Il ne voulait pas que je m'en mêle, que je me mêle de choses qui, selon lui, ne me regardent pas. Pendant des décennies les gens convenables d'ici n'ont pas cessé de répéter que la mafia, ça ne les concernait pas, ce n'étaient pas leurs affaires. Mais moi, à mes élèves, je leur enseignais que le « *Nenti vitti, nenti sacciu* », « rien vu, rien su », était le pire des péchés mortels. Et maintenant que c'est à moi de raconter ce que j'ai vu, je reculerais ?

Elle se tut, soupira. A Montalbano, Mme Clementina Vasile Cozzo plaisait de plus en plus.

— Vous devez m'excuser, je divague. Pendant quarante ans, comme maîtresse d'école, je n'ai fait que parler et parler. Il m'en est resté l'habitude. Levez-vous.

Montalbano obéit, bon élève.

— Mettez-vous dans mon dos et baissez-vous jusqu'à la hauteur de ma tête.

Quand le commissaire lui fut assez près pour sembler lui parler à l'oreille, la dame tira le rideau.

C'était vraiment comme si on avait été à l'intérieur de la première pièce du bureau de M. Lapecora, car le voile, appliqué directement aux vitres de la fenêtre, était trop léger pour faire écran. Gallo et Galluzzo étaient en train de manger leurs sandwiches qui étaient en réalité des demi-miches. Une bouteille de vin au milieu, avec deux verres de carton. La fenêtre de Mme Clementina était légèrement plus élevée que l'autre et, par un curieux effet de perspective, les deux agents et les objets présents dans la pièce s'en trouvaient légèrement agrandis.

— L'hiver, quand ils allumaient la lumière, on voyait mieux, commenta la dame, en laissant retomber le rideau.

Montalbano retourna s'asseoir.

— Alors, madame, qu'avez-vous vu ? demanda-t-il.

Clementina Vasile Cozzo le lui dit.

Le récit terminé, comme il prenait congé, le commissaire entendit s'ouvrir et se refermer la porte de la maison.

— C'est la bonne, dit Mme Clementina.

Entra une fille de vingt ans, courtaude, à l'air revêche, qui fixa sévèrement l'intrus.

— Tout va bien ? demanda-t-elle, soupçonneuse.

— Oui, tout va bien.

— Alors je vais à la cuisine pour mettre l'eau à bouillir, dit-elle et elle sortit, nullement rassurée.

— Ben, madame, je vous remercie et… commença le commissaire en se levant.

— Pourquoi vous ne restez pas à manger avec moi ?

Montalbano sentit pâlir son estomac. Mme Clementina était bien gentille, mais elle devait se nourrir de semoule et de pommes de terre bouillies.

— En fait, j'aurais tellement de…

— Pina, la bonne, est une très bonne cuisinière, croyez-moi. Aujourd'hui, elle a préparé les pâtes à la Norma, vous savez, celles avec les aubergines frites et la ricotta salée.

— Seigneur ! s'exclama Montalbano en s'asseyant.

— Et comme deuxième plat, du bœuf braisé.

— Seigneur ! répéta Montalbano.

— Pourquoi vous étonnez-vous autant ?

— Ce n'est pas un peu lourd, ces plats, pour vous ?

— Et pourquoi ? Moi, j'ai un estomac comme ne l'ont pas ces petites de vingt ans, celles qui passent tranquillement une journée entière avec une demi-pomme et un jus de carotte. Vous aussi, vous êtes de l'opinion de mon fils Giulio ?

— Je n'ai pas le plaisir de la connaître.

— Il dit qu'à mon âge, ce n'est pas convenable de manger ces choses. Il me considère un peu comme une effrontée. D'après lui, je devrais me nourrir de bouillies. Alors, qu'est-ce que vous faites ? Vous restez ?

— Je reste, annonça le commissaire sur un ton décidé.

Il traversa la rue, monta les trois marches, frappa à la porte du bureau. Gallo vint lui ouvrir.

— J'ai remplacé Galuzzo, expliqua-t-il, puis : *Dottore,* vous venez du bureau ?

— Non, pourquoi ?

— Fazio a téléphoné ici pour savoir si nous vous avions vu. Il vous cherche. Il a une chose importante à vous dire.

Le commissaire courut au téléphone.

— Commissaire, je me suis permis parce que je pense qu'il s'agit d'une nouveauté sérieuse. Vous vous souvenez qu'à hier soir, vous me dîtes de diffuser un photogramme de recherche pour cette Karima ? Bien, il y a juste une demi-heure, le *dottor* Mancuso, de la police des étrangers, m'a téléphoné de Montelusa. Il dit qu'il a réussi à savoir, par pur hasard, où habite la Tunisienne.

— Dis-le-moi.

— Elle habite à Villaseta, 70, via Garibaldi.

— J'arrive tout de suite et on y va.

A la porte du commissariat, un quadragénaire bien vêtu l'arrêta.

— Vous êtes le *dottor* Montalbano ?

— Oui, mais je n'ai pas le temps.

— Voilà deux heures que je vous attends. Vos collaborateurs ne savaient pas si vous alliez venir ou pas. Je suis Antonino Lapecora.

— Le fils ? Le médecin ?

— Oui.

— Condoléances. Entrez. Mais cinq minutes seulement.

Fazio vint à sa rencontre.

— La voiture est prête.

— On part dans cinq minutes. D'abord, je vais parler avec monsieur.

Ils entrèrent dans le bureau, le commissaire invita le médecin à s'asseoir, s'installa dans son fauteuil.

— Je vous écoute.

— Vous voyez, commissaire, voilà plus de quinze ans que je vis à Valledolmo, où j'exerce ma profession. Je suis pédiatre. A Valledolmo, je me suis marié. Cela pour vous dire que, depuis longtemps, mes rapports avec mes parents se sont inévitablement distendus. Du reste, entre nous, l'intimité a toujours été réduite. Nous passions les fêtes ensemble, bien sûr, et tous les quinze jours, on s'appelait. C'est pourquoi j'ai été très surpris l'année dernière, début octobre, quand j'ai reçu une lettre de papa. Voilà.

Il plongea la main dans sa poche, en tira la lettre, la tendit au commissaire.

Nino mon chéri, je sais que ce mot de moi va te surprendre. J'ai essayé de te tenir dans l'ignorance d'une histoire dans laquelle je me suis trouvé impliqué qui maintenant menace de devenir une chose très grave pour moi. Mais maintenant, je me rends compte que je ne peux absolument pas continuer comme cela. J'ai absolument besoin de ton aide. Viens tout de suite. Et de ces lignes, ne parle pas à maman. Bises.

Papa

— Et vous, qu'est-ce que vous avez fait ?

— Ben, vous voyez, moi, deux jours plus tard, je devais aller à New York... J'ai été parti un mois. Quand je suis revenu, j'ai téléphoné à papa en lui demandant s'il avait encore besoin de moi et il m'a dit que non. Puis nous nous sommes vus, mais il n'est pas revenu sur le sujet.

— Vous vous êtes fait une idée de ce que pouvait être l'histoire dangereuse à laquelle votre père faisait allusion ?

— Je pensais alors qu'elle concernait l'entreprise qu'il avait voulu rouvrir malgré mon avis décidément contraire. Nous nous sommes même disputés.

En plus, maman m'avait fait une allusion sur une relation de papa avec une femme qui le contraignait à des dépenses excessives...

— Arrêtez-vous là. Vous, donc, vous vous êtes convaincu que l'aide que votre père attendait de vous, c'était principalement un prêt, ou quelque chose de ce genre ?

— Si je dois être sincère, oui.

— Et vous n'êtes pas intervenu, malgré le ton de sa lettre, inquiet et inquiétant.

— Bah, vous voyez...

— Vous gagnez bien votre vie, docteur ?

— Je n'ai pas à me plaindre.

— Par curiosité, vous pouvez me dire pourquoi vous avez voulu me faire voir la lettre ?

— Parce que, après cet assassinat, la perspective est changée. Je pense qu'elle peut être utile à l'enquête.

— Non, elle n'est pas, dit calmement Montalbano. Reprenez-vous-la et gardez-la bien. Vous avez des enfants, docteur ?

— Un. Calogerino, quatre ans.

— Je vous souhaite de ne jamais avoir besoin de votre fils.

— Pourquoi ? demanda, interloqué, le Dr Antonino Lapecora.

— Parce que si bon sang ne saurait mentir, vous seriez foutu.

— Mais je ne vous permets pas...

— Si vous ne disparaissez pas dans les dix secondes, je vous fais arrêter sous un prétexte quelconque.

Le médecin s'enfuit si précipitamment qu'il en fit tomber la chaise sur laquelle il était assis.

Aurelio Lapecora avait désespérément demandé de l'aide à son fils et celui-ci, entre son père et lui, avait mis l'océan.

Trente ans auparavant, Villaseta consistait encore en une vingtaine de maisons ou, mieux, de masures, rangées en deux files égales le long de la route provinciale, à mi-chemin entre Vigàta et Montelusa. Mais durant les années du boum économique, à la frénésie immobilière (laquelle semblait la base constitutionnelle de notre pays : « L'Italie est une république fondée sur le travail des promoteurs[1] ») s'ajouta le délire routier et donc Villaseta se retrouva au point d'intersection de trois voies rapides, d'une route à quatre voies, d'une dénommée « bretelle », de deux provinciales et de trois interprovinciales. Après quelques kilomètres de paysages touristiques caractérisés par les glissières de sécurité opportunément peintes en rouge — là où avaient été tués juges, policiers, carabiniers, douaniers et même gardiens de prison —, certaines de ces routes réservaient à

1. Parodie de la première phrase de la Constitution italienne : « L'Italie est une république fondée sur le travail. »

l'insouciant voyageur étranger la surprise de se terminer inexplicablement (ou trop explicablement) contre le flanc d'une colline désolée au point de susciter le soupçon que jamais pied humain ne s'était posé là. D'autres, d'un coup, allaient finir en bord de mer, sur une plage de sable fin et blond, sans maison en vue ni bateau à l'horizon, entraînant promptement la chute de l'insouciant voyageur dans le syndrome de Robinson.

Villaseta, qui, depuis toujours, obéissant à un instinct primaire, disposait des maisons sur les côtés de toute route qui se présentait, devint en peu de temps un gros bourg étendu et labyrinthique.

— Va me trouver cette via Garibaldi, maintenant ! gémit Fazio qui était au volant.

— Quelle est la partie la plus extérieure de Villaseta ? s'enquit le commissaire.

— Celle le long de la route pour Butera.

— Allons-y.

— Comment vous le savez que la via Garibaldi est de ce côté ?

— Laisse-toi faire.

Il était sûr de ne pas se tromper. Son expérience directe lui avait appris que dans les années précédant le miracle économique susmentionné, la zone centrale de chaque village ou ville avait des rues consacrées, par devoir de mémoire, aux pères de la patrie (genre Mazzini, Garibaldi, Cavour), aux vieux politiciens (Orlando, Sonnino, Crispi), aux classiques (Dante, Pétrarque, Carducci ; Leopardi se rencontrait moins). Après le boum, la toponymie avait changé, les pères de la patrie, les vieux politiciens et les classiques avaient été relégués en périphérie, tandis qu'au centre s'installaient Pasolini, Pirandello, De Filippo, Togliatti, De Gasperi, et l'immanquable Kennedy (sous-entendu John et non Bob, bien que Montalbano, dans un village perdu de la chaîne des Nebrosi, fût tombé une fois sur une place « des Fils Kennedy »).

En fait, le commissaire mit dans le mille, d'un certain point de vue, mais de l'autre, il se trompa. Il devina juste parce que le long de la route pour Butera s'était opéré le déplacement centrifuge des noms historiques. Il se trompait parce que les rues de ce qu'on appellera, faute de mieux, un quartier, étaient dédiées non point aux pères de la patrie mais, va savoir pourquoi, à Verdi, Bellini, Rossini et Donizetti. Découragé, Fazio se décida à demander des informations à un vieux péquenaud montant un âne chargé de branches sèches. Sauf que l'âne décida de ne pas s'arrêter et que Fazio fut contraint de l'accompagner, moteur au ralenti.

— Excusez-moi, comment va-t-on à la via Garibaldi ?

Le vieux parut ne pas avoir entendu.

— Comment va-t-on à la via Garibaldi ? répéta plus fort Fazio.

Le vieux se tourna, fixa l'étranger avec une expression furieuse.

— « Va-t'en Garibaldi ? » Vous venez à dire « va-t'en » à Caribardi, avec tout ce bordel qui se passe sur notre terre ? Mais qué « va-t'en » ! Caribardi doit revenir, vite, leur botter le cul à cette bande de fils de pute !

Six

La via Garibaldi, enfin trouvée, touchait une campagne jaune, inculte, interrompue de temps à autre par quelques tâches vertes de jardinets fatigués. Le numéro 70 était une maisonnette en blocs de grès sans enduit. Deux pièces : celle du rez-de-chaussée, on y entrait par une porte plutôt basse flanquée d'une petite fenêtre. A celle de l'étage, qui bénéficiait d'un balconnet, on accédait par un escalier extérieur. Fazio frappa à la petite porte et peu après vint ouvrir une vieille en djellaba usée mais propre. En voyant les deux hommes, elle déversa un torrent de mots arabes souvent interrompus de petits cris de tête.

— Et bonjour chez vous ! commenta Montalbano, irrité et aussitôt découragé (le ciel s'était fait légèrement nuageux).

— Attends, attends, dit Fazio à la vieille tandis qu'il mettait la paume de la main en avant dans le geste international qui invite à s'arrêter. La vieille comprit et se tut d'un coup.

— Ka-ri-ma ? demanda le policier et, craignant de ne pas avoir bien prononcé ce nom, il se déhancha, en se caressant une fluide et abondante chevelure imaginaire. La vieille rit.

— Karima ! dit-elle et, de l'index, elle montra l'escalier extérieur. Fazio frappa et personne ne répondit. Les stridulations de la vieille se firent plus fortes. Fazio frappa de nouveau. La vieille écarta résolument le commissaire, passa devant lui, éloigna Fazio, se plaça dos à la porte, imita Fazio se lissant les cheveux et ondulant des hanches, fit suivre la mimique du geste signifiant « parti », puis baissa la main droite paume tendue, la releva, élargit les doigts, répéta le geste « parti ».

— Elle avait un enfant ? s'étonna le commissaire.

— Elle est partie avec son enfant de cinq ans, si j'ai bien compris, confirma Fazio.

— Je veux en savoir plus, dit Montalbano. Appelle à Montelusa le bureau des étrangers et fais-toi envoyer quelqu'un qui parle l'arabe. Le plus vite possible.

Fazio s'éloigna, suivi de la vieille qui continuait à lui parler. Le commissaire s'assit sur une marche, alluma une cigarette et engagea un concours d'immobilité avec un lézard.

Buscaìno, l'agent qui savait l'arabe parce qu'en Tunisie, il y était né et avait vécu jusqu'à l'âge de quinze ans, arriva qu'un quart d'heure n'était pas passé. En entendant le nouvel arrivant parler dans sa langue, la vieille s'empressa de collaborer.

— Elle dit comme ça, qu'elle voudrait tout raconter à l'oncle, traduisit Buscaìno.

Après l'enfant, il y avait un oncle au menu ?

— *E cu minchia è ?* Et qui c'est, bordel ? demanda Montalbano, médusé.

— L'oncle, hum... ça serait vous, commissaire, expliqua l'agent. C'est un titre de respect. Elle dit que Karima, à hier matin, vers les neuf heures, elle est revenue ici, elle a pris son fils et elle s'est carapatée en vitesse. Elle dit qu'elle semblait très agitée, effrayée.

— Elle l'a, la clé de la pièce d'en haut ?

— Oui, dit l'agent après avoir demandé.

— Fais-la-toi donner et allons voir.

Tandis qu'ils montaient l'escalier, la vieille parlait sans interruption et Buscaìno traduisait rapidement. Le fils de Karima avait cinq ans ; la mère le laissait à la vieille tous les jours quand elle allait travailler ; le minot s'appelait François, c'était le fils d'un Français de passage en Tunisie.

La chambre de Karima, exemplaire de propreté, avait un lit à deux places, un petit lit pour le gamin protégé par un rideau, une petite table portant téléphone et téléviseur, une table plus grande entourée de quatre chaises, une coiffeuse à quatre microtiroirs, une *armùar*[1]. Deux des tiroirs étaient pleins de photographies. Dans un coin, il y avait un réduit, fermé par une porte coulissante en plastique, derrière laquelle

1. Prononcer « armouar ».

ils découvrirent la lunette du WC, le bidet, le lavabo. Là, le parfum que le commissaire avait senti dans les bureaux de Lapecora, Volupté, était très intense. Outre le petit balcon, il y avait aussi une fenêtre qui s'ouvrait sur l'arrière, au-dessus d'un jardinet bien tenu.

Montalbano prit une photographie sur laquelle une belle trentenaire à la peau sombre, aux grands yeux intenses, tenait un bambin par la main.

— Demande-lui si ce sont Karima et François.

— Oui, dit Buscaìno.

— Où est-ce qu'elle va manger ? Ici, je ne vois pas de cuisinière.

La vieille et l'agent parlèrent avec animation, puis Buscaìno rapporta que l'enfant mangeait toujours avec la vieille, Karima aussi, quand elle était à la maison, ce qui arrivait quelquefois le soir.

Elle recevait des hommes chez elle ?

En entendant la traduction, la vieille s'indigna visiblement. Karima était presque une djin, une sainte femme à mi-chemin entre la race humaine et celle des anges, jamais elle n'aurait fait « haram », des choses illicites, elle gagnait sa vie à la sueur de son front, comme femme de ménage, à nettoyer la saleté des hommes. Bonne et généreuse, elle lui versait, pour les courses, pour surveiller l'enfant et veiller à l'entretien de la maison, beaucoup plus d'argent que la vieille n'en dépensait et elle ne voulait jamais reprendre la monnaie. L'oncle, c'est-à-dire Montalbano, était certainement un homme aux sentiments justes et au comportement droit, donc comment pouvait-il penser une chose pareille de Karima ?

— Dis-lui, rétorqua-t-il tout en regardant les photos que contenait le tiroir, qu'Allah est grand et miséricordieux, mais que si elle me raconte des conneries, Allah certainement le prendra très mal parce qu'elle trompe la justice et alors, viendront les emmerdes.

Buscaìno traduisit consciencieusement et la vieille se tut, comme si son ressort avait fini de la faire fonctionner. Puis une de ses clés intérieures la remit en marche et elle recommença à parler à flots irrésistibles. L'oncle, qui était très sage, avait raison, il avait vu juste. Plusieurs fois, durant les deux dernières années, un homme jeune était venu la trouver, il arrivait dans une grosse automobile.

— Demande-lui de quelle couleur.

Le dialogue entre la vieille et Buscaìno fut long et laborieux.

— Je crois avoir compris gris métallisé.

— Qu'est-ce qu'ils faisaient, ce jeune et Karima ?

Ce que font un homme et une femme, oncle. La vieille entendait au-dessus de sa tête le lit grincer.

Il dormait avec Karima ?

Une fois seulement et ce fut lui, le lendemain matin, qui l'accompagna au travail dans son automobile.

Mais c'était un homme méchant. Une nuit, il y avait eu un grand bruit.

Karima criait et pleurait, puis l'homme méchant s'en était allé.

Elle avait accouru et trouvé Karima qui sanglotait, avec des marques de coups sur son corps nu. Par chance, François ne s'était pas réveillé.

Est-ce que par hasard le méchant homme était venu la trouver mercredi soir ?

Comment avait-il fait, l'oncle, pour deviner ? Oui, il était venu, mais il n'avait rien fait avec Karima, il l'avait emmenée dans sa voiture.

Quelle heure était-il ?

Il pouvait être dix heures du soir. Karima avait fait descendre François chez elle, elle avait dit qu'elle allait passer la nuit ailleurs. Et de fait, elle était revenue le lendemain matin vers neuf heures, pour disparaître avec l'enfant.

Le méchant homme l'accompagnait ?

Non, elle était venue en autobus. Le méchant homme était en fait arrivé alors que Karima et son fils étaient partis depuis un quart d'heure. Dès qu'il avait su que la femme n'était pas là, il était remonté en voiture et avait foncé à sa recherche.

Karima lui avait dit où elle avait l'intention d'aller ?

Non, elle n'en avait pas parlé. Elle les avait vus qui se dirigeaient à pied vers Villaseta Vieille, là où les cars passent.

Elle avait une valise ?

Oui, très petite.

Que la vieille regarde autour d'elle. Est-ce qu'il manquait quelque chose, dans la chambre ?

La vieille ouvrit l'*armùar* — l'odeur de Volupté explosa dans la pièce —, ainsi que quelques tiroirs, y farfouilla.

A la fin, elle dit que Karima, dans sa mallette, avait mis un pantalon, un chemisier, des culottes, elle ne portait pas de soutien-gorge. Elle y avait aussi fourré du rechange de vêtements et des sous-vêtements pour le petit.

Qu'elle regarde avec attention. Manquait-il autre chose ?

Oui, le grand livre qu'elle gardait près du téléphone.

Il apparut que le livre était une espèce d'agenda-journal. Sûrement, Karima l'avait emporté avec elle.

— Elle ne pensait pas rester longtemps partie, commenta Fazio.

— Demande-lui, dit le commissaire à Buscaìno, si Karima passait souvent la nuit dehors.

Pas souvent, quelquefois. Mais elle prévenait toujours.

Montalbano remercia Buscaìno et lui demanda :

— Tu peux mener Fazio jusqu'à Vigàta ?

Fazio regarda son supérieur d'un air perplexe :

— Pourquoi, vous, qu'est-ce que vous faites ?

— Moi, je reste encore un peu.

Parmi les nombreuses photographies que le commissaire entreprit d'examiner, il y avait une grosse enveloppe contenant une vingtaine de clichés de Karima nue, sorte d'échantillonnage de la marchandise qui était décidément de toute première qualité. Comment était-il possible qu'une femme pareille n'ait pas réussi à se trouver un mari, un amant riche qui l'entretienne, sans qu'elle soit obligée de se prostituer ? Il y en avait une de Karima en état de grossesse avancée qui regardait avec amour l'homme grand et blond auquel elle était littéralement suspendue, probablement le père de François, le Français de passage en Tunisie. D'autres montraient Karima enfant avec un garçonnet un peu plus grand qu'elle, ils se ressemblaient beaucoup, l'œil identique, ils étaient sans aucun doute frère et sœur. Des photos avec son frère, il y en avait beaucoup, prises au cours des années. La dernière devait être celle où Karima, son fils de quelques mois au bras, se tenait à côté de son frère dans une espèce d'uniforme, mitraillette au poing. Montalbano prit celle-ci, descendit l'escalier. La vieille pilait dans un mortier de la viande hachée à laquelle elle ajoutait des grains de blé cuit. Dans un plat, il y avait, prêtes à rôtir, des brochettes de viande, chaque morceau enroulé dans une feuille de vigne. Montalbano réunit ses doigts vers le haut, *a cacòcciola*, en forme d'artichaut, et agita la main de bas en haut. La vieille comprit la question. Elle montra d'abord le mortier :

— Kubba.

Puis indiqua une des brochettes.

— Kebab.

Le commissaire lui montra la photo, pointa le doigt sur l'homme. La vieille répondit quelque chose d'incompréhensible. Montalbano s'énerva contre lui-même, pourquoi était-il si pressé de renvoyer Buscaìno ? Puis il se rappela que les Tunisiens avaient, pendant de nombreuses années, beaucoup frayé avec les Français. Il s'y essaya.

— *Frère** ?

Les yeux de la vieille s'éclairèrent.

— *Oui. Son frère Ahmed**.

— *Où est-il** ?

— *Je ne sais pas**, dit la vieille en écartant les bras.

Après ce dialogue de manuel de conversation, Montalbano se retapa l'escalier, prit la photo de Karima enceinte avec l'homme blond.

— *Son mari** ?

La vieille eut un geste de mépris.

— *Juste le père de François. Un homme mauvais**.

Trop, elle en avait trop rencontré et elle en rencontrait encore trop, des hommes méchants, la belle Karima.

— *Je m'appelle Aisha**, annonça à l'improviste la vieille.

— *Mon nom est Salvo**, dit Montalbano.

* En français dans le texte.

Il monta en voiture, trouva la pâtisserie qu'il avait entrevue en venant, acheta douze *cannoli*, revint. Aisha avait disposé la table sous une minuscule pergola derrière la maisonnette, au bord du jardin. La campagne était déserte. Le commissaire, pour commencer, défit la ficelle et la vieille, comme hors-d'œuvre, se mangea deux *cannoli*. La « kubba » n'enthousiasma pas Montalbano, mais les « kebab » avaient une saveur d'herbes âpres qui les rendait vivaces, c'est ainsi du moins qu'il les qualifia dans son imparfait répertoire d'adjectifs.

Durant le repas, Aisha lui raconta probablement sa vie, mais elle avait perdu son français et parlait en arabe. Néanmoins, le commissaire participa activement : si la vieille riait, il riait ; si la vieille s'attristait, il faisait une tête de 2 novembre.

A la fin du dîner, Aisha débarrassa tandis que Montalbano, en paix avec lui-même et le reste du monde, fumait une cigarette. Puis la vieille revint, avec un petit air de mystère et de conspiration. Elle tenait en main un boîtier noir, long et plat, qui avait probablement contenu un collier ou quelque chose de ce genre. Aisha l'ouvrit, à l'intérieur, il y avait un livret de compte-épargne de la Banque populaire de Montelusa.

— Karima, dit la vieille et elle se porta un doigt aux lèvres pour signifier que c'était un secret qui devait le rester.

Montalbano prit le livret dans la boîte, l'ouvrit. Cinq cents millions tout rond.

L'an dernier, lui avait raconté Mme Clementina Vasile Cozzo, il lui était venu une terrible crise d'insomnie dont elle ne pouvait venir à bout, heureusement qu'elle n'avait duré que quelques mois. Elle passait la plus grande partie de la nuit à regarder la télévision ou à écouter la radio. Lire non, elle ne pouvait le faire si longtemps parce que, au bout d'un certain temps, les yeux commençaient à lui papilloter. Une fois, il devait être dans les quatre heures du matin, ou un peu avant, elle entendit les cris de deux ivrognes juste sous sa fenêtre. Elle tira le rideau, comme ça, par curiosité, et vit que dans les bureaux de M. Lapecora, il y avait de la lumière. A cette heure de la nuit, qu'est-ce qu'il faisait là, M. Lapecora ? Et en fait, il n'était pas là, la pièce du bureau était vide. Mme Vasile Cozzo se convainquit qu'ils avaient peut-être oublié la lumière allumée. Tout soudain surgit, sortant de l'autre pièce dont elle connaissait l'existence mais qu'elle n'avait jamais réussi à voir, un jeune homme qu'elle avait vu venir de temps en temps aux bureaux, même quand Lapecora n'était pas là. Complètement nu, il courut au téléphone, souleva le combiné, commença à parler. Manifestement, l'appareil avait sonné, mais Mme Cozzo ne l'avait pas entendu. Peu après, de l'autre pièce encore, arriva Karima. Elle aussi nue, qui resta à écouter le jeune qui discutait avec animation. Puis le coup de fil se termina, le jeune homme agrippa Karima et ils s'en retournèrent dans l'autre pièce pour finir ce qu'ils étaient en train de faire quand le coup de fil les avait interrompus. Plus tard, ils reparurent habillés, éteignirent la lumière, et repartirent dans la grosse voiture métallisée qu'il conduisait.

Au cours de l'année écoulée, la chose s'était répétée quatre ou cinq fois. La plupart du temps, ils passaient des heures sans rien dire ni faire ; s'il se la prenait par le bras et la conduisait à côté, c'était seulement pour passer le temps. Certaines fois, il écrivait ou lisait ou sommeillait sur la chaise, la tête appuyée à la table, dans l'attente d'un appel. D'autres fois, après avoir reçu un coup de fil, le jeune en passait à son tour un ou deux.

Cette femme, Karima, le lundi, le mercredi et le vendredi, faisait le ménage — mais qu'est-ce qu'il y avait à nettoyer, Seigneur Dieu ? — et certaines fois, elle répondait au téléphone, mais les coups de fil, elle ne les passait jamais à M. Lapecora, même s'il était là, en pirsonne, et qu'il restait à l'écouter, tête basse, à fixer le carrelage, comme si la chose ne le regardait pas ou qu'il en fût blessé.

De l'avis de Mme Clementina Vasile Cozzo, la *criata,* la domestique, la Tunisienne, était une femme *tinta,* méchante.

Non seulement elle faisait ce qu'elle faisait avec le jeune brun, mais quelquefois, elle venait tarabuster le pauvre Lapecora qui, inévitablement, finissait par céder, et se laisser conduire dans l'autre pièce. Une fois que Lapecora était assis à la tablette de la machine à écrire et lisait le journal, elle s'était agenouillée devant lui, lui avait déboutonné le pantalon, et toujours agenouillée... A ce point, Mme Vasile Cozzo avait interrompu son récit en rougissant.

Il était clair que Karima et le jeune homme possédaient les clés des bureaux, soit qu'il les eut par Lapecora, soit qu'ils en aient fait faire un double. Et il était aussi clair, même s'il n'y avait pas eu de témoin insomniaque, que Karima, la nuit précédant le meurtre de Lapecora, avait passé quelques heures au domicile de la victime, le parfum de Volupté le démontrait. Elle possédait aussi les clés de l'appartement ou bien était-ce Lapecora lui-même qui l'avait fait entrer, profitant du fait que sa femme avait pris une solide dose de somnifère ? En tout cas, cela paraissait dépourvu de sens. Pourquoi risquer de se faire surprendre par Mme Antonietta s'ils pouvaient commodément se rencontrer aux bureaux ? Par un caprice ? Pour assaisonner d'un frisson de danger un rapport affreusement prévisible ?

Et puis, il y avait l'histoire des lettres anonymes, sans aucun doute confectionnées au bureau. Pourquoi Karima et le petit brun l'avaient-ils fait ? Pour mettre Lapecora en position critique ? Ça ne tenait pas. Ils n'avaient rien à y gagner. Et même, ils risquaient que leur adresse téléphonique, ou ce qu'était devenue la société, ne puisse plus être utilisé.

Pour mieux comprendre, il fallait attendre le retour de Karima, laquelle, Fazio avait raison, avait pris le large pour ne pas répondre à des questions dangereuses ; elle reviendrait en tapinois. Le commissaire était certain qu'Aisha tiendrait parole. Dans un français improbable, il lui avait expliqué que Karima s'était fourrée dans un vilain milieu, cet homme méchant et ses compagnons finiraient par la tuer, et avec elle, François et aussi Aisha elle-même. Il lui semblait l'avoir suffisamment convaincue et effrayée.

Ils convinrent qu'à l'instant où Karima se montrerait, la vieille téléphonerait, il suffirait qu'elle demande Salvo et dise seulement son nom, Aisha. Il lui laissa le numéro du bureau et celui de chez lui, en lui recommandant de bien les cacher, comme elle faisait avec le livret d'épargne.

Naturellement, tout cela tenait debout, à une simple condition : que Karima ne fût pas l'assassin. Mais le commissaire avait beau raisonner là-dessus, il ne la voyait pas un couteau en main.

Il regarda sa montre à la lueur du briquet, presque minuit. Depuis plus de deux heures, il était assis sur la véranda, dans l'obscurité pour éviter de se faire manger vivant par les moustiques et les aoûtats, à pinser et repinser à ce qu'il avait appris de Mme Clementina et d'Aisha.

Mais il avait encore besoin d'une autre précision. Pouvait-il téléphoner à cette heure à Vasile Cozzo ? Elle lui avait expliqué que chaque soir la bonne, après l'avoir fait manger, la déshabillait et la mettait sur la chaise roulante. Mais, même si elle était prête pour aller au lit, elle ne se couchait pas, elle restait jusqu'à tard à regarder la télévision. De la chaise roulante au lit et vice-versa, elle pouvait se déplacer seule.

— Madame, je suis impardonnable, je le sais.

— Mais non, je vous en prie, commissaire ! J'étais réveillée, je regardais un film.

— Voilà, madame. Vous m'avez dit que le jeune brun, certaines fois, lisait ou écrivait. Qu'est-ce qu'il lisait ? Qu'est-ce qu'il écrivait ? Vous avez réussi, d'une façon ou d'une autre, à le comprendre ?

— Il lisait des journaux, des lettres. Et il écrivait des lettres. Mais il n'utilisait pas la machine à écrire qu'il y a au bureau, il en amenait une portable. Autre chose ?

*
* *

— Bonsoir, mon amour, tu dormais ? Non ? C'est vrai ? Je serai chez toi demain vers treize heures. Ne t'occupe pas du tout de moi. J'arrive et si tu n'es pas là, je t'attends. De toute façon, j'ai les clés.

Sept

Dans son sommeil, à l'évidence, une partie de sa coucourde avait continué à besogner sur l'affaire Lapecora, au point que vers quatre heures du matin, comme un souvenir lui était venu, il s'était levé et avait commencé à farfouiller fébrilement dans ses livres. Tout d'un coup, il se souvint que celui qu'il cherchait lui avait été emprunté par Augello parce qu'il avait vu à la télévision le film qui en avait été tiré. Il l'avait depuis six mois et il ne s'était pas encore décidé à le lui rendre. Il s'énerva.

— Allô, Mimì ? Montalbano, je suis.

— Oh mon Dieu, qu'est-ce qui fut ? Qu'est-ce qui se passa ?

— Tu l'as encore le roman de Le Carré qui s'appelle *L'Appel du mort* ? Je suis sûr de te l'avoir prêté.

— Mais bordel ?! Il est quatre heures du matin.

— Eh bè ? Je veux que tu me le rendes.

— Salvo, écoute quelqu'un qui t'aime comme un frère, pourquoi tu te fais pas hospitaliser ?

— Je le veux tout de suite.

— Mais je dormais ! Calme-toi, demain matin je

te l'apporte au bureau. Maintenant, je devrais me mettre le caleçon, commencer à le chercher, me rhabiller…

— Je m'en fous complètement. Tu le cherches, tu le trouves, tu te prends la voiture, en caleçon si tu veux et tu me l'apportes.

Il rousina à travers la maison une demi-heure en faisant des choses inutiles comme de tenter de comprendre la facture du téléphone ou de lire l'étiquette d'une bouteille d'eau minérale, puis il entendit une voiture arriver à grande vitesse, un coup sourd à la porte, l'auto qui repartait. Il l'ouvrit, le livre était à terre, les lumières de la voiture d'Augello déjà lointaines. Il lui vint l'envie de passer un coup de fil anonyme aux carabiniers.

— Je suis du coin. Il y a un fou furieux qui tourne en ville en caleçon…

Il laissa tomber, commença à feuilleter le roman.

L'histoire était vraiment comme il se la rappelait. Page 15 :

— *Smiley, ici Maston. Vous avez eu un contact avec Samuel Arthur Fennan, au Foreign Office, lundi, n'est-ce pas ?*

— *Oui, je l'ai eu.*

— *De quoi s'agissait-il ?*

— *Une lettre anonyme concernant votre appartenance au Parti, à Oxford.*

Et voilà, page 187, le début des conclusions auxquelles arrivait Smiley dans son rapport :

Il était cependant possible qu'il eût perdu l'amour de son métier et que l'invitation à déjeuner qu'il m'avait adressée fût un premier pas vers l'aveu. Dans cette intention, il aurait pu aussi bien avoir écrit la lettre anonyme qui aurait pu avoir été conçue dans le but de se mettre en contact avec le Département.

En suivant la logique de Smiley, il était donc possible que Lapecora eût écrit lui-même les lettres anonymes le dénonçant. Mais s'il en était l'auteur, pourquoi, même sous un autre prétexte, ne s'était-il pas adressé à la police ou aux carabiniers ?

A peine avait-il formulé la question qu'il souriait de sa propre ingénuité. Avec la police ou les carabiniers, une lettre anonyme susceptible de faire ouvrir une enquête aurait entraîné des conséquences beaucoup plus sérieuses pour Lapecora lui-même. En les adressant à sa femme, Lapecora espérait susciter une réaction, comment dire, ménagère, mais suffisante pour le tirer d'une situation soit dangereuse, soit pesante parce qu'il ne savait plus comment la maîtriser. Il voulait s'en sortir et ses missives avaient été des appels à l'aide, mais sa femme les avait prises pour ce qu'elles semblaient être, à savoir de banales lettres anonymes dénonçant une liaison commune et vulgaire. Offensée, elle n'avait pas réagi, s'était enfermée dans un mutisme indigné. Alors Lapecora, désespéré, avait écrit à son fils sans se retrancher derrière l'anonymat. Mais l'autre, aveuglé par l'égoïsme et la peur de perdre quelques lires, s'était enfui à la Nouvelle York.

Merci à Smiley, tout concordait. Il retourna dormir.

Le commandeur Baldassare Marzachì, directeur du bureau postal de Vigàta, était notoirement un imbécile prétentieux. Cette fois encore, il ne démentit pas sa réputation.

— Je ne puis accéder à votre requête.

— Mais pourquoi, je vous prie ?

— Parce que vous n'avez pas l'autorisation d'un magistrat.

— Et pourquoi je devrais l'avoir ? N'importe quel employé de votre bureau me l'aurait donnée, l'information que je demande. C'est une chose sans importance.

— Cela, c'est vous qui le soutenez. S'ils vous avaient donné l'information, mes employés auraient commis une infraction passible d'un rappel à l'ordre.

— Commandeur, essayons de raisonner. Je ne vous demande que le nom du facteur qui dessert la zone dans laquelle se trouve la montée Granet. Voilà tout.

— Et moi, je ne vous le dis pas, c'est compris ? Si moi, par exemple, je vous le donnais, vous, qu'est-ce que vous feriez ?

— Je poserais quelques questions au facteur.

— Vous voyez ?! Vous voulez violer le secret postal.

— Mais non, qu'est-ce que vous dites là ?

Un crétin authentique, difficile à trouver en ces temps où les crétins se déguisaient en intelligents. Le commissaire décida de recourir à une tragédie qui anéantirait son adversaire. D'un coup, il laissa aller tout son corps en arrière, dos collé au siège, se fit venir une espèce de tremblement aux mains et aux jambes, essaya désespérément d'ouvrir le col de sa chemise.

— Oh mon Dieu, râla-t-il.

— Oh mon Dieu ! s'exclama en écho parfait le commandeur Marzachì tandis qu'il se levait et accourait auprès du commissaire. Vous vous sentez mal ?

— Aidez-moi, haleta Montalbano.

Celui-ci se baissa, tenta d'ouvrir le col et, à cet instant, le commissaire se mit à crier.

— Lâchez-moi ! Pardieu, lâchez-moi !

En même temps, il agrippa de ses mains celles de Marzachì, qui avait instinctivement tenté de les éloigner, et les tint à la hauteur de son cou.

— Mais qu'est-ce que vous faites ? balbutia Marzachì, complètement perdu.

Montalbano hurla de nouveau.

— Lâchez-moi ! Qu'est-ce qui vous prend ? hurla-t-il à gorge déployée en tenant toujours serrées les mains du commandeur.

La porte s'ouvrit à la volée, deux employés effarés apparurent, un homme et une femme ; ils virent distinctement leur supérieur qui tentait d'étrangler le commissaire.

— Allez-vous-en ! cria Montalbano aux deux arrivants. Allez-vous-en ! Ce n'est rien ! Tout va bien !

Les employés se retirèrent en refermant la porte. Montalbano se rajusta tranquillement le col et regarda Marzachì qui, à peine lâché, s'était adossé à un mur.

— Je te l'ai mis dans le cul, Marzachì. Ces deux-là ont vu. Et comme ils te haïssent, ainsi que du reste tous tes subordonnés, ils ne demandent qu'à témoigner. Agression sur la personne d'un officier public. Qu'est-ce que nous voulons faire ? Tu veux être dénoncé, ou pas ?

— Pourquoi voulez-vous me détruire ?

— Parce que je te considère comme responsable.

— Et de quoi, Seigneur ?

— Du pire. Des lettres qui mettent deux mois pour aller de Vigàta à Vigàta, des paquets qui m'arrivent éventrés avec la moitié du contenu et toi qui viens me parler du secret postal que tu peux t'enfiler dans le cul, des livres qui devraient m'arriver et qui n'arrivent jamais... Tu es une merde qui se drape dans sa dignité pour couvrir ce cloaque. Ça te suffit ?

— Oui, fit Marzachì, anéanti.

— Bien sûr qu'il lui arrivait du courrier. Pas beaucoup, mais il en arrivait. Il y avait une entreprise qui lui écrivait de l'èstranger, une seule.

— D'où ?

— J'ai pas fait attention. Mais le timbre était èstranger. Mais je peux vous dire comment s'appelait l'entreprise parce que sur l'enveloppe, il y avait le nom imprimé, Aslanidis. Je me le souviens parce que mon pôvre père, qui avait fait la guerre de Grèce, avait connu par là-bas une femme qui s'appelait Galatée Aslanidis. Il en parlait tout le temps.

— Sur l'enveloppe, il y avait quelque chose d'imprimé sur ce que vendait cette entreprise ?

— Oh que si. *Dattes**, un mot français qui signifie *àttuli*.

— Merci d'être venu si vite, dit Mme Palmisano Antonietta très récente veuve Lapecora, en ouvrant la porte.

— Pourquoi ? Vous vouliez me voir ?

— Oui. On ne vous l'a pas dit au bureau que je téléphonai ?

— Je n'y suis pas encore passé. Je suis venu ici de mon propre chef.

— Alors, c'est un cas de cleptomanie, conclut la dame.

Un instant, le commissaire fut stupéfait puis il comprit qu'elle voulait dire « télépathie ».

« Un jour ou l'autre, je la présente à Catarella, pensa Montalbano, et puis je transcris les dialogues. Mieux que du Ionesco ! »

— Pourquoi vouliez-vous me voir, madame ?

Antonietta Palmisano agita un petit doigt malicieux.

— Eh non. C'est à vous de parler en premier, c'est à vous qu'est venue la pinsée.

— Madame, je voudrais que vous me fassiez voir exactement ce que vous avez fait l'autre matin quand vous vous prépariez à aller trouver votre sœur.

Abasourdie, la veuve ouvrit et referma la bouche.

— Vous rigolez ?

— Non, je rigole pas.

— Mais qu'est-ce que vous voulez, que je me mette en chemise de nuit ? demanda, rougissante, Mme Antonietta.

— Pas le moins du monde.

— Alors. Laissez-moi réfléchir. Je me suis levée du lit dès que le réveil a sonné. Je pris…

— Non, madame, je ne me suis peut-être pas bien expliqué. Vous ne devez pas le dire, ce que vous avez fait, mais vous devez me le faire voir. Allons-y.

Ils passèrent dans la chambre à coucher. L'*armùar* était grande ouverte, des vêtements de femme remplissaient une valise posée sur le lit. Sur une des tables de nuit, un réveil rouge.

— Vous dormez de ce côté ? demanda Montalbano.

— Oui. Qu'est-ce que je fais, je dois me coucher ?

— Pas besoin. Il suffit que vous vous asseyiez sur le bord.

La veuve obéit, mais eut un sursaut de révolte :

— Mais quel rapport, tout ça, avec le meurtre d'Arelio ?

— Laissez-vous faire, c'est important. Cinq minutes et je vous laisse tranquille. Dites-moi : votre mari aussi se réveilla en entendant le réveil ?

— D'habitude, il avait le sommeil léger. Si je faisais le moindre bruit, il ouvrait les yeux. Mais, maintenant que vous m'y faites pinser, l'autre matin, je l'entendis pas. Même, il devait être un peu arhumé, le nez bouché, parce qu'il se mit à ronfler, il le faisait presque jamais.

Mauvais comédien, le pôvre Lapecora. Mais il s'en était bien tiré, pour une fois.

— Continuez.

— Je me levai, pris la robe de chambre que je gardais sur cette chaise et allai dans la salle de bains.

— Déplaçons-nous.

Maladroitement, la dame lui montra le chemin. Quand ils furent dans la salle de bains, les yeux pudiquement baissés, la veuve demanda :

— Je dois tout faire ?

— Mais non. De la salle de bains, vous êtes sortie habillée, non ?

— Oui, complètement, je fais toujours comme ça.

— Et puis qu'est-ce que vous avez fait ?

— Je suis allée dans la salle à manger.

Maintenant, elle avait appris la leçon et elle y alla, suivie du commissaire.

— Je pris le sac que j'avais préparé sur le petit divan la veille au soir, je rouvris la porte et sortis sur le palier.

— Vous êtes sûre d'avoir fermé la porte en sortant ?

— Tout à fait sûre. J'appelai l'ascenseur…

— Ça suffit, merci. Quelle heure était-il, vous vous en souvenez ?

— Six heures vingt-cinq. J'étais en retard, je me suis mise à courir.

— Quel fut l'imprévu ?

La dame le regarda d'un air interrogatif.

— Quel fut le motif pour lequel vous vous êtes mise en retard ? Comprenez-moi : quand on sait que le lendemain matin on doit partir et qu'on met le réveil, on calcule assez de temps pour…

Mme Antonietta sourit.

— J'avais mal à un cor, dit-elle. J'y ai mis de la pommade, je me le suis bandé.

— Encore merci, et excusez-moi. Bonne journée.

— Attendez ! Qu'est-ce que vous faites ? Vous partez ?

— Ah oui. Vous deviez me dire quelque chose.

— Asseyez-vous un instant.

Montalbano s'exécuta. De toute façon, il avait appris ce qu'il voulait savoir : la veuve Lapecora n'était pas entrée dans le bureau où, presque certainement, se tenait cachée Karima.

— Comme vous avez vu, commença la dame, je me prépare à partir. Dès que j'aurai pu enterrer Arelio, je m'en vais.

— Où allez-vous, madame ?

— Chez ma sœur. Elle a une grande maison et elle est malade, comme vous le savez. Ici, à Vigàta, je n'y mettrai plus les pieds, même après ma mort.

— Pourquoi n'allez-vous pas vivre chez votre fils ?

— Je ne veux pas le déranger. Et puis je ne m'entends pas avec sa femme qui jette l'argent par les fenêtres et mon pôvre fils se plaint toujours qu'il lui manque quatre-vingt-dix-neuf sous pour en faire cent. En tout cas, je voulais vous dire que, en triant les choses qui ne me servent plus pour les jeter, j'ai trouvé l'enveloppe dans laquelle il y avait la première lettre anonyme. Je croyais l'avoir brûlée et en fait, apparemment, je n'ai détruit que le contenu. Comme vous m'avez paru particulièrement intéressé…

L'adresse était écrite à la machine.

— Je peux la garder ?

— Bien sûr. Et voilà.

Elle se leva, le commissaire aussi, mais elle alla au buffet sur lequel il y avait une lettre, la prit, l'agita vers Montalbano.

— Regardez-moi ça, commissaire. Arelio est mort depuis même pas deux jours et moi, je commence à payer les dettes de ses petits arrangements dégueulasses. A hier, il m'est arrivé ici — visiblement, à la poste, on a su qu'il avait été tué — deux factures : l'électricité, deux cent vingt mille lires, et le téléphone trois cent mille ! Mais ce n'était pas lui qui téléphonait, vous savez ? A qui il aurait téléphoné ? C'était cette putasse tunisienne qui téléphonait, c'est sûr, peut-être à ses parents en Tunisie. Et ce matin, il m'est arrivé celle-là. Va savoir qu'est-ce qu'elle lui avait mis en tête cette très grande radasse de profession, à ce con de mon mari qui l'écoutait !

Elevé, le degré de compassion de Mme Antionetta Palmisano veuve Lapecora. L'enveloppe n'était pas affranchie, elle était arrivée par coursier. Montalbano décida de ne pas se montrer trop curieux, juste ce qu'il fallait.

— Quand est-ce qu'on l'a apportée ?

— Je vous l'ai dit, ce matin. Cent soixante-dix-sept mille lires, une facture de l'imprimerie Mulone. A propos, commissaire, vous pouvez me redonner les clés des bureaux ?

— Vous en avez besoin d'urgence ?

— D'urgence vraiment, non. Mais je veux commencer à les faire voir à des personnes qui pourraient les acheter. Je veux aussi me vendre la maison. J'ai calculé que rien que les funérailles allaient me coûter plus de cinq millions, entre une chose et l'autre.

Telle mère, tel fils.

— Avec le revenu de la vente des bureaux et de l'appartement, observa Montalbano dans un accès de malignité, des enterrements, vous pourrez vous en payer une vingtaine.

Empedocle Mulone, propriétaire de l'imprimerie, dit que oui, le pôvre Lapecora lui avait commandé des feuilles et des enveloppes avec l'en-tête un peu modifié par rapport à l'ancien. Cela faisait vingt ans que M. Arelio se servait chez lui, ils étaient amis.

— Quelle a été la modification ?

— Export-Import à la place d'Exportation-Importation. Mais je le lui déconseillai.

— Vous n'auriez pas fait la modification ?

— Je ne parlais pas de l'en-tête, mais de l'idée qui lui était venue de reprendre l'activité. Cela faisait presque cinq ans qu'il s'était retiré et entre-temps, les choses ont changé, les entreprises font faillite, on vit un mauvais moment. Et vous savez ce qu'il a fait, au lieu de me remercier ? Il s'est mis en colère. Il dit que lui, il lisait les journaux et regardait la télévision et que donc, il savait où on en était.

— Le paquet avec le matériel imprimé, vous l'avez envoyé chez lui ou aux bureaux ?

— Il m'avait bien recommandé de l'envoyer aux bureaux et c'est ce que j'ai fait, un jour impair de la semaine. Maintenant, je me souviens pas du jour précis, mais si vous voulez...

— Peu importe.

— La facture, en revanche, je l'ai fait avoir à la dame, étant donné qu'il est très difficile que M. Lapecora trouve maintenant un moyen de passer à ses bureaux, vous ne trouvez pas ?

Il rit.

— Prêt, il est, votre express, commissaire, dit le barman du café Albanese.

— Totò, écoute-moi. M. Lapecora, il venait ici de temps en temps, avec ses amis ?

— Mais bien sûr ! Tous les mardis. Ils bavardaient, jouaient aux cartes. C'étaient toujours les mêmes.

— Dis-moi leurs noms.

— Donc, il y avait : le comptable Pandolfo...

— Attends. Donne-moi l'annuaire.

— Et pourquoi, vous voulez lui téléphoner ? C'est ce vieux monsieur à la table, là, qui est en train de se manger un granité.

Montalbano prit sa tasse, s'approcha du comptable.

— Je peux m'asseoir ?

— Mais comment donc, je vous en prie, commissaire !

— Merci. Nous nous connaissons ?

— Vous à moi, non. Moi à vous, si.

— Comptable, vous jouiez habituellement avec le défunt ?

— Habituellement ! Je jouais seulement le mardi

avec lui. Parce que, vous voyez, le lundi, le mercredi et...

— Le vendredi, il était dans ses bureaux, dit Montalbano, achevant l'habituelle litanie.

— Que voulez-vous savoir ?

— Pourquoi M. Lapecora voulait-il reprendre l'activité commerciale ?

Le comptable parut sincèrement étonné.

— Reprendre ? Qu'est-ce que vous allez chercher ? A nous, il n'en a pas parlé. Tous, nous savions qu'il allait à ses bureaux par habitude pour passer le temps.

— Et il vous a parlé de la femme de ménage, une certaine Karima, qui venait nettoyer les bureaux ?

Un éclair dans les pupilles, une imperceptible hésitation qui aurait échappé à Montalbano s'il ne l'avait pas tenu dans sa mire.

— Et quelle raison aurait-il eue de me raconter des choses sur sa bonne ?

— Vous, à Lapecora, vous le connaissiez bien ?

— Et qui est-ce qu'on connaît bien ? Voilà une trentaine d'années, j'habitais à Montelusa et j'avais un ami qui avait une bonne tête, lucide, intelligent, spirituel, vif, équilibré. Toutes les qualités, il avait. Un soir, sa sœur lui laissa à garder son minot, un petit qui avait pas six mois. Il s'agissait de le surveiller deux heures maximum. Dès que sa sœur est sortie, il prit un couteau, découpa le minot et s'en fit un pot-au-feu avec un peu de persil et une pointe d'ail. Attention, je ne blague pas. Moi, le jour même, j'avais été avec lui et il était comme toujours, lucide et gentil. Pour revenir au pôvre Lapecora, oui, je le connaissais ce qu'il fallait, par exemple, pour comprendre que depuis à peu près deux ans, il avait beaucoup changé.

— En quel sens ?

— Bah, il était devenu nerveux, il riait pas, même il cherchait querelle, il faisait des histoires à la première occasion. Avant, non.

— Vous avez une idée de ce qui en fut la cause ?

— Un jour, je le lui demandai. C'était une quistion de santé, il répondit, un début d'artériosclérose, c'est ce qu'il lui avait dit, le médecin.

La première chose qu'il fit, dans le bureau de Lapecora, ce fut de s'asseoir à la machine à écrire. Il ouvrit le tiroir de la tablette, à l'intérieur, il y avait des enveloppes et des feuilles portant le vieil en-tête, jaunies par l'âge. Il prit un feuillet, tira de sa poche l'enveloppe que lui avait donnée Mme Antonietta, recopia à la machine l'adresse. La preuve par neuf, si par hasard il en était besoin : les « R » décalés vers le haut, les « A », au contraire, vers le bas, le « O » était une boule noire. L'adresse sur l'enveloppe de la lettre anonyme avait été écrite par cette machine. Il regarda au-dehors. La bonne de Mme Vasile Cozzo, sur une petite échelle double, était en train de frotter les vitres. Il ouvrit la fenêtre, appela.

— Dites, madame est là ?

— Attendez, dit la bonne Pina en lui jetant un regard torve.

Manifestement, elle n'appréciait pas le commissaire.

Elle descendit de l'échelle, disparut ; peu après, à sa place apparut la tête de la dame au niveau du rebord. Il n'était guère besoin d'élever la voix, ils étaient distants de moins d'une dizaine de mètres.

— Madame, pardonnez-moi, mais si je me souviens bien, vous m'avez dit que ce jeune homme, vous vous rappelez...

— Je comprends de qui vous parlez.

— Ce jeune homme écrivait à la machine. C'est ça ?

— Oui, mais pas avec celle du bureau. Avec une portable.

— Vous en êtes certaine ? Ça ne pouvait pas être un ordinateur ?

— Non, non, c'était une machine portable.

Mais qu'est-ce que c'était que cette façon qu'il avait de conduire une enquête ? Il se rendit compte d'un coup que la dame et lui avaient l'air de deux commères en train de cancanner d'un balcon à l'autre.

Ayant salué Mme Vasile Cozzo, pour retrouver à ses yeux sa propre dignité, il se consacra à une perquisition méticuleuse, de vrai professionnel, à la recherche du paquet envoyé par l'imprimeur. Il ne le trouva pas, de même qu'il ne trouva pas une feuille, pas une enveloppe avec le nouvel en-tête en anglais.

Ils avaient tout fait disparaître.

Et quant à la machine portable que le pseudo-neveu de Lapecora trimbalait au lieu de se servir de la machine du bureau, l'explication qu'il se donna lui parut plausible. Ce n'était pas du clavier de la vieille Olivetti que le jeune homme avait besoin. Il lui fallait un autre alphabet.

Huit

A sa sortie du bureau, il monta en voiture et se rendit à Montelusa. Au Commandement de la Garde des Finances, il demanda le capitaine Aliotta qui était un ami. On le fit entrer tout de suite.

— Depuis combien de temps, on n'a pas passé une soirée ensemble ? Je ne t'accuse pas seulement toi. Mais moi aussi, dit Aliotta en lui donnant l'accolade.

— Pardonnons-nous l'un l'autre et cherchons de remédier au plus vite.

— D'accord. Je peux t'être utile ?

— Oui. Comment s'appelle-t-il, ce brigadier qui, l'année dernière, m'a donné des informations sur le supermarché de Vigàta ? Le trafic d'armes, tu te souviens ?

— Bien sûr. Il s'appelle Laganà.

— Je pourrais lui parler ?

— De quoi s'agit-il ?

— Il faudrait qu'il vienne à Vigàta pour une demi-journée au maximum, je crois, du moins. Il s'agit d'examiner les papiers d'une entreprise dont était propriétaire le type tué dans son ascenseur.

— Je te l'appelle.

Le brigadier était un quinquagénaire robuste, aux cheveux coupés au carré, avec des lunettes à monture dorée.

Montalbano lui expliqua minutieusement ce qu'il attendait de lui et lui remit les clés des bureaux. Le brigadier jeta un coup d'œil à sa montre.

— Pour trois heures de l'après-midi, je peux descendre à Vigàta, si le capitaine est d'accord.

Par scrupule, quand il eut fini de bavarder avec Aliotta, il lui demanda la permission de téléphoner et appela son bureau, où il n'avait plus remis les pieds depuis la veille au soir.

— *Dottori*, vous êtes vous en personne ?

— Catarè, je suis moi en personne. Il y a eu des appels ?

— Oh que si, *dottori*. Deux pour le *dottori* Augello, un pour…

— Catarè, je m'en fous des coups de fil pour les autres !

— Mais c'est vous justement qui venez juste de me le demander !

— Catarè, est-ce qu'on m'a fait des appels juste pour moi en personne ?

En s'adaptant à son langage, peut-être obtiendrait-il une réponse sensée.

— Oh que si, *dottori*. Un. Mais on comprit pas.

— Qu'est-ce que ça veut dire, qu'on comprit pas ?

— On y comprit rien. Mais ça devait être des parents.

— De qui ?

— De vous personnellement, *dottori*. On vous appelait par votre prénom, on faisait : « Salvo, Salvo. » Et puis ça se plaignait, on aurait dit que ça avait mal, ça faisait : Aïe… cha, Aïe… cha…

— Homme ou femme ?

— Une vieille femme, *dottori*.

Aisha ! Il détala, oubliant de dire au revoir à Aliotta.

Assise devant la maison, Aisha pleurait, bouleversée. Non, Karima et François ne s'étaient pas montrés, c'était pour un autre motif qu'elle l'avait appelé. Elle se leva, le fit entrer. La pièce était sens dessus dessous, on avait même éventré le matelas. Tu veux voir que le livret d'épargne avait été volé ? Non, ça, ils ne l'avaient pas trouvé, fut la réponse rassurante d'Aisha.

A l'étage du dessus, où habitait Karima, c'était pire encore : quelques carreaux du sol avaient été arrachés ; un jouet de François, un petit camion de plastique, était en morceaux. Les photographies avaient disparu, y compris celles qui présentaient la marchandise de Karima. Tant mieux, pensa le commissaire, qui s'était emporté quelques-unes de ces photos. Mais ils avaient dû faire un boucan monstrueux. Où Aisha s'était-elle enfuie pendant ce temps ? La vieille ne s'était pas enfuie, expliqua-t-elle, mais la veille, elle était allée rendre visite à une amie à Montelusa. Comme elle s'était attardée, elle était restée dormir. Une chance : s'ils l'avaient trouvée à la maison, ils l'auraient certainement égorgée. Ils devaient posséder les clés, les deux portes n'avaient pas été forcées. Assurément, ils n'étaient venus que pour s'emparer des photos. Karima, ils voulaient faire disparaître aussi le souvenir de son apparence.

Montalbano dit à la vieille de préparer ses affaires, il l'accompagnerait lui-même chez son amie de Montelusa. Il lui faudrait y rester quelques jours, par prudence. Aisha accepta avec mélancolie. Le commissaire lui fit comprendre que, pendant qu'elle se préparait, il allait faire un saut au tabac, ça lui prendrait dix minutes maximum.

Peu avant le tabac, devant l'école élémentaire de Villaseta, il y avait un rassemblement bruyant de mères gesticulantes et d'enfants en pleurs. Deux gardes municipaux de Vigàta, détachés à Villaseta, que Montalbano connaissait, étaient pris d'assaut. Le commissaire passa son chemin, acheta ses cigarettes, mais au retour la curiosité fut trop forte. Il se fraya un chemin d'autorité, assourdi de cris.

— On vous a dérangé vous aussi pour cette connerie ? lui demanda, étonné, un des gardes.

— Non, je suis là par hasard. Qu'est-ce qui se passe ?

Les mères, qui avaient entendu la question, reprirent en chœur, avec pour résultat que le commissaire n'y comprit rien.

— Silence ! hurla-t-il.

Les mères se turent mais les minots, terrorisés, se mirent à pleurer plus fort.

— Commissaire, c'est une histoire risible, commença le garde qui avait parlé. Il paraît que depuis hier matin, il y a un minot qui attaque les autres qui vont à l'école, leur vole leur manger et s'enfuit. Ce matin aussi, il a fait pareil.

— Regardez ça, regardez ça, intervint une mère en montrant à Montalbano un enfant qui avait les yeux au beurre noir. Mon fils ne voulut pas lui donner sa petite omelette et lui, des coups, il lui donna. Mal, il lui fit !

Le commissaire se baissa, caressa la tête du gamin.

— Comment tu t'appelles ?

— 'Ntonio, répondit le minot, fier d'avoir été choisi.

— Tu le connais, celui-là, celui qui t'a pris ta petite omelette ?

— Oh que non.

— Il y a quelqu'un qui l'a reconnu ? demanda le commissaire à haute voix.

Il y eut un chœur de réponses négatives. Montalbano se baissa à la hauteur de 'Ntonio.

— Qu'est-ce qu'il t'a dit pour te faire comprendre qu'il voulait ton goûter ?

— Il parlait étranger. Moi, je comprenais pas. Alors, il m'a arraché le sac à dos et l'a ouvert. Je voulais me le reprendre, mais lui, il m'a tapé, il a attrapé le petit pain à l'omelette et il est parti en courant.

— Continuez les investigations, ordonna Montalbano aux deux gardes, en réussissant par miracle à garder son sérieux.

A l'époque des musulmans de Sicile, quand Montelusa s'appelait Kerkent, les Arabes avaient élevé dans les faubourgs de la ville un quartier où ils restaient entre eux. Quand les musulmans s'étaient enfuis, vaincus, les Montelusains étaient venus s'installer dans leurs maisons et le nom du quartier avait été sicilianisé sous la forme Rabatù. Dans la seconde moitié du XXe siècle, un gigantesque éboulement l'avait englouti. Les quelques maisons restées debout étaient abîmées, de guingois, elles se tenaient dans des positions d'équilibre absurdes. Les Arabes, revenus cette fois dans le rôle des miséreux, s'étaient remis à y habiter, mettant à la place des tuiles des bouts de tôle et à celle des murs des morceaux de carton.

C'est là que Montalbano accompagna Aisha munie d'un pauvre ballot. La vieille, qui lui donnait toujours le titre d'oncle, voulut l'embrasser.

Il était trois heures de l'après-midi et à Montalbano, qui n'avait pas encore eu le temps de manger, le pétit, la faim lui tordaient les tripes. Il alla à la trattoria « San Calogero », s'assit.

— Il y a encore quelque chose à manger ?

— Pour vosseigneurie, toujours.

Et à ce moment précis, il se souvint de Livia. Elle lui était complètement sortie de l'esprit. Il se précipita au téléphone, tandis qu'il cherchait fébrilement quelques justifications : Livia avait dit qu'elle arriverait pour l'heure du déjeuner. Elle devait être furieuse.

— Livia, ma chérie.

— Je viens juste d'arriver, Salvo. L'avion est parti avec deux heures de retard, on ne nous a donné aucune explication. Tu étais inquiet, mon chéri ?

— Eh, bien sûr, que j'étais inquiet, mentit sans aucune pudeur Montalbano, vu que le vent lui était favorable. J'ai téléphoné à la maison tous les quarts d'heure et personne ne répondait. A l'instant, je me suis décidé à téléphoner à l'aéroport de Punta Ràisi et ils m'ont dit que le vol était arrivé avec deux heures de retard. Comme ça, j'ai pu enfin me rassurer.

— Excuse-moi, mon chéri, mais ce n'était pas ma faute. Quand est-ce que tu viens ?

— Livia, malheureusement, pas tout de suite, je ne peux pas. Je suis en pleine réunion à Montelusa, j'en ai sûrement encore pour une heure. Après, je te rejoins à toute vitesse. Ah, écoute : ce soir, on dîne chez le Questeur.

— Mais je n'ai rien porté à me mettre !

— Tu viendras en jeans. Regarde dans le four ou dans le frigo, Adelina aura sûrement préparé quelque chose.

— Mais non, je t'attends, on mangera ensemble.

— Je me suis déjà débrouillé avec un sandwich. Je n'ai pas d'appétit. A bientôt.

Il retourna s'asseoir à table où déjà l'attendait un demi-kilo de rougets frits à point.

Livia s'était couchée, passablement fatiguée du voyage. Montalbano se déshabilla et se coucha près d'elle. Ils s'embrassèrent et tout d'un coup, Livia s'écarta, commença à le renifler.

— Odeur de friture.

— Sûrement. Imagine-toi que j'ai interrogé un type pendant une heure dans une friterie.

Ils firent l'amour paisiblement, conscients d'avoir tout le temps qu'il fallait. Ensuite, ils s'assirent dans le lit, les coussins dans le dos et Montalbano lui raconta le meurtre de Lapecora. Croyant l'amuser, il lui dit qu'il avait fait arrêter les Piccirillo, mère et fille, qui tenaient tant à leur honorabilité. Il lui raconta aussi comment il avait fait acheter une bouteille de vin pour le comptable Culicchia qui avait perdu la sienne quand elle avait roulé près du mort.

Au lieu d'éclater de rire, comme il s'y attendait, Livia le fixa froidement.

— Connard.

— Pardon ? demanda Montalbano avec l'aplomb d'un lord anglais.

— Connard de macho. Tu couvres de honte ces deux pauvres malheureuses, mais le comptable, qui n'hésite pas à monter et descendre en ascenseur avec un mort, tu lui achètes une bouteille de vin. Ose le dire, que c'est pas se conduire comme un imbécile.

— Allez, Livia, ne le prends pas comme ça.

Mais non, Livia continua de le prendre comme ça. Il était six heures quand il réussit à la calmer. Pour lui changer les idées, il lui raconta l'histoire du minot de Villaseta qui volait leurs goûters aux minots comme lui.

Cette fois non plus, Livia ne rit pas. Et même, elle parut s'attrister.

— Qu'est-ce qu'il y a ? Qu'est-ce que j'ai dit ? J'ai encore fait quelque chose qu'il fallait pas ?

— Non, mais je pensais à ce pauvre enfant.

— Celui qui a été frappé ?

— A l'autre. Il doit être vraiment affamé et désespéré. Il ne parlait pas italien, tu as dit ? C'est peut-être un fils d'immigrés qui sont dans une misère noire. Ou il a peut-être été abandonné.

— Seigneur ! s'exclama Montalbano, foudroyé par la révélation, et il cria si fort que Livia sursauta.

— Qu'est-ce qui te prend ?

— Seigneur, répéta le commissaire, les yeux écarquillés.

— Mais qu'est-ce que j'ai dit ? demanda Livia, inquiète.

Montalbano ne répondit pas, nu comme il l'était, il se précipita au téléphone.

— Catarelli, lâche-moi la grappe et passe-moi immédiatement Fazio. Fazio ? D'ici une heure, maximum, je vous veux tous, j'ai bien dit tous, au bureau. Personne ne doit manquer, sinon, vous allez m'entendre.

Il raccrocha, composa un autre numéro.

— Monsieur le Questeur ? Montalbano, je suis. J'ai honte de vous dire ça, mais ce soir, je n'arriverai pas à venir. Non, il ne s'agit pas de Livia. C'est une question de travail, je vous raconterai. Demain à midi ? Ça va très bien. Et excusez-moi auprès de Madame.

Livia s'était levée, elle tentait de comprendre pourquoi ses paroles avaient provoqué une réaction si frénétique.

Pour toute réponse, Montalbano se jeta sur le lit et la tira à lui. Ses intentions étaient très claires.

— Mais tu ne m'as pas dit que d'ici une heure, tu dois être au bureau ?

— Un quart d'heure de plus, un quart d'heure de moins.

Dans le bureau de Montalbano, qui n'était certes

pas vaste, s'étaient entassés Augello, Fazio, Tortorella, Fallo, Germanà, Galluzzo et Grasso, qui avait pris son service au commissariat depuis moins d'un mois. Catarella s'appuyait d'une épaule contre le chambranle de la porte, l'oreille tournée vers le standard. Montalbano avait emmené avec lui une Livia réticente.

— Mais qu'est-ce que j'ai à y voir, moi ?

— Crois-moi, tu pourrais être très utile.

Mais il n'avait pas voulu donner un mot d'explication.

Dans le silence le plus total, le commissaire avait dessiné un plan maladroit mais assez précis qu'il montra aux présents.

— Ça, c'est une maisonnette de la via Garibaldi à Villaseta. Momentanément inhabitée. Ça, derrière, c'est un jardin…

Il poursuivit, illustrant chaque détail, les maisons voisines, les croisements de routes, les intersections des chemins. Il s'était tout gravé dans la tête durant son après-midi solitaire dans la maison de Karima. A l'exception de Catarella, qui resterait de garde, tous étaient recrutés pour l'opération : à chacun, il indiqua sur la carte l'endroit qu'il devrait occuper. Il leur ordonna de rallier discrètement le lieu de l'action, pas de sirènes, pas d'uniformes, même pas de voitures de police, ils ne devaient absolument pas se faire remarquer. Si certains voulaient y arriver avec leur auto, ils devraient la laisser au moins à cinq cents mètres de distance de la maison. Qu'ils s'emmènent ce qu'ils voulaient, des sandwiches, du café, de la bière, parce que ce serait sans doute long, il leur faudrait peut-être rester postés toute la nuit et il n'était même pas sûr de la réussite, il était très probable que celui qu'ils devaient prendre ne se ferait pas voir dans les parages. L'allumage de l'éclairage routier annoncerait le début de l'opération.

— Les armes ? demanda Augello.

— Les armes ? Quelles armes ? demanda Montalbano, dans un mouvement d'ébahissement.

— Mais, je ne sais pas, comme la chose me paraît sérieuse, je pensais...

— Mais qui on doit prendre ? intervint Fazio.

— Un voleur de goûter.

Dans la pièce, on n'entendait plus personne respirer. Sur le front d'Augello parut un voile de sueur.

« Ça fait un an que je lui dis de voir quelqu'un », pensa-t-il.

La nuit était sereine, illuminée par la lune, immobile en l'absence de vent. Elle n'avait qu'un seul défaut, cette nuit, aux yeux de Montalbano : elle semblait ne jamais vouloir passer ; chaque minute, mystérieusement, se dilatait en cinq minutes supplémentaires.

A la lueur d'un briquet, Livia avait remis le matelas éventré sur le sommier, s'y était étendue et peu à peu le sommeil l'avait gagnée. A présent, elle dormait à poings fermés.

Assis sur une chaise devant la fenêtre qui donnait sur l'arrière, le commissaire voyait distinctement le jardin et la campagne. De ce côté, devaient se trouver Fazio et Grasso mais il avait beau aiguiser son regard, pas l'ombre de l'un comme de l'autre, ils étaient fondus dans l'obscurité entre les amandiers. Il se félicita du professionnalisme de ses hommes : ils s'étaient donnés à fond, après qu'il leur eut expliqué que peut-être le minot était François, le fils de Karima. Comme il tirait sur la quarantième cigarette, à cette lueur, il regarda sa montre : quatre heures moins vingt. Il décida d'attendre encore une demi-heure, puis il dirait à ses hommes de rentrer chez eux. Ce fut juste à cet instant qu'il remarqua un très léger mouvement à l'endroit où s'achevait le jardin et commençait la campagne ; mais, plus qu'un mouvement, c'était une disparition temporaire du reflet de la lune sur la paille et les broussailles jaunies. Ce ne pouvait être ni Fazio, ni Grasso, il avait voulu laisser exprès cette zone non surveillée, comme pour favoriser, suggérer une voie d'accès. Le mouvement, ou quoi que ce fût d'autre, se répéta et cette fois, Montalbano distingua une petite forme sombre qui avançait lentement. Pas de doute, c'était le minot.

Doucement, le commissaire s'approcha de Livia,

guidé par la respiration de la femme, et lui parla à l'oreille.

— Réveille-toi, il arrive.

Il revint à la fenêtre, Livia fut aussitôt à son côté. Montalbano lui parla à l'oreille.

— Dès qu'on l'attrape, tu te précipites en bas. Il va être terrorisé, mais avec une femme il se rassurera. Caresse-le, embrasse-le, dis-lui ce que tu veux.

Le minot était maintenant sous la maison, on le voyait distinctement, tête levée, le regard fixé sur la fenêtre. Tout d'un coup, se matérialisa la silhouette d'un homme qui, en deux enjambées, fut sur l'enfant, l'agrippa. C'était Fazio.

Livia vola dans l'escalier. François donnait des coups de pied et poussait un long cri déchirant d'animal pris au piège. Montalbano alluma la lumière, se pencha à la fenêtre.

— Amenez-le en haut. Toi, Grasso, va avertir les autres, fais-les venir ici.

Entre-temps, le cri de l'enfant s'était éteint, changé en sanglots. Livia l'avait pris dans ses bras et lui parlait.

Il était encore très tendu, mais ne pleurait plus. La pupille brillante, le regard intense, il observait les visages autour de lui et, peu à peu, reprenait confiance. Il était assis à la table où, jusqu'à quelques jours auparavant, il avait eu sa mère à ses côtés et c'était peut-être pour cela qu'il tenait Livia par la main et ne voulait pas qu'elle le lâche.

Mimì Augello, qui s'était éloigné, revint avec un paquet à la main, et tous comprirent que c'était le seul à avoir pensé à ce qu'il fallait. A l'intérieur du paquet, il y avait des sandwiches au jambon, des bananes, des biscuits, deux canettes de Coca-Cola. Mimì fut récompensé par un coup d'œil ému de Livia, ce qui, naturellement, irrita Montalbano, et l'adjoint balbutia :

— Je l'ai fait préparer hier soir... J'ai pensé que si nous avions affaire à un enfant affamé...

Pendant qu'il mangeait, François s'abandonnait à la fatigue et au sommeil. En fait, il ne réussit pas à terminer les biscuits : d'un coup, sa tête tomba en avant sur la table, comme si un interrupteur lui avait coupé le courant.

— Et maintenant, où on l'emmène ? demanda Fazio.

— Chez nous, dit Livia, décidée.

Montalbano fut frappé par ce « nous ». Et tandis qu'il prenait un jeans et un T-shirt pour l'enfant, il ne réussit pas à décider s'il en était mécontent ou le contraire.

Le gamin n'ouvrit les yeux ni durant le voyage jusqu'à Marinella, ni quand Livia le déshabilla après lui avoir préparé un lit improvisé sur le divan de la salle à manger.

— Et si, pendant que nous dormons, il s'échappe ? demanda le commissaire.

— Je ne crois pas qu'il le fera, le rassura Livia.

A tout hasard, Montalbano prit ses précautions, fermant la fenêtre, baissant les persiennes et donnant deux tours de clé à la porte d'entrée.

Eux aussi allèrent se coucher mais, malgré la fatigue, ils tardèrent à s'endormir : la présence de François, qu'ils entendaient respirer dans l'autre pièce, les mettait inexplicablement mal à l'aise.

Vers neuf heures du matin, heure pour lui fort tardive, le commissaire se réveilla, se leva prudemment pour ne pas déranger Livia et alla jeter un coup d'œil à François. Le minot n'était pas sur le divan, et pas non plus dans la salle de bains. Il s'était échappé, comme Montalbano le craignait. Mais comment diable avait-il fait, si la porte était fermée à clé et les persiennes encore baissées ? Alors, il se mit à chercher dans tous les coins où il pouvait s'être caché. Rien, il avait disparu. Il allongea la main et, en cet instant, vit la tête du minot à la hauteur de la poitrine de son amie. Ils dormaient enlacés.

Neuf

— Commissaire ? Excusez-moi si je vous dérange chez vous. Nous pouvons nous voir ce matin, comme ça je vous fais mon rapport ?

— Bien sûr, je viens à Montelusa.

— Non, je descends moi, à Vigàta. Nous nous voyons d'ici une petite heure au bureau de la montée Granet ?

— Oui, merci, Laganà.

Il gagna la salle de bains en essayant de faire le moins de bruit possible. Et, toujours pour ne pas déranger Livia et François, il se remit les vêtements de la veille, d'autant plus fatigués qu'ils avaient subi une nuit de guet. Il laissa un billet : Au frigo, il y avait tant de choses, il reviendrait sûrement pour l'heure du déjeuner. A peine avait-il fini de l'écrire, qu'il se rappelait l'invitation à déjeuner du Questeur. Ce n'était pas une bonne idée, avec François. Dans la crainte d'oublier, il décida de téléphoner tout de suite. Il savait que, sauf situation extraordinaire, le Questeur passait le dimanche matin en famille.

— Montalbano ? Ne me dites pas que vous ne venez pas déjeuner !

— Et en fait, oui, monsieur le Questeur, malheureusement.

— Il s'agit d'une affaire sérieuse ?

— Assez. Le fait est que, depuis ce matin très tôt, je suis devenu, comment dire, père.

— Félicitations ! s'exclama le Questeur. Donc Mlle Livia... Je vais le dire à ma femme, elle en sera très contente. Mais je ne comprends pas comment cela peut vous empêcher de venir quand même. Ah oui : l'événement est imminent.

Littéralement abasourdi du quiproquo dont était victime son supérieur, Montalbano se lança imprudemment dans de longues, tortueuses, balbutiantes explications, dans lesquelles s'entassaient des tués et des goûters, le parfum Volupté et l'imprimerie Mulone. Le Questeur y perdit son latin.

— C'est bon, c'est bon, plus tard, vous me raconterez ça mieux. Ecoutez, quand part Mlle Livia ?

— Ce soir.

— Donc, nous n'aurons pas, cette fois encore, le plaisir de la connaître. Tant pis, ce sera pour une autre fois. Ecoutez, Montalbano, faisons ainsi : quand vous pensez avoir quelques heures de libres, téléphonez-moi.

Avant de sortir, il alla jeter un coup d'œil à Livia et François qui dormaient encore. Comment pourrait-on les détacher l'un de l'autre ? Il s'assombrit, pris d'un obscur pressentiment.

Le commissaire s'étonna : au bureau de Lapecora, tout était comme il l'avait laissé la dernière fois, pas un papier dérangé, pas une agrafe qui ne soit pas où il l'avait déjà vue. Laganà comprit.

— Ce n'était pas une perquisition, *dottore*. Pas besoin de tout renverser.

— Alors, qu'est-ce que vous en dites ?

— Donc. La société est fondée par Aurelio Lapecora en 1965. Avant, il avait travaillé comme employé. La société s'occupait d'importation de fruits tropicaux et avait un entrepôt muni de chambres froides via Vittorio Emanuele Orlando, près du port. En revanche, elle exportait des céréales, des pois chiches, des fèves, des pistaches aussi, des choses de ce genre. Un bon volume d'affaires, au moins jusqu'au milieu des années quatre-vingt. Puis commença une baisse progressive. Pour être bref, en janvier 1990, Lapecora fut contraint de liquider sa société, en faisant tout légalement. Il vendit aussi l'entrepôt, avec un bon bénéfice. Tous ses papiers sont dans les chemises, c'était un homme ordonné, M. Lapecora, si j'avais fait une inspection, je n'aurais rien trouvé à redire. Quatre ans plus tard, toujours en janvier, il obtint l'autorisation de ranimer sa société, dont il avait toujours gardé la raison sociale. Mais il ne racheta ni entrepôt ni magasin, rien de rien. Vous voulez savoir une chose ?

— Je crois la savoir déjà. Vous n'avez pas trouvé trace d'affaires quelconques de 1994 à aujourd'hui.

— Exactement. Si Lapecora avait envie de venir passer quelques heures dans ses bureaux, et je me réfère à ce que j'ai vu dans la chambre voisine, quel besoin avait-il de recréer la société ?

— Vous avez trouvé du courrier récent ?

— Oh que non, monsieur. Rien que du courrier vieux de quatre ans.

Montalbano prit sur la table de travail une enveloppe jaunie, la montra au brigadier.

— Vous avez trouvé des enveloppes comme celle-là, mais neuves, avec l'en-tête en anglais ?

— Pas une.

— Ecoutez, brigadier. D'une imprimerie de par ici, le mois dernier, on a envoyé à Lapecora, dans ces bureaux, un paquet de papier à lettres. Si vous n'en avez pas même trouvé l'ombre d'une, cela vous semble possible qu'en quatre semaines, toute la réserve se soit épuisée ?

— Je ne crois pas. Même quand les affaires tournaient, il n'aurait pu écrire autant.

— Vous avez trouvé des lettres d'une société étrangère, Aslanidis, qui exporte des dattes ?

— Rien.

— Et pourtant, il les recevait, le facteur me l'a dit.

— Commissaire, vous avez bien cherché chez Lapecora ?

— Oui. Il n'y a rien qui puisse concerner ses nouvelles affaires. Et vous voulez savoir une autre chose ? Ici, selon un témoignage plus que crédible, certaines nuits, en l'absence de Lapecora, ça grouillait d'activité.

Il poursuivit, lui racontant Karima, le petit jeune homme brun présenté comme un neveu qui passait des coups de fil et en recevait, écrivait des lettres, mais seulement sur sa machine portable.

— J'ai compris, fit Laganà. Pas vous ?

— Moi, si, mais j'aimerais d'abord vous entendre.

— La société était une couverture, une façade, un abri pour je ne sais quels trafics, elle ne servait certainement pas à importer des dattes.

— Je suis d'accord, dit Montalbano. Et quand ils ont tué Lapecora ou, au plus tard, la nuit d'avant, ils sont venus tout faire disparaître.

Il passa au bureau. Au standard, Catarella faisait des mots croisés.

— Par pure curiosité, Catarè, combien tu mets pour remplir une grille ?

— C'est adifficile, *dottori*, très adifficile. Sur ceux-là, ça fait un mois que je besogne et j'y arrive pas.

— Il y a du neuf ?

— Rien à se prendre pour sérieux, *dottori*. On a

incendié le garage de Sebastiano Lo Monaco en y mettant le feu, les pompiers soldats du feu y sont allés, qu'ils ont éteint le feu. Cinq voitures automobiles qui se trouvaient dans le garage ont été rôties. Puis on a tiré sur un type qui pirsonnellement s'appelle Quarantino Filippo, mais ils l'ont passé à côté et ont touché la fenêtre dont laquelle est habitée par Mme Pizzuto Saveria, laquelle, de la frousse qu'elle a pris, elle a été obligée d'aller au pital. Après il y a eu un autre incendie, allumé sûrement volontièrement, un incendie de feu. En somme, *dottori,* conneries, blagues, choses sans importance.

— Qui est-ce qu'il y a ici ?

— Pirsonne, *dottori.* Ils sont tous à s'occuper de ces choses.

Il entra dans son bureau. Sur la table, il y avait un paquet enveloppé dans un papier de la pâtisserie Pipitone. Il l'ouvrit. Cannoli, bignè, pâtes d'amande.

— Catarè !

— A vos ordres, *dottori.*

— Qui les a portés, ces gâteaux ?

— Le *dottori* Augello. Il a dit comme ça qu'il les acheta pour le minot petit de cette nuit.

Comme il était devenu prévenant et attentif à l'enfance abandonnée, M. Mimì Augello ! Il espérait un autre regard de Livia ?

Le téléphone sonna.

— *Dottori* ? Il y a monsieur le Juge Lo Bianco qui a dit comme ça qu'il veut parler avec vous.

— Passe-le-moi.

Le juge Lo Bianco, quinze jours auparavant, avait envoyé au commissaire le premier tome, sept cents pages, de l'œuvre à laquelle il se consacrait depuis des années : *Vies et entreprises de Rinaldo et Antonio Lo Bianco, maîtres jurés de l'Université d'Agrigente, au temps du roi Martin le Jeune (1402-1409).* Il s'était mis en tête que ces personnages étaient ses ancêtres. Montalbano avait feuilleté le livre une nuit d'insomnie.

— Beh, Catarè, tu me le passes, le juge ?

— Le fait est, *dottori*, que je peux pas vous le passer étant donné que lui, pirsonnellement en pirsonne, il est là.

En jurant, Montalbano se précipita, fit entrer le juge, s'excusa. Il n'avait pas la conscience tranquille, le commissaire, parce que, au juge, il n'avait passé qu'un coup de fil à propos du meurtre de Lapecora et puis il avait littéralement oublié son existence. L'autre, à tous coups, venait lui passer un savon.

— Juste un petit bonjour en passant, cher commissaire. Je passais par là parce que j'allais voir ma mère qui se trouve chez des amis à Durrueli. Je me suis dit : Pourquoi ne pas essayer ? Et j'ai eu de la chance, je vous ai trouvé.

« Mais qu'est-ce que tu me veux, bon Dieu ? » se demandait Montalbano. Devant le regard chargé d'espérance de l'autre, il ne mit pas longtemps à comprendre.

— Vous savez quoi, monsieur le Juge ? Je passe des nuits blanches.

— Ah oui ? Pourquoi ?

— A lire votre livre. Il est plus prenant qu'un roman policier et puis, si débordant de détails !

Un ennui mortel : dates sur dates, noms sur noms. En comparaison, l'horaire des chemins de fer était plus riche de trouvailles et de coups de théâtre.

Il se souvint d'un épisode raconté par le juge, à savoir de ce jour où Antonio Lo Bianco, allant à Castogiovanni pour une ambassade, était tombé de cheval et s'était cassé une jambe. A cet événement insignifiant, le juge avait consacré vingt-deux pages maniaquement circonstanciées. Pour montrer qu'il avait vraiment lu le livre, Montalbano le cita imprudemment.

Et le juge Lo Bianco l'entretint deux heures, ajoutant d'autres détails aussi inutiles que minutieux. A la fin, il prit congé, que déjà un début de mal de tête était venu au commissaire.

— Ah, écoutez, très cher, n'oubliez pas de me tenir au courant, pour le meurtre de Lapecora.

Il arriva à Marinella, où il ne trouva ni Livia ni François. Ils étaient sur le bord de mer, Liva en maillot et le petit en slip. Ils avaient construit un gigantesque château de sable. Ils riaient, parlaient.

Certainement en français, que Livia connaissait aussi bien que l'italien. L'anglais aussi, du reste. Et l'allemand, encore, si on voulait tout savoir. Le cancre de la classe, c'était lui, qui savait en tout et pour tout quatre mots de français scolaire. Il prépara la table ; dans le frigo, il trouva des pâtes à la *'ncasciata*[1] et le roulé de veau de la veille. Il les mit au four à feu doux. Vivement, il se déshabilla, mit un maillot de bain, rejoignit Livia et le gamin. La première chose qu'il remarqua, ce fut le petit seau, la pelle, les moules en forme de poisson et d'étoile. Lui, naturellement, chez lui, il n'en avait pas et Livia ne les avait certainement pas achetés, c'était dimanche. Sur la plage, à part eux trois, il n'y avait pas âme qui vive.

— Et ça ?

— Ça quoi ?

— La pelle, le seau...

— C'est Augello qui nous les a portés ce matin. Qu'il est sympa ! Ils sont de son petit neveu qui l'année dernière...

Il ne voulut pas en entendre davantage. Il se jeta à la mer, fou de rage.

Ils rentrèrent et Livia remarqua la boîte de carton pleine de gâteaux.

— Pourquoi tu as acheté ça ? Tu ne sais pas que les gâteaux, ça peut leur faire mal, aux enfants ?

— Moi, je le sais, c'est ton ami Augello qui ne le

1. Voir la recette dans *Chien de faïence*, note page 127.

sait pas. C'est lui qui les a achetés. Et maintenant, vous vous les mangez, François et toi.

— A propos, ton amie Ingrid, la Suédoise, a téléphoné.

Attaque, parade, contre-attaque. Et puis, pourquoi ce « à propos » ?

Ces deux-là avaient de la sympathie l'un pour l'autre, c'était clair. Ça avait commencé l'année précédente, quand Mimì avait promené Livia en voiture pendant une journée entière. Et ils continuaient. Qu'est-ce qu'ils faisaient quand il n'était pas là ? Ils s'échangeaient des petits coups d'œil, des petits sourires, des petits compliments ?

Ils commencèrent à manger, Livia et François papotaient de temps en temps, enfermés dans une invisible sphère de complicité, de laquelle Montalbano était complètement exclu. Mais l'excellence du repas l'empêcha d'enrager comme il aurait voulu.

— Délicieux, ce *brusciuluni,* dit-il.

Livia sursauta, resta la fourchette en l'air.

— Qu'est-ce que tu as dit ?

— *Brusciuluni*. Le roulé.

— J'ai eu presque peur. Vous avez de ces mots en Sicile…

— En Ligurie non plus, vous ne plaisantez pas. A propos, à quelle heure part ton avion ? Je pense que je pourrai t'accompagner en voiture.

— Ah, j'avais oublié. J'ai annulé ma réservation et j'ai téléphoné à Adriana, ma collègue, qui me remplacera. Je vais rester encore quelques jours. J'ai pensé que si je ne suis pas là, à qui tu le laisserais, François ?

L'obscur pressentiment du matin, quand il les avait vus dormir enlacés, commençait à prendre corps. Qui allait pouvoir les décoller, ces deux-là ?

— Tu m'as l'air mécontent, irrité, je ne sais pas.

— Moi ?! Mais non, Livia !

Aussitôt après avoir mangé, le minot commença à papilloter des paupières, il avait sommeil, il devait être encore très fatigué. Livia se l'emporta dans la chambre, le déshabilla, le coucha.

— Il m'a dit quelque chose, annonça-t-elle, laissant la porte entrouverte.

— Raconte-moi.

— A un certain moment, pendant que nous construisions le château de sable, il m'a demandé si je pensais que sa mère reviendrait. Je lui ai répondu que je ne savais rien de toute l'affaire, mais que j'étais certaine qu'un jour sa mère reviendrait le prendre. Il a fait une grimace et je n'ai rien ajouté. Au bout d'un moment, il est revenu là-dessus, il a dit qu'il ne l'espérait pas, ce retour. Il s'en est tenu là. Cet enfant a la conscience obscure de quelque chose de terrible. Tout d'un coup, il s'est remis à parler. Il m'a raconté que ce matin-là, sa mère était arrivée en courant, effrayée. Elle lui a dit qu'ils devaient s'en aller. Ils s'étaient mis en route pour le centre de

Villaseta, sa mère avait dit qu'ils devaient prendre un car.

— Pour où ?

— Il ne le sait pas. Pendant qu'ils attendaient, une voiture s'est arrêtée, il la connaissait bien, c'était celle d'un homme méchant qui quelquefois avait frappé sa maman. Fahrid.

— Comment tu as dit ?

— Fahrid.

— Tu en es sûre ?

— Tout à fait. Il m'a même dit que ça s'écrit avec un « h » entre le « a » et le « r ».

Et donc, le cher petit neveu de M. Lapecora, le propriétaire de la BMW gris métallisé, avait un nom arabe.

— Continue.

— Ce Fahrid est descendu, il a pris Karima par le bras, il voulait l'obliger à monter en voiture. La femme a résisté et a crié à François de s'enfuir. Le petit a détalé, Fahrid était trop occupé avec Karima, il a dû choisir. François s'est caché, terrorisé. Il n'osait pas retourner chez celle qu'il appelle la grand-mère.

— Aisha.

— Pour survivre, poussé par la faim, il a volé les goûters. La nuit, il s'approchait de la maison, mais il la voyait plongée dans le noir et craignait que Fahrid soit là à l'attendre. Il a dormi dehors, en se sentant traqué. L'autre matin, il n'en pouvait plus, il voulait à tout prix retourner à la maison. Voilà pourquoi il s'est tant approché.

Montalbano garda le silence.

— Eh ben, à quoi tu penses ?

— Je pense que nous avons un orphelin à la maison.

Livia pâlit, sa voix trembla :

— Pourquoi tu penses ça ?

— Je t'explique l'idée que je me suis faite, entre autres grâce à ce que tu viens de me dire, sur toute cette affaire. Donc. Voilà cinq ans environ, cette Tunisienne, belle, séduisante, arrive par chez nous, avec un tout petit garçon. Elle cherche du travail comme femme de ménage et elle en trouve facilement parce que, en plus, elle accorde ses faveurs à la demande à des hommes mûrs. C'est ainsi qu'elle fait connaissance de Lapecora. Mais à un certain moment, entre dans sa vie ce Fahrid, un maquereau, peut-être. Pour être bref, Fahrid conçoit le plan de contraindre Lapecora à rouvrir sa vieille société d'importation-exportation et à s'en servir de façade pour couvrir un sombre trafic, je ne sais pas si c'est de drogue ou bien de prostitution. Lapecora, qui est fondamentalement un homme honnête, prend peur parce qu'il devine quelque chose et tente de sortir de ce guêpier par des moyens plutôt ingénus. Tu te rends compte, il écrit des lettres anonymes à sa femme pour s'autodénoncer. L'affaire continue, mais à un certain moment, et je ne sais pour quel motif,

Fahrid est contraint de lever le camp. Mais, à ce point, il doit éliminer Lapecora. Il s'arrange pour que Karima passe une nuit chez Lapecora, cachée dans le bureau de l'appartement. Le lendemain, la femme de Lapecora doit se rendre à Fiacca où elle a une sœur malade. Et peut-être que Karima aurait fait espérer à Lapecora de folles étreintes sur le lit conjugal, en l'absence de la femme, va savoir. Le lendemain, au petit matin, quand Mme Lapecora s'en est allée, Karima ouvre la porte à Fahrid qui entre et tue le vieux. Peut-être que Lapecora aura tenté de s'enfuir, voilà pourquoi il a été retrouvé dans l'ascenseur. Sauf que, d'après ce que tu viens de me dire, Karima ne devait rien savoir des intentions meurtrières de Fahrid. Quand elle a vu son complice poignarder Lapecora, elle s'est enfuie. Mais elle ne va pas loin. Fahrid la retrouve et l'enlève. A tous les coups, pour qu'elle ne parle pas, il l'aura tuée. La preuve en est qu'il est retourné chez Karima pour faire disparaître toutes ses photos à elle : il ne veut pas qu'elle soit identifiée.

Doucement, Livia se mit à pleurer.

Il resta seul, Livia était allée s'étendre à côté de François. Ne sachant que faire, Montalbano alla s'asseoir dans la véranda. Dans le ciel, se déroulait une espèce de duel entre mouettes ; sur la plage, un couple d'amoureux se promenait, de temps en temps ils échangeaient un baiser, mais avec lassitude, comme pour obéir à un scénario. Il rentra, prit le dernier roman du pauvre Bufalino, celui du photographe aveugle, retourna s'asseoir dans la véranda. Il regarda la couverture, retourna le livre, le referma. Il ne réussissait pas à se concentrer. En lui, lentement, il sentait croître un malaise aigu. Et tout d'un coup, il en comprit la raison.

Voilà, ça, c'était un avant-goût, une anticipation des paisibles après-midi dominicaux qui l'attendaient, peut-être plus à Vigàta mais à Bocadasse. Avec un enfant qui, en se réveillant, l'appellerait papa en l'invitant à jouer avec lui…

L'accès de panique le saisit à la gorge.

Dix

S'enfuir immédiatement, s'échapper de cette maison qui préparait des guet-apens familiaux. Tandis qu'il montait en voiture, il ne put s'empêcher de sourire de l'attaque de schizophrénie dont il souffrait. La partie rationnelle de son esprit lui suggérait qu'il pouvait très bien contrôler la nouvelle situation qui, du reste n'existait que dans son imagination ; la partie irrationnelle le poussait à la fuite, comme cela, sans faire trop de raisonnements.

Il arriva à Vigàta, alla dans son bureau.

— Il y a du neuf ?

Au lieu de répondre, Fazio demanda à son tour :

— Comment va le minot ?

— Très bien, répondit-il, légèrement agacé. Alors ?

— Rien de sérieux. Un chômeur est entré dans le supermarché avec un bâton et il s'est mis à détruire les rayons…

— Un chômeur ? Mais qu'est-ce que tu racontes ? Chez nous, il y a encore des chômeurs ?

Fazio écarquilla les yeux.

— Bien sûr qu'il y en a, *dottore*, vous ne le savez pas ?

— Sincèrement, non. Je pensais qu'ils avaient tous trouvé un travail, maintenant.

Fazio était manifestement pris par les Turcs.

— Et où est-ce que vous voulez qu'ils la trouvent, la besogne ?

— Dans le statut de repenti, Fazio. Ce chômeur qui démolit les rayons, avant même d'être chômeur, est d'abord un con. Tu l'as arrêté ?

— Oh que si.

— Va le trouver et dis-lui, de ma part, qu'il se repente.

— Et de quoi ?

— Qu'il s'invente n'importe quoi. Mais qu'il raconte qu'il est un repenti. Une connerie quelconque, tu peux peut-être la lui suggérer toi. Dès qu'il se repent, il est tranquille. On le paie, on lui trouve gratis une maison, on envoie ses enfants à l'école. Dis-le-lui[1].

Fazio le regarda longuement sans rien dire. Puis il parla.

1. Montalbano fait ici référence à une pratique très discutable de la justice italienne : l'utilisation, sur une vaste échelle, du statut de « repenti » accordé aux membres d'une organisation illégale qui, arrêtés, acceptent de collaborer avec la justice.

— *Dottore,* la journée est sereine et pourtant vous l'avez mauvaise. Qu'est-ce qui se passa ?

— C'est mes oignons.

Le propriétaire de la boutique de graines et semences, chez qui habituellement Montalbano se ravitaillait, avait mis au point un système génial pour contourner la fermeture obligatoire du dimanche : devant le rideau baissé, il s'était installé lui-même avec un étal très bien fourni.

— J'ai des noix américaines grillées à l'instant, encore *cavude,* chaudes, l'informa le grainetier.

Et le commissaire en fit ajouter une vingtaine dans le cornet qui déjà contenait des pois chiches et des graines de courge.

Sa ruminante promenade solitaire à la pointe du môle du levant, cette fois, il la fit durer plus que d'habitude, jusqu'au coucher du soleil.

— Cet enfant est très très intelligent ! s'exclama Livia, excitée, à l'instant où elle vit Montalbano rentrer à la maison. Je lui ai expliqué il y a à peine trois heures comment on joue aux dames et regarde : il m'a gagné une partie et celle-là aussi, il est en train de la gagner.

Le commissaire resta debout près d'eux à regarder les derniers coups du jeu. Livia fit une erreur grossière et François lui prit les deux dames qui lui restaient. Consciemment ou non, Livia avait voulu que le minot gagne : si, à la place de François, il y avait eu Montalbano, elle se serait battue à mort pour ne pas lui donner la satisfaction de la victoire. Une fois, elle était arrivée à la bassesse de feindre un malaise soudain qui lui avait permis de faire tomber les pions à terre.

— Tu as faim ?

— Je peux attendre, si tu veux, répondit le commissaire, acquiesçant à la demande implicite de retarder le dîner.

— On ferait volontiers une petite balade.

François et elle, naturellement, l'hypothèse qu'il aurait pu se joindre à eux ne lui était même pas passée par l'antichambre de la coucourde.

Montalbano prépara la table, il l'arrangea au mieux et quand il eut fini, il alla à la cuisine voir ce que Livia avait préparé. Rien, une désolation arctique, couverts et assiettes brillaient, incontaminés. Perdue dans la contemplation de François, elle n'avait même pas pensé au dîner. Il fit un inventaire aussi rapide que triste : comme premier plat, il pouvait faire un peu de pâtes à l'huile et à l'ail, comme deuxième plat, il pouvait s'arranger avec des sardines en saumure, des olives, du *caciocavallo* et du thon en boîte. Le pire, de toute façon, allait arriver le lendemain, quand Adelina, en venant faire le ménage et la cuisine, trouverait Livia avec l'enfant. Les deux femmes ne s'aimaient pas ; à cause de certaines observations de Livia, Adelina avait un jour tout laissé en plan et avait disparu, pour ne revenir que quand elle était certaine que sa rivale était repartie, à des centaines de kilomètres de distance.

C'était l'heure du journal, il alluma la télévision en la réglant sur Televigàta. Sur l'écran apparut la tronche en cul-de-poule de Pippo Ragonese, l'éditorialiste. Montalbano allait changer de chaîne quand les premiers mots de Ragonese le figèrent.

— Que se passe-t-il au commissariat de Vigàta ? demanda l'éditorialiste, question adressée à lui-même et à la création sur un ton à faire passer celui qu'utilisait Torquemada dans ses meilleurs moments pour le ton d'un type qui raconte une blague.

Il poursuivit en affirmant qu'à son avis, désormais, Vigàta pouvait se jumeler avec la Chicago de la prohibition : coups de feu, incendies volontaires ; la vie et la liberté du citoyen ordinaire et honnête étaient continûment menacées. Et le savaient-ils, les téléspectateurs, à quoi se consacrait, au beau milieu de cette tragique situation, le surévalué commissaire Montalbano ? Le point d'interrogation fut souligné avec tant de force qu'au commissaire, il sembla carrément le voir apparaître en surimpression sur le cul-de-poule. Après avoir repris son souffle pour pouvoir dûment exprimer son étonnement et son indignation, Ragonese articula :

— A la cha-sse d'un vo-leur de goû-ter !

Il n'y était pas allé seul, M. le Commissaire, mais il s'était amené avec lui ses hommes, ne laissant au commissariat, pour toute garnison, qu'un malheureux standardiste. Comment lui, Ragonese, était-il arrivé à connaître cette affaire, comique, peut-être, mais sûrement tragique ? Comme il avait besoin de parler au commissaire-adjoint Augello pour avoir une information, il l'avait appelé au téléphone et le standardiste lui avait fait cette réponse inouïe. Dans un premier temps, il avait pensé à une plaisanterie, désagréable, certes, et il avait insisté, comprenant à la fin qu'il ne s'agissait pas d'une blague de mauvais goût, mais d'une incroyable vérité. Les téléspectateurs de Vigàta se rendaient-ils compte en quelles mains ils se trouvaient ?

— Mais qu'est-ce que j'ai fait au Bon Dieu pour avoir Catarella sur le dos ? se demanda, amer, le commissaire tandis qu'il changeait de canal.

Sur Retelibera, on transmettait les images, depuis Mazàra, de la cérémonie funèbre en l'honneur du marin tunisien mitraillé à bord du bateau de pêche *Santopadre*. Le service terminé, le présentateur commenta la malchance de ce Tunisien mort tragiquement à son premier embarquement ; en fait, il n'était arrivé au pays que depuis peu et personne ne le connaissait. Il n'avait pas de famille, ou du moins n'avait pas eu le temps de la faire venir à Mazàra. Il était né trente-deux ans auparavant, à Sfax, et s'appelait Ben Dhabab. Une photo du Tunisien apparut et à ce moment, Livia et le minot, de retour de leur promenade, entrèrent dans la pièce. En voyant le visage sur l'écran, François sourit et le montra du doigt.

— *Mon oncle**, dit-il.

Livia allait dire à Salvo d'éteindre le téléviseur parce qu'il la dérangeait pendant qu'ils mangeaient ; pour sa part, Montalbano allait lui reprocher de n'avoir rien préparé pour dîner. En fait, ils restèrent bouche bée, l'index pointé l'un vers l'autre, tandis qu'un troisième index, celui du gamin, indiquait encore l'écran. On aurait dit qu'était passé l'ange, celui qui dit « *amè* », et chacun reste comme il est. Le commissaire se reprit, chercha confirmation, doutant de son mauvais français.

— Qu'est-ce qu'il a dit ?

— Il a dit : mon oncle, répondit Livia, blême.

L'image disparue, François était allé s'asseoir à sa place à table, impatient de commencer et nullement impressionné d'avoir vu son oncle à la télé.

— Demande-lui si celui qu'il a vu est son oncle.

— Mais qu'est-ce que c'est que cette question idiote ?

— Elle n'est pas idiote. Moi aussi, on m'a appelé oncle et je ne le suis en rien.

François expliqua que ce qu'il avait vu était son oncle pour de bon, puisque frère de sa mère.

* En français dans le texte.

— Il faut qu'il vienne tout de suite avec moi, dit Montalbano.

— Où tu veux l'emmener ?

— Au bureau, je veux lui faire voir une photo.

— Hors de question, la photo, personne ne va te la voler. François doit d'abord manger. Et puis, je vais venir moi aussi au bureau, tu es capable de te perdre le gosse dans la rue.

Les pâtes s'avérèrent trop cuites, pratiquement immangeables.

De garde, il y avait Catarella qui, en voyant apparaître la petite famille recomposée et en voyant le visage de son supérieur, fut pris de frousse.

— *Dottori*, tout est calmant et tranquillition, ici.

— Et en Tchétchénie, non.

Du tiroir, il tira les photographies qu'il avait choisies parmi celles de Karima, en prit une, la tendit à l'enfant. Celui-ci, sans rien dire, la porta à ses lèvres, donna un baiser à l'image de sa mère.

Livia contint à grand-peine un sanglot. Il n'était pas besoin de poser de questions, tant apparaissait évidente la ressemblance entre l'homme apparu sur l'écran et celui qui, sur la photo, se tenait en uniforme à côté de Karima. Mais le commissaire demanda quand même :

— C'est lui *ton oncle** ?

* En français dans le texte.

— Oui.

— *Comment s'appelle-t-il** ?

Et il se félicita pour son français de touriste de la tour Eiffel ou du Moulin-Rouge.

— Ahmed, dit le minot.

— *Seulement Ahmed* ?

— *Oh non, Ahmed Moussa.*

— *Et ta mère ? Comment s'appelle-t-elle* ?

— Karima Moussa, dit François en haussant les épaules et en souriant devant l'évidence de la réponse.

Montalbano libéra sa colère contre Livia qui ne s'attendait pas à la violence de l'attaque.

— Et putain, merde ! T'es avec le gamin jour et nuit, tu joues avec lui, tu lui apprends les dames, et tu ne te fais pas dire comment il s'appelle ! Il suffisait de le lui demander, non ? Et ce con de Mimì ! Le grand enquêteur ! Il apporte le petit seau, la petite pelle, les petits moules, les petits gâteaux, et au lieu de parler à l'enfant, il ne parle qu'à toi !

Livia ne réagit pas et Montalbano immédiatement *s'affruntò*, eut honte de sa sortie.

— Excuse-moi, Livia, mais je suis énervé.

— Je vois.

— Fais-toi dire si cet oncle, il l'a déjà vu en personne, récemment en particulier.

Ils papotèrent, puis Livia expliqua que récemment,

* En français dans le texte.

il ne l'avait pas vu, mais que quand François avait trois ans, sa mère l'avait emmené en Tunisie et que là, il avait rencontré son oncle avec d'autres hommes. Mais il en avait un souvenir confus, il rapportait cela seulement parce que sa mère le lui avait raconté.

Donc, conclut Montalbano, il y avait eu une espèce de sommet, deux ans plus tôt, au cours duquel avait été décidé, en quelque manière, le destin du pauvre Lapecora.

— Ecoute, emmène François au cinéma, arrivez à temps pour la dernière projection, puis revenez ici. Je dois travailler.

— Allô, Buscaino ? Montalbano, je suis. Je viens juste d'apprendre le nom de cette Tunisienne qui habite à Villaseta, tu te souviens ?

— Bien sûr. Karima.

— Elle s'appelle Karima Moussa. Tu pourrais faire quelques recherches, là, chez vous, au bureau des étrangers ?

— Commissaire, vous rigolez ?

— Non, je ne plaisante pas. Pourquoi ?

— Mais comment ?! Avec votre expérience, vous venez me faire une demande pareille ?

— Explique-toi mieux.

— Ecoutez, commissaire, même si vous me disiez le nom du père et de la mère, celui des grands-parents paternels et maternels, lieu et date de naissance.

— Brume épaisse ?

— Et comment pourrait-il en être autrement ? A Rome, ils peuvent faire toutes les lois qu'ils veulent, mais ici, les Tunisiens, les Marocains, les Libyens, les Capverdiens, les Cinghalais, les Nigérians, les Rwandais, les Albanais, les Serbes, les Croates entrent et sortent comme ça leur chante. On est comme le Colisée, pas une porte qui ferme. Le fait que l'autre jour nous ayons réussi à savoir l'adresse de cette Karima appartient au registre des miracles, non à celui de la vie quotidienne.

— Mais, toi, essaie quand même.

— Montalbano ? C'est quoi cette histoire que vous, vous seriez allé à la chasse d'un voleur de goûter ? Un maniaque ?

— Mais non, monsieur le Questeur, il s'agissait d'un enfant qui, poussé par la faim, s'était mis à voler les goûters des autres enfants. Voilà tout.

— Comment, voilà tout ? Je sais très bien que vous, de temps en temps, comment dire, vous prenez la tangente, mais cette fois, franchement, il me semble que…

— Monsieur le Questeur, je vous assure que la chose ne se répétera plus. Il était absolument nécessaire de le capturer.

— Vous l'avez pris ?

— Oui.

— Et qu'est-ce que vous en avez fait ?

— Je l'ai emmené chez moi, Livia s'en occupe.

— Montalbano, vous avez perdu la tête ? Remettez-le immédiatement à ses parents.

— Il n'en a pas, peut-être qu'il est orphelin.

— Peut-être, qu'est-ce que ça veut dire, peut-être ? Faites des recherches, Seigneur Dieu !

— Je suis en train de les faire, mais François…

— Oh mon Dieu, qui est-ce ?

— L'enfant, il s'appelle comme ça.

— Il n'est pas italien ?

— Non, tunisien.

— Ecoutez, Montalbano, laissez tomber pour le moment, je ne sais plus où donner de la tête. Mais demain matin, venez chez moi à Montelusa et expliquez-moi tout.

— Je ne peux pas, je dois m'éloigner de Vigàta. Croyez-moi, c'est très important, ce n'est pas que je veuille m'esquiver.

— Alors, on va se voir dans l'après-midi. Attention, hein, ne me faites pas défaut. Fournissez-moi une ligne de défense, il y a le député Pennacchio…

— Celui accusé d'association de délinquants de type mafieux ?

— Celui-là. Il est en train de préparer une interpellation du ministre. Il veut votre tête.

Je te crois : c'était justement lui, Montalbano, qui avait conduit les enquêtes contre le député.

— Nicolò ? Montalbano, je suis. Je dois te demander un service.

— Et pourquoi pas ? Je t'écoute.

— Tu restes encore un moment à Retelibera ?

— Je fais le journal de minuit et puis je rentre chez moi.

— Il est dix heures. Si d'ici une demi-heure, je suis chez toi et que je t'apporte une photo, vous arriverez à la diffuser pour le dernier journal ?

— Bien sûr, je t'attends.

Il l'avait senti tout de suite, à vue de nez, que l'histoire du bateau de pêche *Santopadre* se présentait mal, il avait tout fait pour s'en tenir à l'écart. Mais maintenant, l'affaire l'avait rattrapé par les cheveux et on lui avait mis le nez dedans, comme quand on veut apprendre aux chats à faire pipi en un endroit précis. Il aurait suffi que Livia et François reviennent un tout petit peu plus tard, le minot n'aurait pas vu l'image de son oncle, le dîner se serait déroulé en paix et tout aurait pris la bonne direction. Et maudite soit son irrévocable nature de flic. Un autre, à sa place, aurait dit :

— Ah oui ? L'enfant a reconnu son oncle ? Tè alors, comme c'est curieux !

Et il se serait porté à la bouche la première fourchetée. Mais lui, il ne pouvait pas, il devait y aller de force s'y rompre les cornes. L'instinct de la chasse, ainsi l'avait appelé Hammet qui, dans ces histoires, s'y entendait.

— Où est la photo ? lui demanda Zito dès qu'il le vit.

C'était celle de Karima avec son fils.

— Je dois la faire cadrer entière ? Tu veux qu'on centre un détail particulier ?

— Non, telle quelle.

Nicolò Zito sortit, revint peu après sans photographie, s'assit commodément.

— Raconte-moi tout. Et surtout parle-moi de cette histoire du voleur de goûter que Pippo Ragonese considère comme une connerie mais pas moi.

— Nicolò, je n'ai pas le temps, tu dois me croire.

— Non, je ne te crois pas. Une question : le gamin qui volait des goûters, c'est celui de la photo que tu viens de me donner ?

Il était dangereusement intelligent, Nicolò. Mieux valait marcher avec lui.

— Oui, c'est lui.

— Et la mère, qui est-ce ?

— C'est une femme certainement impliquée dans le meurtre de l'autre jour, celui du type trouvé dans l'ascenseur. Et ici, tu arrêtes les questions. Je te promets que, dès que moi-même j'aurai compris quelque chose, je t'en parlerai en premier.

— Tu veux bien me dire au moins comment je dois présenter la photo ?

— Ah, voilà. Tu dois prendre la voix d'un bonhomme qui raconte une affaire douloureuse et pathétique.

— Tu te mets à jouer les metteurs en scène, maintenant ?

— Tu dois dire qu'une vieille Tunisienne en larmes s'est présentée à toi, en te suppliant de montrer la photo à la télévision. La vieille n'a plus de nouvelles depuis trois jours ni de la femme ni de l'enfant. Ils s'appellent Karima et François. Quiconque les aurait vus, etc., anonymat garanti, etc., téléphoner au commissariat, etc.

— Va te le faire mettre dans ton etc., dit Nicolò Zito.

A la maison, Livia alla tout de suite dormir en emmenant avec elle le minot. Montalbano, lui, resta assis à attendre le journal télévisé de minuit. Nicolò fit son devoir, il brandit la photo le plus longtemps possible. Quand le journal fut terminé, le commissaire l'appela pour le remercier.

— Tu peux me rendre un autre service ?

— Peut-être bien que je vais te faire payer un abonnement. Qu'est-ce que tu veux ?

— Tu peux repasser cette émission demain au journal télévisé de une heure ? Tu sais, je pense qu'à cette heure, il n'y a pas grand monde qui l'a vue.

— A tes ordres.

Il alla dans la chambre à coucher, détacha François des bras de Livia, se prit le minot contre lui, le porta dans la salle à manger, le mit à dormir sur le divan que Livia avait déjà préparé. Il se prit une douche, alla se coucher. Livia, quoique endormie, le sentit près d'elle et se colla à lui, de dos, avec tout son corps. Ça lui avait toujours plu, de le faire ainsi, dans le demi-sommeil, en ce plaisant no man's land entre le pays des dormeurs et celui de la conscience. Mais cette fois, à peine Montalbano eut-il commencé à la caresser, qu'elle s'écarta rapidement.

— Non. François risque de se réveiller.

Un instant, Montalbano fut pétrifié, cet autre aspect des joies de la famille lui avait échappé.

Il se leva, de toute façon, le sommeil l'avait fui. En rentrant à Marinella, il avait pensé à une chose à faire. Maintenant, il s'en souvenait.

— Valente ? Montalbano, je suis. Excuse-moi pour l'heure, et de te déranger chez toi. Il faut que je te voie de toute urgence. Si demain matin, vers dix heures, je viens te trouver à Mazàra, ça te va ?

— Bien sûr. Tu peux me dire à l'avance…

— C'est une histoire intriquée, confuse. Je progresse par suppositions. Cela concerne aussi le Tunisien mitraillé.

— Ben Dhahab.

— Voilà, juste pour commencer, il s'appelait Ahmed Moussa.

— Merde.

— Exact.

Onze

— C'est pas dit, qu'il y ait un rapport, observa le vice-Questeur Valente à la fin du récit de Montalbano.

— Si tu es de cet avis, à moi, tu me rends un signalé service. Chacun reste de son côté : toi tu cherches à savoir pourquoi le Tunisien utilisait un faux nom, moi, je me cherche les raisons du meurtre de Lapecora et de la disparition de Karima. Si par hasard, on se croise dans la rue, on fera semblant de pas se connaître et on se saluera même pas. D'accord ?

— Hé là ! Mais tu démarres au quart de tour !

Le commissaire Angelo Tomasino, un trentenaire aux allures de caissier de banque, de ceux qui recomptent à la main dix fois cinq cent mille lires avant de te les donner, en rajouta une couche, en soutien à son chef :

— Et puis, ce n'est pas dit, vous savez ?

— Qu'est-ce qui n'est pas dit ?

— Que Ben Dhahab soit un faux nom. Peut-être qu'il s'appelait Ben Ahmed Dhahab Moussa. Va comprendre quelque chose, avec ces noms arabes.

— Je ne vous dérange pas plus longtemps, dit Montalbano en se levant.

Le sang lui était monté à la tête. Valente, qui le connaissait depuis assez longtemps, le comprit.

— Qu'est-ce qu'on doit faire, selon toi ? demanda-t-il simplement.

Le commissaire se rassit.

— Savoir, par exemple, qui le connaissait ici, à Mazàra. Comment il avait obtenu l'embarquement sur le bateau de pêche. Si ses papiers étaient en règle. Aller faire une perquisition là où il habitait. C'est moi qui doit te dire ça ?

— Non, dit Valente. Mais ça me faisait plaisir de te l'entendre dire.

Il prit une feuille de papier qu'il avait sur le bureau et la tendit à Montalbano. C'était un mandat de perquisition pour le logement de Ben Dhahab, avec abondance de tampons et de signatures.

— Ce matin, j'ai réveillé le juge à sept heures de l'aube, dit Valente en souriant. Tu viens à faire une balade avec moi ?

Mme Pipìa Ernestina, veuve Locicero, tint à préciser qu'elle ne faisait pas la loueuse de profession. Elle possédait, légué par son regretté, un *catojo*, une petite pièce en rez-de-chaussée qui autrefois avait été une *putìa di varbèri*, un salon de barbier, comme on dit... un salon de coiffure, oui. On dit comme ça, mais un salon, ce n'était pas ça, du reste ces messieurs d'ici peu allaient le voir et pour quoi faire, il y en avait pas besoin, non, de ce truc, là, le magnat de périquisition ? Suffisait de s'aprésenter, de dire : Mme Pipìa, et patin couffin, et elle, elle aurait pas posé de quistions. Les quistions, on les pose quand on a quelque chose à camoufler, mais elle, tout le monde à Mazàra pouvait en timoigner, tous ceux qu'étaient pas des cornards ou des fils de pute, elle avait eu et continuait à avoir une vie transparente comme l'air. Comment il était, le pôvre Tunisien ? Voyez-vous, messieurs, jamais au grand jamais elle n'aurait loué la chambre à un Africain, autant à ceux qui sont *nivùri*, noirs comme l'encre, qu'à ceux que, de peau, on faisait pas la différence avec un Mazàrais. Rin à faire, l'Africain la mettait mal. Pourquoi elle l'avait louée à Ben Dhahab ? Distingué, mes bons messieurs, un vrai homme de bonne éducation, comme on en trouve plus même chez les Mazàrais. Oh que si, monsieur, il parlait talien ou au moins, il se faisait suffisantement comprendre. Il lui avait fait voir le passeport…

— Un instant, dit Montalbano.

— Un moment, fit en même temps Valente.

Oh que si, messieurs, un passeport. Régulier. C'était écrit comme écrivent les Arabes et il y avait aussi des mots dans une langue extrangère. Angrais ? Frangeais ? Boh. La photographie correspondait. Et si vraiment, ils y tenaient vraiment, les messieurs, à le savoir, elle avait fait la déclaration d'allocation d'appartement en règle, comme le veut la *liggi*, la loi.

— Il est arrivé quand, exactement ? demanda Valente.

— Y a dix jours, pile précis.

En dix jours, il avait eu le temps de s'adapter, de trouver du travail et de se faire tuer.

— Il vous a dit combien de temps il allait rester ? demanda Montalbano.

— Encore une dizaine de jours. Mais...

— Mais ?

— Voilà, il voulut me payer un mois d'avance.

— Et vous, combien vous lui avez demandé ?

— Moi, j'y demandais tout de suite neuf cent mille. Mais, vous savez comme y font, les Arabes, qu'ils marchandent et marchandent, j'étais prête à descendre, je sais pas, à six cent, cinq cent mille... Et mais l'autre, il m'a pas laissé finir, il mit la main dans la poche, il en tira un rouleau gros comme le ventre d'une bouteille, il leva le lastic qui le tenait et il me compta neuf billets de cent mille.

— Donnez-nous la clé et expliquez-nous où est le *catojo*, coupa Montalbano.

La finesse et la distinction du Tunisien, aux yeux de la veuve Pipìa, s'étaient concentrées dans ce rouleau gros comme le ventre d'une bouteille.

— Je me pripare vite et je vous accompagne.

— Non, madame, vous, vous restez ici. Nous vous ramènerons la clé.

Un lit de fer rouillé, une table bancale, une *armùar* avec une plaque de contreplaqué à la place du miroir, trois chaises de paille. Il y avait un réduit avec la lunette des toilettes et le lavabo, une serviette sale ; sur la tablette, rasoir, mousse en bombe, un peigne. Ils revinrent à la pièce unique. Au-dessus d'une chaise, une valise de toile bleue ; ils l'ouvrirent, elle était vide.

Dans l'*armùar*, un pantalon neuf, une veste sombre très propre, deux chemises, quatre paires de chaussettes, quatre slips, six mouchoirs, deux tricots de corps : tout cela acheté de neuf, jamais porté. Dans un coin de l'*armùar*, il y avait une paire de sandales en bon état ; dans la partie opposée, un sac de plastique contenant du linge sale. Ils le renversèrent à terre : rien d'anormal. Ils restèrent une bonne heure à fouiller partout. Ils avaient abandonné tout espoir quand la chance sourit à Valente. Non pas dissimulé, mais certainement tombé et resté enfilé dans la tête en fer du lit, un billet d'avion Rome-Palerme, délivré dix jours plus tôt au nom de M. Dhahab. Donc Ahmed était arrivé à Palerme à dix heures du matin, de là, en deux heures maximum, il était parvenu à Mazàra. A qui s'était-il adressé pour trouver une logeuse ?

— De Montelusa, en même temps que le cadavre, ils t'ont fait avoir les effets personnels ?

— Bien sûr, répondit Valente. Dix mille lires.

— Le passeport ?

— Non.

— C'est tout l'argent qu'il avait ?

— S'il l'a laissé ici, Mme Pipìa s'en sera occupée, cette dame à la vie transparente comme l'air.

— La clé de la maison, il l'avait pas non plus en poche ?

— Non plus. Comment je dois te le dire, en musique ? Dix mille lires et c'est tout.

Convoqué par Valente, le professeur Rahman, instituteur quadragénaire qui semblait un pur Sicilien et qui assumait des fonctions officieuses de liaison entre son peuple et les autorités de Mazàra, arriva en dix minutes.

Avec Montalbano, ils avaient fait connaissance l'année précédente, quand le commissaire était occupé par l'affaire qui par la suite fut dite « du chien de faïence ».

— Vous faisiez cours ? demanda Valente.

Dans un accès inhabituel de bon sens, sans faire intervenir le rectorat, un proviseur de Mazàra avait prêté des salles pour créer une école destinée aux minots tunisiens.

— Oui, mais je me suis fait remplacer. Des problèmes ?

— Peut-être pourrez-vous nous donner des éclaircissements.

— Sur quoi ?

— Mieux vaut dire sur qui. Ben Dhahab.

Ils avaient décidé, Valente et Montalbano, de ne chanter qu'une demi-messe à l'instituteur et ensuite, selon sa réaction, de la lui finir ou pas.

En entendant ce nom, Rahman ne fit rien pour cacher son malaise.

— Posez vos questions.

C'était à Valente de jouer, Montalbano n'était qu'invité.

— Vous le connaissiez ?

— Il s'est présenté voilà une dizaine de jours. Il connaissait mon nom et ce que je représente. Vous comprenez, vers janvier dernier, il est sorti dans un journal de Tunis un article qui parlait de notre école.

— Qu'est-ce qu'il vous a dit ?

— Qu'il était journaliste.

Valente et Montalbano s'échangèrent un rapide coup d'œil.

— Il voulait faire un article sur la vie de nos compatriotes à Mazàra. Mais il allait se présenter à tous comme un homme en quête de travail. Il souhaitait aussi s'embarquer. Je lui présentai mon collègue El Madani. Et ce fut lui qui adressa Ben Dhahab à Mme Pipìa qui lui loua une chambre.

— Vous vous êtes revus ?

— Certainement, nous nous sommes rencontrés quelques fois par hasard. Nous avons aussi participé à une fête. Il s'était, comment dire, parfaitement intégré.

— C'est vous qui lui avez procuré la possibilité d'embarquer ?

— Non. Et pas non plus Madani.

— Qui a payé les funérailles ?

— Nous. Nous avons constitué une petite caisse de secours.

— Qui a fourni à la télévision la photo et toutes les informations concernant Ben Dhahab ?

— Moi. Vous voyez, dans cette fête que je vous ai dit, un photographe est arrivé, Ben Dhahab a protesté, il disait qu'il ne voulait pas se faire photographier. Mais l'autre avait déjà pris un cliché. Et ainsi, quand ce journaliste de la télévision est venu, j'ai récupéré la photo et je la lui ai donnée, avec les quelques informations qu'il avait fournies.

Rahman essuya sa transpiration. Son malaise avait augmenté. Et Valente, qui était un bon flic, le laissa cuire dans son jus.

— Mais il y a quelque chose d'étrange, se décida Rahman.

Montalbano et Valente ne semblèrent pas même l'avoir entendu, ils semblaient pris par d'autres pinsées, mais en fait, ils étaient tout ouïe, ils faisaient comme les chats qui gardent les yeux fermés et feignent de dormir mais comptent en fait les étoiles.

— Hier, j'ai téléphoné à Tunis au journal pour communiquer le malheur et pour qu'on prenne des dispositions pour la dépouille. Quand j'ai dit au directeur que Ben Dhahab était mort, il a éclaté de rire. Il a répondu que la plaisanterie était stupide, Ben Dhahab en cet instant même était dans la pièce voisine, au téléphone. Il a raccroché.

— Ça ne peut pas être une affaire d'homonymie ? le provoqua Valente.

— Eh non ! Avec moi, il s'est exprimé clairement. Il m'a précisé qu'il était envoyé par le journal. Et donc, il m'a dit une chose fausse.

— Vous savez s'il avait des parents en Sicile ? intervint pour la première fois Montalbano.

— Je ne sais pas, nous n'en avons pas parlé. S'il en avait eu à Mazàra, il ne se serait pas adressé à moi.

Valente et Montalbano se consultèrent encore du regard et Montalbano, sans mot dire, donna à son ami son accord pour déclencher le tir.

— Ça vous dit quelque chose, ce nom : Ahmed Moussa ?

Ce ne fut pas un tir, mais une véritable canonnade. Rahman bondit sur sa chaise, y retomba, affaissé.

— Quel... quel... rapport... avec Ahmed Moussa ? balbutia l'instituteur, auquel la respiration manquait.

— Pardonnez mon ignorance, poursuivit Valente, implacable. Mais qui est ce monsieur qui vous effraie tant ?

— C'est un terroriste. Un homme qui... un assassin. Un homme féroce. Mais quel... quel rapport ?

— Nous avons des raisons de penser que Ben Dhahab, en réalité, était Ahmed Moussa.

— Je me sens mal, dit l'instituteur dans un filet de voix.

Des paroles sinistrées d'un Rahman anéanti, ils tirèrent qu'Ahmed Moussa, dont le vrai nom était plus murmuré que dit et dont le visage était pratiquement inconnu, avait depuis un certain temps constitué un groupuscule paramilitaire de désespérés. Il avait soudain surgi, trois ans plus tôt, avec un billet de visite sans équivoque : il avait fait sauter une petite salle de cinéma où on projetait des dessins animés pour enfants. Les plus chanceux des spectateurs étaient les morts : des dizaines d'autres étaient restés aveugles, manchots ou estropiés pour la vie. Le nationalisme du groupuscule, du moins dans ses discours, était presque abstrait dans son absolutisme. Moussa et les siens étaient considérés avec suspicion même par les intégristes les plus intransigeants. Ils possédaient une quantité d'argent pratiquement illimitée, dont on ne savait pas d'où elle venait. Sur la tête d'Ahmed Moussa pesait une grosse mise à prix proposée par le gouvernement. Voilà tout ce que savait le Pr Rahman et l'idée d'avoir aidé, d'une manière ou d'une autre, le terroriste, l'avait troublé au point de le faire trembler et frissonner comme sous l'effet d'une violente attaque de malaria.

— Mais vous avez été trompé, tenta de le consoler Montalbano.

— Si vous craignez pour les conséquences, ajouta Valente, nous pouvons témoigner de votre absolue bonne foi.

Rahman secoua la tête. Il expliqua qu'il ne s'agissait pas de peur, mais d'horreur. Horreur de ce que sa vie ait croisé, ne fût-ce qu'un peu, celle d'un glacial assassin d'enfants, de créatures innocentes.

Après l'avoir réconforté de leur mieux, ils le renvoyèrent en le priant de ne rien dire à personne de leur conversation, pas même à son collègue et ami El Madani. S'ils devaient avoir encore besoin de lui, ils l'appelleraient.

— Même de nuit, pas hésiter, dit l'instituteur qui, maintenant, avait du mal à parler l'italien.

Avant de commencer à raisonner sur tout ce qu'ils avaient appris, ils se firent porter un café et le burent lentement, en silence.

— Il est clair que ce type ne s'était pas embarqué pour jouer au pêcheur, dit Valente.

— Ni pour se faire tuer.

— Il faut voir comment le patron du bateau de pêche va venir nous raconter la chose.

— Tu veux le convoquer ici ?

— Pourquoi pas ?

— Il finirait par te raconter ce qu'il a déjà dit à Augello. Peut-être vaut-il mieux d'abord essayer de savoir ce qu'on en pense dans son milieu. Un mot par-ci, par-là, ça peut nous permettre d'en savoir plus.

— Je vais en charger Tomasino.

Montalbano tordit la bouche. L'adjoint de Valente lui était vraiment 'ntipathique, mais ce n'était pas une bonne raison et surtout, pas une raison à dire.

— Ça ne te va pas ?

— A moi ? C'est à toi que ça doit aller. Ces hommes, ce sont les tiens, et tu les connais mieux que moi.

— Allez, Montalbano, ne joue pas au con.

— Bon d'accord. Je le vois mal faire ça. Quand on se le voit devant soi avec cette tête de percepteur, figure-toi si on se sent de lui faire confiance.

— Tu as raison. J'en chargerai Tripodi, c'est un jeune malin, et son père est pêcheur.

— La quistion ensuite est de savoir ce qui s'est passé exactement la nuit où le bateau de pêche est tombé sur la vedette. Quoi qu'on fasse, il y a toujours quelque chose qui ne colle pas.

— C'est-à-dire ?

— Pour l'instant, ne cherchons pas à savoir comment il s'est embarqué, d'accord ? Ahmed part avec une intention précise que nous ne connaissons pas. Maintenant, je me demande : cette intention, il l'a révélée ou pas, au commandant et à l'équipage ? Et s'il l'a révélée, c'était avant de monter à bord, ou bien durant le voyage ? Selon moi, sans pouvoir dire quand, le but a été expliqué et tous étaient d'accord, sinon, ils auraient fait demi-tour et l'auraient débarqué.

— Il peut les avoir contraints sous la menace des armes.

— En ce cas, de retour à Vigàta ou à Mazàra, le capitaine et l'équipage auraient raconté comment s'étaient passées les choses, ils n'auraient rien eu à y perdre.

— Exact.

— Continuons. Si on exclut que l'intention d'Ahmed ait été de se faire mitrailler au large de son pays natal, je ne réussis à penser qu'à deux hypothèses. La première, de se faire débarquer clandestinement de nuit en un point isolé de la côte, pour rentrer clandestinement dans son pays. La seconde est celle d'une rencontre en haute mer, un contact, qu'il devait absolument opérer en personne.

— La dernière me convainc plus que l'autre.

— Moi aussi. Et puis, il s'est passé quelque chose d'imprévu.

— L'interception.

— Exact. Et là, il y a une belle besogne sur les hypothèses. Mettons que la vedette tunisienne ignorait qu'à bord du bateau de pêche se trouvait Ahmed. Elle croise une embarcation en train de pêcher dans les eaux territoriales, elle l'interpelle, celle-ci s'enfuit, de la vedette part une rafale qui va tuer tout à fait accidentellement Ahmed Moussa, justement lui. Ça, du moins, c'est ce qu'ils nous ont raconté.

Cette fois, ce fut Valente qui tordit la bouche.

— Ça te convainc pas ?

— On dirait la reconstitution de l'assassinat du président Kennedy par le sénateur Warren.

— Je t'en propose une autre. Mettons qu'Ahmed, à la place de l'homme qu'il doit rencontrer, en trouve un autre qui lui tire dessus.

— Ou bien que c'était bien l'homme qu'il devait rencontrer, mais qu'ils ont eu un différend, une discussion et que ça a très mal tourné, le type lui a tiré dessus.

— Avec la mitrailleuse du bord ? se demanda, dubitatif, Montalbano.

Et aussitôt, il se rendit compte de ce qu'il avait dit. Sans même en demander la permission à Valente, en jurant, il saisit le téléphone et se fit appeler Jacomuzzi à Montelusa. Tandis qu'il attendait la communication, il demanda à Valente :

— Dans les rapports qu'ils t'ont envoyés, il était spécifié, le calibre des projectiles ?

— Ils parlaient vaguement de tir d'arme à feu.

— Allô ? Qui est à l'appareil ? demanda Jacomuzzi.

— Ecoute, Baudo…

— Comment, Baudo ? Jacomuzzi, je suis.

— Mais tu voudrais être Pippo Baudo[1]. Tu veux me dire comment, bordel, on a tué le Tunisien du bateau de pêche ?

— Arme à feu.

— Tiens, c'est drôle ! Je croyais qu'on l'avait étouffé avec un coussin.

— Tes traits d'esprit me font vomir.

— Dis-moi exactement quelle était l'arme.

— Un pistolet-mitrailleur, sans doute un Skorpio. Je ne l'ai pas écrit, dans le rapport ?

— Tu es sûr que ce n'était pas la mitrailleuse du bateau ?

— Bien sûr, que j'en suis sûr. L'arme en dotation dans les vedettes est capable d'abattre un avion, tu sais ?

— Vraiment ?! Je suis abasourdi par ta précision scientifique, Jacomù.

— Et comment tu veux que je parle avec un ignorant comme toi ?

Après que Montalbano eut rapporté cet échange, ils gardèrent un moment le silence. Quand Valente parla, il exprima la pinsée qui, en cet instant, passait aussi par la tête du commissaire.

— Est-ce que nous sommes sûrs que c'était une vedette militaire tunisienne ?

1. Animateur de télévision très célèbre en Italie.

Comme il s'était fait tard, Valente invita son collègue à déjeuner chez lui. Montalbano, qui avait déjà expérimenté la terrifiante cuisine de la femme du vice-Questeur, refusa en assurant qu'il devait s'en retourner immédiatement à Vigàta.

Il monta en voiture mais, au bout de quelques kilomètres, il vit une trattoria juste au bord de la mer. Il s'arrêta, entra, s'attabla. Il ne s'en repentit pas.

Douze

Il y avait des heures qu'il n'avait pas donné de nouvelles à Livia et il en éprouva du remords, peut-être qu'elle s'était inquiétée pour lui. En attendant qu'on lui apporte une anisette digestive (la double portion de bar commençait à lui peser sur l'estomac), il décida de téléphoner.

— Tout va bien de votre côté ?

— Tu nous as réveillés avec ton coup de fil.

Tu parles, si elle s'inquiétait.

— Vous dormiez ?

— Oui, on s'est baignés un long moment et l'eau était chaude.

Ils s'emmerdaient pas, sans lui.

— Tu as mangé ? demanda Livia par pure courtoisie.

— Un sandwich. Je suis à mi-chemin, d'ici une heure maximum, je serai à Vigàta.

— Tu viens à la maison ?

— Non, je vais au bureau, on se voit ce soir.

C'était certainement le fruit de son imagination,

mais il lui sembla avoir entendu un soupir de soulagement à l'autre bout du fil.

Mais il lui fallut plus d'une heure pour rentrer à Vigàta. Juste aux portes du pays, à cinq minutes de route du bureau, la voiture décida une grève surprise. Pas moyen de la remettre en route. Montalbano descendit, ouvrit le capot, regarda le moteur. C'était un geste purement symbolique, une sorte de rite d'exorcisme, étant donné qu'il n'y connaissait absolument rien. Si on lui avait dit que le moteur était à corde ou à élastique entortillé comme certains jouets, peut-être y aurait-il cru. Une auto de carabiniers avec deux hommes à bord passa, elle continua puis s'arrêta, revint en marche arrière, un scrupule leur était venu. C'était un caporal, avec un homme du rang qui conduisait. Le commissaire ne les avait jamais vus et ils ne connaissaient pas Montalbano.

— Nous pouvons faire quelque chose pour vous ? demanda courtoisement le caporal.

— Merci. Je ne comprends pas pourquoi la voiture s'est arrêtée d'un coup.

Ils rangèrent leur véhicule sur le bas-côté, descendirent. Le car Vigàta-Fiacca de l'après-midi s'arrêta non loin de là et un couple de vieux monta.

— Le moteur me paraît fonctionner, diagnostiqua le carabinier et il ajouta avec un sourire : Si on jetait un coup d'œil à l'essence ?

Pas la moindre goutte en vue.

— Faisons comme ça, monsieur…

— Martinez. Comptable Martinez, dit Montalbano.

Jamais on ne devrait savoir que le commissaire Montalbano avait été secouru par les carabiniers.

— Faisons comme ça, monsieur le Comptable, vous attendez ici. Nous allons à la station-service la plus proche et nous vous rapportons ce qu'il vous faut pour arriver à Vigàta.

— Vous êtes vraiment très gentils.

Ils partirent, Montalbano monta dans sa voiture, alluma une cigarette et aussitôt entendit dans son dos un klaxon qui résonnait.

C'était le car Fiacca-Vigàta qui voulait qu'on le laisse passer. Montalbano descendit, expliqua par gestes que sa voiture était en panne. Le chauffeur se démena avec le volant et, une fois dépassée la voiture du commissaire, s'arrêta à la même hauteur que le car qui allait dans le sens inverse. Quatre personnes en descendirent.

Montalbano regarda fixement le véhicule qui repartait vers Vigàta. Puis les carabiniers revinrent.

Il arriva au bureau qu'il était quatre heures de l'après-midi. Augello n'était pas là, Fazio lui fit savoir qu'il en avait perdu la trace dans la matinée, il s'était pointé vers neuf heures et on ne l'avait plus vu. Montalbano se mit en colère.

— Ici tout le monde fait comme ça lui chante !

C'est chacun pour sa poire ! Est-ce que par hasard Ragonese aurait raison ?

Rien de neuf. Ah, la veuve Lapecora avait téléphoné pour avertir le commissaire que l'enterrement du mari aurait lieu mercredi matin. Puis, il y avait le géomètre Finocchiaro qui était là depuis quatorze heures et qui attendait de lui parler.

— Tu le connais ?

— De vue. Un retraité, un homme âgé.

— Qu'est-ce qu'il veut ?

— Il n'a pas voulu me le dire. Il m'a paru passablement secoué.

— Fais-le passer.

Fazio avait raison, le géomètre semblait très troublé. Le commissaire le fit asseoir.

— Je pourrais avoir un peu d'eau ? demanda-t-il et on sentait qu'il avait la gorge sèche.

Quand il eut bu, il déclara s'appeler Giuseppe Finocchiaro, soixante-cinq ans, célibataire, géomètre retraité, habitant 38, via Marconi. Casier vierge, même pas une amende pour des histoires d'automobile.

Il s'arrêta, but le doigt d'eau qui restait dans le verre.

— Aujourd'hui, à une heure, ils ont fait voir une photographie à la télévision. Une femme et un enfant. Vous le savez qu'ils disaient de s'adresser à vous si on les reconnaissait ?

— Oui.

Oui et c'est tout. Une syllabe de plus, en cet instant, pouvait peut-être susciter un doute, une hésitation.

— Moi, la femme, je la connais, elle s'appelle Karima. Le minot, je l'ai jamais vu, et même je savais pas qu'elle avait un fils.

— Pourquoi la connaissez-vous ?

— Parce que, une fois par semaine, elle vient faire le ménage chez moi.

— Quel jour ?

— Le mardi matin. Elle reste quatre heures.

— Par curiosité, vous lui donniez combien ?

— Cinquante mille. Mais...

— Mais ?

— J'arrivais à deux cent mille quand elle faisait un extra.

— Un pompier ?

La brutalité calculée de la question fit d'abord pâlir, puis rougir le géomètre.

— Oui.

— Donc, que je comprenne bien. Chez vous, elle venait quatre fois par mois. Combien de fois faisait-elle un extra ?

— Une fois. Deux maximum.

— Comment l'avez-vous connue ?

— C'est un ami qui m'en a parlé, un retraité comme moi. Le professeur Mandrino, qui vit avec sa fille.

— Donc, pas d'extra pour le professeur Mandrino ?

— Si, il y en avait. La fille est enseignante, elle est absente toute la matinée.

— Quel jour allait-elle chez le professeur ?

— Le samedi.

— Géomètre, si vous n'avez rien d'autre à me dire, vous pouvez y aller.

— Merci pour votre compréhension.

Il se leva gauchement. Regarda le commissaire.

— Demain, c'est mardi.

— Et alors ?

— Vous pensez qu'elle viendra ?

Il n'eut pas le cœur de lui ôter ses illusions.

A partir de ce moment, la procession commença. Précédé de sa mère hululante, apparut 'Ntonio, l'enfant que Montalbano avait vu à Villaseta, celui qui avait été frappé parce qu'il n'avait pas voulu remettre son goûter. Sur la photo montrée à la télévision, 'Ntonio avait reconnu le voleur, pas de doute, lui c'était. La mère de 'Ntonio, avec des hurlements étourdissants et des jurons et des malédictions, présenta sa requête au commissaire abasourdi : trente ans de prison pour le voleur et réclusion à perpétuité pour la mère ; au cas où la justice terrestre ne serait pas d'accord, sa requête à la justice divine était phtisie galopante pour elle et maladie longue et exténuante pour lui.

Mais son fils, nullement effrayé par la crise hystérique de la mère, secouait négativement la tête.

— Toi aussi tu veux le faire mourir en prison ? lui demanda le commissaire.

— Moi non, dit 'Ntonio avec décision. Maintenant que je le vis calme, sympathique, il est.

L'extra du professeur Paolo Guido Mandrino, soixante-dix ans, enseignant universitaire d'histoire et de géographie à la retraite, consistait à se faire prendre un petit bain. Un des quatre samedis matin où Karina venait, le professeur l'attendait nu sous les draps. Quand Karima lui intimait d'aller à la salle de bains se laver, Paolo Guido jouait les réticents.

Alors Karima lui tirait les draps, retournait le professeur de force et lui donnait la fessée. Enfin arrivé dans la baignoire, il était soigneusement savonné par Karima puis lavé. Et c'était tout. Coût de l'extra, cent cinquante mille ; coût du ménage, cinquante mille.

— Montalbano ? Ecoutez, contrairement à ce que je vous avais dit, aujourd'hui, nous ne pouvons pas nous voir. J'ai une réunion avec le préfet.

— Dites-moi quand, alors, monsieur le Questeur.

— Ben, ça ne presse pas. Du reste, après les déclarations à la télé du *dottor* Augello…

— Mimì ?! cria-t-il et il lui sembla qu'il chantait *La Bohème.*

— Oui. Vous n'étiez pas au courant ?

— Non. J'étais à Mazàra.

— Il est apparu au journal télévisé de treize heures. Il a prononcé un démenti ferme et sec. Il a assuré que Ragonese avait mal entendu. Il ne s'agissait pas d'un voleur de goûter, mais d'un roulottier. Un type dangereux, un toxicomane qui, quand il était surpris, menaçait avec une seringue. Il a exigé des excuses au nom de tout le commissariat. Très efficace. Donc, je crois que le député Pennacchio va se tenir tranquille.

— Nous nous sommes déjà rencontrés, dit le comptable Vittorio Pandolfo en entrant dans le bureau.

— Eh oui, fit Montalbano, je vous écoute.

Le ton sec, et pas pour rire : si le comptable venait lui parler de Karima, cela voulait dire qu'il lui avait raconté des foutaises, en niant la connaître.

— Je suis venu parce qu'à la télévision est apparue…

— La photo de Karima, celle dont vous ne saviez rien. Pourquoi ne m'en avez-vous pas parlé avant ?

— Commissaire, ce sont des choses délicates et peut-être que ça fait la honte. Vous voyez, à mon âge…

— Vous êtes le client du jeudi matin ?

— Oui.

— Combien vous la payez pour le ménage ?

— Cinquante mille.

— Et pour l'extra ?

— Cent cinquante mille.

Tarif fixe. Sauf qu'avec Pandolfo, l'extra avait lieu deux fois par mois. Celle qui se prenait le bain, cette fois, c'était Karima. Puis le comptable la mettait nue sur le lit et la flairait longuement. De temps en temps, un petit coup de langue.

— Dites-moi, par curiosité, comptable. C'était vous, Lapecora, Mandrino et Finocchiaro, les compagnons de jeu habituels ?

— Oui.

— Et qui a parlé en premier de Karima ?

— Le pôvre Lapecora.

— Ecoutez, comment il s'en sortait, Lapecora ?

— Très bien. En bons du Trésor, il avait presque un milliard, et puis il était propriétaire de la maison et des bureaux.

Les trois clients de l'après-midi des jours pairs habitaient à Villaseta. Tous des hommes d'un certain âge, veufs ou célibataires. Le tarif, semblable à celui pratiqué à Vigàta. L'extra de Martino Zaccarìa, négociant en fruits et légumes, consistait à se faire baiser la plante des pieds ; avec Luigi Pignataro, directeur d'école secondaire en congé, Karima jouait à la mouche aveugle. Le président la déshabillait et lui bandait les yeux puis allait se cacher. Karima devait le chercher et le trouver, puis elle s'asseyait, prenait le directeur sur ses genoux et lui donnait le sein. A la question de Montalbano sur « en quoi consistait l'extra », Calogero Pipitone, expert-agronome, le regarda, ébahi :

— En quoi il devait consister, commissaire ? *Lei sutta e iu supra,* elle dessous et moi dessus.

Montalbano faillit l'embrasser.

Etant donné que le lundi, le mercredi et le vendredi, Karima était occupée à temps plein avec Lapecora, la liste des clients était close. Etrangement, Karima se reposait le dimanche et non le vendredi ; à l'évidence, elle s'était adaptée aux coutumes locales. Montalbano était curieux de savoir combien elle gagnait par mois, mais étant donné qu'il ne s'entendait pas avec les chiffres, il ouvrit la porte du bureau et demanda à voix haute :

— Quelqu'un a une calculatrice ?

— Moi, *dottori.*

Catarella entra, tira fièrement de sa poche une calculatrice pas beaucoup plus grande qu'une carte de visite.

— Qu'est-ce que tu y calcules, Catarè ?

— Les journées, fut l'énigmatique réponse.

— Dans deux minutes, tu viens te la reprendre.

— *Dottori,* je dois vous faire l'avisement que la machine fonctionne par *ammuttuna.*

— Qu'est-ce que ça veut dire ?

Catarella se méprit, il crut que son supérieur n'avait pas compris le mot. Il se retourna vers la porte et demanda à ses collègues :

— Comment c'est qu'on dit en talien, *ammuttuna* ?

— Poussées, traduisit quelqu'un.

— Et comment je dois la pousser, la calculatrice ?

— Comme on fait avec une montre quand elle marche pas.

Donc, en laissant à part Lapecora, Karima gagnait comme bonne un million deux cent mille par mois. A quoi s'ajoutait un autre million deux cent mille d'extras. Au strict minimum, pour le service à temps plein, Lapecora lui passait encore un million. En conclusion, trois millions quatre cent mille exempts d'impôts. Quarante-quatre millions deux cent mille par an.

Karima, à ce qui apparaissait, opérait dans la région depuis au moins quatre ans, ce qui faisait cent soixante-seize millions et huit cent mille lires.

Et les autres trois cent vingt-trois millions qu'il y avait sur le livret, d'où venaient-ils ?

La calculatrice fonctionnait très bien, sans avoir besoin d'être *ammuttata*.

Des autres bureaux lui parvint une rumeur d'applaudissements. Que se passait-il ? Il ouvrit la porte et découvrit que l'objet de ces acclamations était Mimì Augello. Il lui en vint la bave à la bouche.

— Arrêtez-moi ça ! Bouffons !

Surpris et effrayés, ils le regardèrent. Seul Fazio tenta d'expliquer la situation.

— Peut-être que vous ne le savez pas, mais le *dottor* Augello…

— Je le sais ! Le Questeur en personne m'a téléphoné, en me demandant des explications. M. Augello, de sa propre initiative, sans aucune autorisation de ma part, et ça, je l'ai souligné auprès du Questeur, se présente à la télé pour raconter une série de conneries !

— Mais si tu permets… hasarda Augello.

— Je ne te permets pas ! Tu as débité un tas de foutaises et de mensonges !

— Je l'ai fait pour nous défendre, nous tous qui…

— On ne se défend pas en mentant à quelqu'un qui a dit la vérité !

Et il rentra dans son bureau en claquant la porte. Montalbano, l'homme d'une infrangible rectitude morale, qui se met dans une fureur mortelle en voyant Augello faire le beau sous les applaudissements.

— Je peux ? dit Fazio en ouvrant la porte et en introduisant prudemment la tête. Il y a le père Jannuzzo qui veut vous parler.

— Fais-le entrer.

Don Alfio Jannuzzo, qui ne s'habillait jamais en curé, était très connu à Vigàta pour ses initiatives charitables. Grand et robuste, il avait une quarantaine d'années.

— Moi, je fais de la bicyclette, attaqua-t-il.

— Et moi, non, dit Montalbano, terrorisé à l'idée que le prêtre veuille le faire participer à une course de bienfaisance.

— J'ai vu la photo de cette femme à la télévision.

Les deux éléments ne paraissaient pas avoir de rapport et en même temps le commissaire fut pris d'embarras. Tu veux voir que Karima besognait aussi le dimanche et que le client n'était autre que don Jannuzzo ?

— Jeudi dernier, vers neuf heures du matin, à un quart d'heure près, j'étais pas loin de Villaseta, étant donné que je descendais à bicyclette de Montelusa à Vigàta. Sur la route, en sens opposé, une voiture était arrêtée.

— Vous vous souvenez comment elle était ?

— Bien sûr. Une BMW gris métallisé.

Montalbano tendit l'oreille.

— Dans la voiture, il y avait un homme et une femme. Il m'a semblé qu'ils s'embrassaient. Mais quand je me suis trouvé juste à leur hauteur, la femme s'est dégagée avec une certaine violence, elle a regardé vers moi et a ouvert la bouche comme pour me dire quelque chose. Mais l'homme l'a tirée de force et l'a embrassée à nouveau. La chose m'a laissé perplexe.

— Pourquoi ?

— C'était pas une petite bagarre, une dispute entre amants. Les yeux de la femme, quand ils m'ont regardé, étaient effrayés, épouvantés. J'ai eu l'impression qu'elle voulait me demander de l'aide.

— Et qu'est-ce que vous avez fait ?

— Rien, parce que la voiture est repartie tout de suite. Aujourd'hui, j'ai vu la photo à la télévision : la femme était celle de l'automobile. Et ça, je peux le jurer, parce que je suis physionomiste, un visage je me le grave en tête même si je le vois qu'une seconde.

Fahrid, le pseudo-neveu de Lapecora, et Karima.

— Je vous suis reconnaissant, mon père...

Le curé leva la main pour l'arrêter.

— Je n'ai pas fini. J'ai pris le numéro de la plaque. Ce que j'avais vu, je vous l'ai dit, m'avait laissé perplexe.

— Vous l'avez sur vous ?

— Bien sûr.

Il tira de sa poche un quart de feuille de cahier quadrillée pliée en quatre et le tendit au commissaire.

— C'est écrit là.

Montalbano le prit entre deux doigts, avec délicatesse, comme les ailes d'un papillon.

AM 237 GW.

Dans les films américains, il suffisait que le policier dise le numéro minéralogique et, moins de deux minutes plus tard, il apprenait le nom du propriétaire, combien d'enfants il avait, la couleur de ses cheveux et le nombre précis de ses poils de cul.

En Italie, il en allait différemment. Une fois, on l'avait fait attendre vingt-huit jours, durant lesquels le propriétaire du véhicule (comme il était écrit) avait été *incaprettato* et brûlé. Quand la réponse arriva, tout était inutile. La seule chose à faire était de s'adresser au Questeur, peut-être qu'à cette heure, il avait terminé sa réunion avec le préfet.

— Montalbano, je suis, monsieur le Questeur.

— Je viens juste de rentrer dans mon bureau. Je vous écoute.

— Je vous téléphone pour cette femme enlevée…

— Quelle femme enlevée ?

— Karima, non ?

— Et qui est-ce ?

A sa grande terreur, il se rendit compte que c'était un dialogue de sourds ; au Questeur, il n'avait rien raconté de cette affaire.

— Monsieur le Questeur, je suis vraiment mortifié…

— Laissez tomber. Qu'est-ce que vous voulez ?

— J'ai besoin de remonter au plus vite, à partir d'un numéro d'immatriculation, au nom et à l'adresse du propriétaire d'une voiture.

— Dites-moi le numéro.

— AM 237 GW.

— Je vous en ferai savoir quelque chose demain matin.

Treize

— Je t'ai mis le couvert à la cuisine. La table de la salle à manger est occupée. Nous avons déjà dîné.

Il n'était pas aveugle, il le voyait bien que la table était occupée par un puzzle gigantesque qui représentait la statue de la Liberté quasiment grandeur nature.

— Tu sais quoi, Salvo ? Il n'a mis que deux heures à le reconstituer.

Le sujet n'était pas précisé, mais il était clair qu'elle parlait de François, ex-voleur de goûter et actuellement génie de la famille.

— C'est toi qui le lui as offert ?

Livia évita de répondre.

— Tu peux venir avec moi sur la plage ?

— Maintenant ou après manger ?

— Maintenant.

Il y avait un peu de lune qui éclairait. Ils marchèrent en silence. Devant un petit tas de sable, Livia soupira, attristée.

— Si tu savais quel château il avait fait ! Fantastique ! On aurait dit du Gaudí.

— Il aura le temps d'en faire un autre.

Mais il était décidé à ne pas lâcher le morceau, en flic qu'il était, et en plus, jaloux.

— Dans quel magasin tu l'as trouvé, ce puzzle ?

— C'est pas moi qui l'ai acheté. Mimì est passé cet après-midi. En coup de vent. Ce puzzle est d'un de ses neveux qui...

Il tourna le dos à Livia, se mit les mains dans les poches, s'éloigna, tandis qu'il voyait des dizaines de neveux de Mimì Augello en larmes, systématiquement dépouillés de leurs jouets par leur oncle.

— Allez, Salvo, ne fais pas l'idiot ! dit Livia en le rejoignant.

Elle tenta de passer son bras sous celui de Montalbano. Il s'écarta.

— Va te faire foutre, dit doucement Livia et elle rentra à la maison.

Et maintenant, qu'est-ce qu'il faisait ? Livia avait esquivé l'engueulade et lui, il devait se passer les nerfs tout seul. Il marcha nerveusement à la limite des eaux, se trempant les chaussures et fumant dix cigarettes.

— Qu'est-ce que je suis con ! se dit-il à un certain moment. Il est clair qu'à Mimì, Livia plaît et qu'à Livia, Mimì est sympathique. Mais, à part ça, je ne lui fais que trop plaisir, à Mimì. Evidemment, il se régale de me mettre en colère. Il me fait une guerre d'usure, comme moi je la lui fais. Maintenant, je dois penser à la contre-offensive.

Il retourna à la maison, Livia était devant le téléviseur, le son très bas pour ne pas réveiller François qui dormait dans leur lit.

— Excuse-moi, vraiment, lui dit-il en passant pour aller à la cuisine.

Dans le four, il trouva une terrine de pommes de terre et de rougets, à l'odeur prenante. Il s'assit, donna le premier coup de fourchette : un délice. Livia vint dans son dos, lui caressa les cheveux.

— Ça te plaît ?

— Très bon. Tu dois dire à Adelina…

— Adelina, ce matin, est arrivée, elle m'a vue, elle a dit : « Je veux pas déranger » et elle s'en est allée.

— Tu es en train de me dire que cette terrine, c'est toi qui l'as faite ?

— Bien sûr.

Un instant, mais un instant seulement, la terrine se coinça à cause d'une pinsée qui lui passa par la tête : elle l'a fait pour se faire pardonner l'histoire avec Mimì. Puis l'excellence du plat eut le dessus.

Avant de s'asseoir à côté de Montalbano pour regarder la télévision, Livia s'arrêta devant le puzzle pour l'admirer. Maintenant que Salvo s'était soulagé les nerfs, elle pouvait en parler librement.

— C'était ahurissant la vitesse à laquelle il l'a composé. Moi, j'aurais mis plus de temps.

— Ou tu te serais ennuyée avant.

— Voilà, François aussi soutient que les puzzles

sont ennuyeux parce qu'ils sont contraignants. Chaque petit bout, il dit, est coupé de manière à s'encastrer dans un autre. Mais en fait, ce serait bien, un puzzle qui autorise plusieurs solutions !

— Il a dit ça ?

— Oui. Et il s'est expliqué, vu que je le lui demandais.

— Et qu'est-ce qu'il a dit ?

— Je crois avoir compris ce qu'il entendait dire. Il connaissait déjà la statue de la Liberté, quand il a composé la tête, il savait donc comment procéder et il était obligé à le faire parce que le fabricant du puzzle voulait que le joueur suive son dessin. J'ai été claire jusque-là ?

— Assez.

— Ce serait bien, il a dit, si le joueur pouvait être mis en condition de créer son propre puzzle mais avec les mêmes morceaux. Ça ne te paraît pas un raisonnement extraordinaire pour un enfant si petit ?

— De nos jours, ils sont précoces, dit Montalbano et en même temps, il jura devant la banalité de son observation. Il n'avait jamais parlé d'enfants, il devait forcément se fier à des phrases toutes faites.

Nicolò Zito résuma le communiqué du gouvernement tunisien concernant l'incident du bateau de pêche. Après avoir mené les enquêtes nécessaires, le gouvernement tunisien ne pouvait que retourner à l'envoyeur la protestation du gouvernement italien qui n'empêchait pas ses bateaux de pêche d'envahir les eaux territoriales tunisiennes. Cette nuit-là, une vedette militaire tunisienne avait repéré un bateau de pêche à quelques milles de Sfax. Elle lui avait ordonné de mettre en panne, mais le bateau avait pris la fuite. La mitrailleuse de bord avait tiré une rafale qui, malheureusement, avait touché et tué un marin tunisien, Ben Dhahab, à la famille duquel le gouvernement de Tunis avait déjà fait parvenir une aide substantielle. Que le malheureux incident puisse servir d'avertissement.

— Tu as réussi à savoir quelque chose de la mère de François ?

— Oui. J'ai une trace. Mais ne t'attends à rien de bon, répondit le commissaire.

— Si… si Karima ne devait pas réapparaître… quel destin… que va devenir François ?

— Je ne le sais pas, sincèrement.

— Je vais me coucher, dit Livia en se levant d'un bond.

Montalbano lui prit la main, se la porta aux lèvres.

— Ne t'y attache pas trop.

Ayant délicatement défait François de l'étreinte de Livia, il l'étendit sur le divan déjà préparé. Quand il entra dans le lit, Livia se colla à lui de dos et ne se refusa pas à ses caresses, au contraire.

— Et si le minot se réveille ? lui demanda Montalbano, qui savait toujours être salaud au plus beau moment.

— S'il se réveille, je le console, haleta Livia.

Il était sept heures du matin. Il sortit du lit, s'enferma dans la salle de bains. Comme chaque jour, il commença par se regarder dans le miroir et tordit la bouche. Son visage ne lui plaisait pas, et alors pourquoi il se regardait ?

Il entendit un cri suraigu de Livia, se précipita, ouvrit la porte. Elle était dans la salle à manger, devant le divan vide.

— Il s'est enfui ! dit-elle d'une voix tremblante.

D'un saut, le commissaire fut sur la véranda. Et il le vit, minuscule point au bord de la mer, qui se dirigeait vers Vigàta. En caleçon, comme il était, il se lança à sa suite. François ne courait pas, il marchait d'un pas décidé. Quand il entendit dans son dos le pas de quelqu'un derrière lui, il s'arrêta sans même se retourner. Montalbano, hors d'haleine, s'accroupit devant lui, mais ne lui demanda rien.

Le minot ne pleurait pas, ses yeux fixes regardaient au-delà de Montalbano.

— *Je veux maman**, dit-il.

Il vit Livia arriver en courant, elle s'était enfilé une de ses chemises à lui ; d'un geste, il l'arrêta, lui fit comprendre de rentrer. Livia obéit. Le commissaire

* En français dans le texte.

prit le minot par la main et ils commencèrent à marcher lentement, lentement. Pendant un quart d'heure, ils ne dirent plus mot. Arrivés à une barque tirée à sec, Montalbano s'assit sur le sable, François se mit à côté de lui et le commissaire le prit par l'épaule.

— *Iu persi a me matri ch'ero macari cchiù nicu di tia*, je perdis ma mère que j'étais encore plus petit que toi, commença-t-il.

Et ils se mirent à parler, le commissaire en sicilien, François en arabe, ils se comprenaient parfaitement.

Montalbano lui confia des choses qu'il n'avait jamais dites à personne, pas même à Livia.

Les pleurs inconsolés de certaines nuits, la tête sous le coussin pour que son père ne l'entende pas ; le désespoir matinal quand il savait que sa mère n'était pas à la cuisine pour lui préparer le petit déjeuner ou, quelques années plus tard, le goûter pour l'école. Et c'est un manque qui jamais ne sera comblé, on le porte avec soi jusqu'à l'article de la mort. L'enfant lui demanda s'il avait le pouvoir de faire revenir sa mère. Non, répondit Montalbano, ce pouvoir, personne ne l'avait. Il devait se résigner. Mais toi, tu avais ton père, observa François qui était intelligent en vérité et non pas seulement dans les louanges de Livia. C'est vrai, j'avais mon père. Et alors, demanda le minot, il était, lui, inévitablement destiné à aller finir dans un de ces endroits où ils mettent les enfants qui n'ont ni père ni mère ?

— Ça non. Je te le promets, dit le commissaire.

Et il lui tendit la main. François la lui serra en le regardant bien dans les yeux.

Quand il sortit de la salle de bains, déjà prêt pour aller au bureau, il vit que François avait démonté le puzzle et, avec des ciseaux, retaillait différemment les morceaux. Il tentait, ingénument, de ne pas suivre le dessin obligatoire. Et tout d'un coup, Montalbano trembla, comme sous l'effet d'une secousse électrique.

— Seigneur ! dit-il doucement.

Livia le regarda, le vit frissonner, les yeux écarquillés et s'inquiéta.

— Salvo, qu'est-ce que tu as, mon Dieu ?

Pour toute réponse, le commissaire prit le minot, le souleva au-dessus de lui, le regarda par en dessous, le reposa, lui donna un baiser.

— François, dit-il, tu es un génie !

En entrant dans le bureau, il faillit heurter Mimì Augello qui sortait.

— Ah, Mimì, merci pour le puzzle.

Augello en resta comme deux ronds de flan.

— Fazio, au trot !

— A vos ordres, *dottore*.

Il lui expliqua minutieusement ce qu'il devait faire.

— Galluzzo, dans mon bureau.

— A vos ordres.

Il lui expliqua minutieusement ce qu'il devait faire.

— *C'è pirmissu* ? Vous permettez ?

C'était Tortorella qui entrait en poussant la porte du pied, étant donné que ses mains étaient occupées à soutenir quatre-vingts centimètres environ de papiers divers.

— Qu'est-ce qu'il y a ?

— Le *dottor* Didio se plaint.

Didio, responsable du service administratif de la questure de Montelusa, était surnommé « le fléau de Dieu », ou « la colère de Dieu », en raison de sa méticulosité.

— Et de quoi il se plaint ?

— De votre retard, *dottore.* Des choses que vous devez signer, précisa Tortora en posant sur le bureau les quatre-vingts centimètres de papiers. Prenez votre patience à deux mains.

Au bout d'une heure, comme la main commençait à lui faire mal à force de signer, Fazio arriva.

— *Dottore,* vous avez raison. A peine sorti du pays, au lieu-dit Cannatello, le car Vigàta-Fiacca fait un arrêt. Cinq minutes après passe le car qui vient en sens inverse, Fiacca-Vigàta, et qui s'arrête aussi à Cannatello.

— Donc, une personne peut, théoriquement, prendre à Vigàta le car pour Fiacca, descendre à

Cannatello et, cinq minutes après, monter dans le car Fiacca-Vigàta et rentrer à la ville.

— Exact, *dottore*.

— Merci, Fazio, tu t'es bien débrouillé.

— Attendez, *dottore*. J'ai fait venir ici le contrôleur du voyage de ce matin, celui de Fiacca-Vigàta. Il s'appelle Lopipàro. Je le fais entrer ?

— Mais bien sûr.

Lopipàro, quinquagénaire maigre et revêche, tint absolument à préciser qu'il n'était pas contrôleur, mais chauffeur faisant fonction de contrôleur, puisque les billets se vendaient dans les tabacs et que lui ne faisait que les récupérer à bord.

— Monsieur Lopipàro, ce qui va être dit dans cette pièce devra rester entre nous trois.

Le chauffeur-contrôleur porta une main à la hauteur de son cœur, en signe de serment solennel.

— Une tombe, je suis.

— Monsieur Lopìparo... commença Montalbano en plaçant l'accent tonique sur le « i ».

— Lopipàro, corrigea l'autre en le mettant sur le « a ».

— Monsieur Lopipàro, vous connaissez la veuve Lapecora, la dame à laquelle on a tué son mari ?

— Mais bien sûr ! Elle a un abonnement sur ce trajet. Au moins trois fois la simaine, elle va à Fiacca et elle revient, elle va à trouver sa sœur qui est malade et en voyage, elle en parle toujours.

— Je dois vous prier de faire un effort de mémoire.

— Si vous m'ordonnez de me forcer, je me force.

— Jeudi de la simaine dernière, vous l'avez vue, Mme Lapecora ?

— Il n'y a pas besoin d'effort. Bien sûr que je la vis. On s'est même engueulés.

— Vous vous êtes disputé avec Mme Lapecora ?

— Oh que oui, monsieur ! Mme Lapecora, tout le monde le sait, est un peu *tirata*, avare. Bien, jeudi matin, elle a pris le car de six heures et demie pour Fiacca. Mais, arrivée à Cannatello, elle descendit, en disant à mon collègue Cannizzaro, le chauffeur, qu'elle devait revenir en arrière parce qu'elle s'était oublié une chose qu'elle devait apporter à sa sœur. Cannizzaro, qui m'a raconté ça hier soir, la fit descendre. Cinq minutes plus tard, je passai moi, en direction de Vigàta, je m'arrêtai à Cannatello et la dame monta dans le car.

— Et pourquoi vous êtes-vous querellés ?

— Parce qu'elle ne voulait pas me donner le billet pour la fraction Cannatello-Vigàta. Elle soutenait qu'elle ne pouvait pas perdre deux billets pour une seule erreur. Mais moi, j'ai tant de personnes à bord, je dois avoir tant de billets. Je ne pouvais pas fermer un œil comme le voulait Mme Lapecora.

— Sacrebleu, s'exclama Montalbano. Mais, dites-moi, par curiosité, mettons que Mme Lapecora récupère, en une demi-heure, ce qu'elle avait oublié à la maison. Comment elle fait pour arriver à Fiacca dans la matinée ?

— Elle prend le car qui fait Montelusa-Trapani et qui passe à Vigàta à sept heures et demie précises. C'est-à-dire qu'elle n'arrive qu'avec une heure de retard.

— Génial, commenta Fazio quand Lopipàro fut sorti. Mais comment vous y êtes arrivé ?

— C'est le minot, François, qui me l'a fait comprendre en jouant avec un puzzle.

— Mais pourquoi elle a fait ça ? Elle était jalouse de la bonne tunisienne ?

— Non. Mme Lapecora est *tirata,* comme l'a dit le chauffeur. Elle avait peur que son mari, pour cette femme, dépense tout ce qu'il avait. Et en plus, il y a eu un élément déclencheur.

— Lequel ?

— Je te le dirai plus tard. Tu sais, comment il dit, Catarella ? « L'avarie est un vilain défaut. » Rends-toi compte, par avarice, elle a attiré l'attention de Lopipàro sur elle, quand elle aurait dû tout faire pour qu'on ne la remarque pas.

— J'ai mis d'abord une demi-heure pour trouver où elle habitait, une autre demi-heure, je l'ai perdue à persuader la vieille qui se méfiait, elle avait peur. Elle s'est calmée quand je l'ai fait sortir de la maison et qu'elle a vu la voiture avec l'inscription « Police ».

Elle s'est fait un ballot, et elle est montée à bord. Je vous dis pas, les larmes du minot quand il l'a vue arriver par surprise ! Ils se serraient fort. Même votre dame était émue.

— Merci, Gallù.

— Quand est-ce que je dois passer chez vous pour la ramener à Montelusa ?

— Ne t'inquiète pas, je m'en occupe.

La petite famille, implacablement, s'agrandissait. Maintenant, à Marinella, il y avait même la grand-mère, Aisha.

Il laissa sonner longtemps le téléphone, mais personne ne répondit, la veuve Lapecora n'était pas chez elle. Elle était certainement sortie faire des courses. Mais il pouvait y avoir une autre explication. Il fit le numéro de chez Cosentino. Ce fut la sympathique et moustachue femme du garde assermenté qui lui répondit. Elle parlait à voix basse.

— Votre mari dort ?

— Oh que si, commissaire. Vous voulez que je l'appelle ?

— Pas besoin. Vous le saluerez pour moi. Ecoutez, madame : j'ai téléphoné à Mme Lapecora, mais ça ne répond pas. Est-ce que par hasard vous savez…

— Ce matin, vous ne la trouverez pas, commissaire. Elle est allée chez sa sœur, à Fiacca. Elle y est allée aujourd'hui parce que demain, à dix heures, elle a l'enterrement du pôvre…

— Merci, madame.

Il raccrocha, peut-être ce qu'il y avait à faire devenait moins compliqué.

— Fazio !

— A vos ordres, *dottore*.

— Voilà les clés des bureaux de Lapecora, 28, montée Granet. Vas-y et prends un trousseau de clés qu'il y a dans le tiroir central du bureau. Il y a une étiquette attachée avec l'inscription : « Domicile ». Ça doit être un trousseau de réserve qu'il gardait au bureau. Va là où habite Mme Lapecora et ouvre avec ces clés.

— Un instant, et si la veuve est dedans ?

— Elle n'y est pas, elle est hors de la ville.

— Qu'est-ce que je dois faire ?

— Dans la salle à manger, il y a une vitrine. Dedans, il y a des assiettes, des tasses, des plateaux, des trucs de ce genre. Prends ce que tu veux, pourvu qu'elle puisse pas nier que ça lui appartient ; l'idéal, ce serait une tasse d'un service entier, et tu l'apportes ici. Remets les clés dans le tiroir du bureau, surtout.

— Et si la veuve, en revenant, s'aperçoit qu'il lui manque une tasse ?

— On peut s'en foutre éperdument. Puis, fais autre chose. Téléphone à Jacomuzzi et dis-lui que je veux dans la journée le couteau avec lequel ils ont tué Lapecora. Si tu n'as personne pour aller le chercher, fais-y un saut, toi.

— Montalbano ? C'est Valente. Tu pourrais être à Mazàra vers quatre heures de l'après-midi, aujourd'hui ?

— Si je pars tout de suite, oui. Pourquoi ?

— Le patron du bateau de pêche va venir. Ça me ferait plaisir si tu étais présent.

— Je t'en suis reconnaissant. Ton homme a réussi à savoir quelque chose ?

— Oui, et il n'a pas fallu beaucoup d'habileté, il m'a dit. Les pêcheurs en parlent plutôt librement.

— Qu'est-ce qu'ils disent ?

— Je te le raconte quand tu viens.

— Non, dis-le-moi maintenant, comme ça, j'y pense pendant le voyage.

— Ecoute, nous sommes convaincus que l'équipage, sur l'affaire, il ne sait à peu près rien. Tous soutiennent que l'embarcation était depuis peu hors des eaux territoriales. Que la nuit était d'une obscurité épaisse et que sur l'écran-radar, ils ont vu distinctement un navire sur leur route.

— Et pourquoi ont-ils continué ?

— Parce que à personne, dans l'équipage, il n'est venu à l'esprit qu'il puisse s'agir d'une vedette tunisienne ou autre. Encore une fois, ils étaient dans les eaux internationales.

— Et puis ?

— Et puis, de manière tout à fait inattendue, arrive l'ordre de mettre en panne. Notre bateau, ou du moins son équipage, pour le patron, je sais pas, pense à un contrôle de la Finance. Ils s'arrêtent, entendent parler arabe. A ce point le Tunisien embarqué va à la poupe et s'allume une cigarette. Et eux, ils lui tirent dessus. Ce fut alors seulement que le bateau de pêche s'enfuit.

— Et puis ?

— Et puis quoi, Montalbà ? Combien de temps il doit durer, ce coup de fil ?

Quatorze

Contrairement à la plus grande partie des hommes de mer, Angelo Prestìa, patron du bateau de pêche *Santopadre,* était un homme gras et suant. Mais il suait de par sa nature, et non à cause des questions que lui posait Valente, car, à cet égard, il paraissait non seulement tranquille mais encore légèrement agacé.

— Moi, j'arrive pas à comprendre qu'est-ce qui vous prend de reprendre cette histoire, que maintenant, c'est une vieille chanson.

— Nous sommes intéressés à éclaircir quelques petits détails, puis vous serez libre de vous en aller, dit Valente, rassurant.

— Alors, allons-y, *binidittu Diu* ! Dieu béni !

— Vous avez toujours déclaré que la vedette tunisienne a agi illégalement, puisque votre bateau se trouvait dans les eaux internationales. Vous le confirmez ?

— Bien sûr que je le confirme. A part que je ne vois pas pourquoi vous vous intéressez à des quistions qui regardent la Capitainerie.

— Vous verrez tout à l'heure.

— Mais j'ai rien à voir, je vous demande bien pardon ! Le gouvernement tunisien a fait un communiqué, oui ou non ? Dans ce communiqué, il est dit que le Tunisien, c'est eux qui l'ont tué, oui ou non ? Alors pourquoi vous voulez remuer ça ?

— Il y a déjà une contradiction, observa Valente.

— Laquelle ?

— Vous, par exemple, vous dites que l'agression a eu lieu dans les eaux internationales, alors qu'eux affirment que vous avez franchi les limites. Ça paraît contradictoire, oui ou non, pour parler comme vous ?

— Oh que non, monsieur, il n'y a pas de contradiction. Il y a une erreur.

— De qui ?

— D'eux. Visiblement, ils se sont trompés en faisant le point, en calculant leur position.

Montalbano et Valente échangèrent un coup d'œil très rapide, c'était le signal de la seconde partie de l'interrogatoire qu'ils avaient auparavant établi.

— Monsieur Prestìa, vous avez des antécédents pénaux ?

— Oh que non, monsieur.

— Mais vous avez été arrêté.

— Qu'est-ce que vous aimez ça, les vieilles histoires ! J'ai été arrêté, oh que si, monsieur, passqu'un pédé, un cornard, m'en voulait et m'a dénoncé. Mais le juge a compris que ce fils de putasse avait dit des mensonges et m'a relâché.

— De quoi vous accusait-on ?

— De contrebande.

— De cigarettes ou de drogue ?

— De ce que vous dites en dernier.

— Votre équipage d'alors, il s'est aussi retrouvé au trou, n'est-ce pas ?

— Oh que si, monsieur, mais ils sont tous sortis innocentés comme moi.

— Qui était le juge qui a rendu une ordonnance de non-lieu ?

— Je m'en souviens pas.

— Il s'appelait Antonio Bellofiore ?

— Ah oui, il me semble que oui.

— Vous le savez que l'année dernière, on l'a mis en prison parce qu'il arrangeait les procédures ?

— Non, je ne le savais pas. Moi, je passe plus de temps en mer qu'à terre.

Autre coup d'œil très rapide et la balle passa à Montalbano.

— Laissons tomber ces vieilles histoires, commença le commissaire. Vous faites partie d'une coopérative ?

— La Copemaz.

— Ce qui signifie ?

— Coopérative de pêcheurs mazarais.

— Les marins tunisiens que vous devez embarquer, vous les choisissez vous-même ou c'est la coopérative qui vous les indique ?

— C'est la coopérative qui nous les dit, répondit Prestìa et il commença à suer plus que d'habitude.

— Nous savons que la coopérative vous avait fourni un certain nom, mais que vous, en fait, vous avez choisi Ben Dhahab.

— Ecoutez, moi, à ce Dhahab, je le connaissais pas, je l'avais jamais vu avant. Quand il s'est présenté, cinq minutes avant d'appareiller, j'ai cru que c'était celui qu'on m'avait indiqué à la coopérative.

— C'est-à-dire Assan Tarif ?

— Il me semble qu'il s'appelait comme ça.

— Bien. Comment se fait-il que la coopérative ne vous ait pas demandé d'explications ?

Le commandant Prestìa sourit, mais il avait les traits tirés et baignait maintenant dans sa sueur.

— Mais ce genre de chose, ça arrive tous les jours ! Ils se remplacent entre eux, l'essentiel est qu'il n'y ait pas de protestation.

— Et pourquoi donc Assan Tarif n'a-t-il pas protesté ? Au fond, il a perdu une journée de travail.

— Et vous me le demandez à moi ? Demandez-le-lui à lui.

— Je l'ai fait, dit tranquillement Montalbano.

Valente le regarda étonné, cette réplique n'avait pas été prévue ensemble.

— Et qu'est-ce qu'il vous raconta ? lança Prestìa, comme par défi.

— Que Ben Dhahab s'est approché de lui la veille, et lui a demandé si c'était lui qui était sur le rôle pour s'embarquer sur le *Santopadre* et sur sa réponse affirmative, il lui a dit de ne plus se montrer pendant trois jours et il lui a payé une semaine de travail.

— De ça, je ne sais rien.

— Laissez-moi finir. Dans ces conditions, Dhahab ne s'est pas embarqué parce qu'il avait besoin de besogner. Les sous, il les avait. Donc, la raison de sa présence à bord était tout autre.

Valente suivait avec une extrême attention le guet-apens que Montalbano était en train de bâtir. Le fait que le fantomatique Tarif avait reçu de l'argent de Dhahab, le commissaire se l'était clairement inventé, il fallait découvrir où il voulait frapper.

— Vous le savez qui était Ben Dhahab ?

— Un Tunisien qui cherchait du travail.

— Non, très cher, c'était un gros bonnet du trafic de drogue.

Tandis que Prestìa pâlissait, Valente comprit que maintenant, c'était à lui de jouer. Mentalement, il sourit ; avec Montalbano, ils formaient un duo irrésistible, du type Totò et Peppino.

— Je vous vois mal parti, monsieur Prestìa, commença Valente sur un ton de compassion presque paternelle.

— Mais pourquoi ?!

— Comment, ça ne vous saute pas aux yeux ? Un trafiquant de drogue du calibre de Ben Dhahab s'embarque à tout prix sur votre bateau. Et vous avez les antécédents que vous avez. Deux questions. Premièrement : combien font un et un ? Deuxièmement : qu'est-ce qui est allé de travers cette nuit-là ?

— Vous voulez *cunzumàrmi,* me démolir !

— C'est vous qui le faites, de vos propres mains.

— Eh non ! Eh non ! Jusqu'à ce point-là, non ! se récria Prestìa, hors de lui. On m'avait garanti que...

Il s'interrompit, essuya sa transpiration.

— Qu'est-ce qu'on vous avait garanti ? demandèrent d'une même voix Montalbano et Valente.

— ... que je n'aurais pas de *camurrie,* d'emmerdements.

— Qui ?

Prestìa mit une main dans sa poche, sortit son portefeuille, en tira une carte de visite, la jeta sur le bureau de Valente.

Prestìa renvoyé à son bateau, Valente composa le numéro figurant sur la carte de visite. C'était celui de la préfecture de Trapani.

— Allô ? Le vice-Questeur Valente, de Mazàra, à l'appareil. Je voudrais parler au commandeur Mario Spadaccia, le chef de cabinet.

— Un instant, je vous prie.

— Bonjour, *dottor* Valente. Spadaccia, à l'appareil.

— Commandeur, je vous dérange pour une question qui concerne le meurtre du Tunisien sur le bateau...

— Mais tout a été éclairci, non ? Le gouvernement tunisien...

— Oui, je sais, commandeur, mais...

— Pourquoi me téléphonez-vous, à moi ?

— Parce que le patron du bateau...

— Il vous a donné mon nom ?

— Il nous a donné votre carte de visite. Il la gardait comme une espèce de... de garantie.

— Et en effet, c'en est une.

— Pardon ?

— Je m'explique tout de suite. Vous voyez, voilà quelque temps Son Excellence...

« Mais ce titre n'est pas aboli depuis un demi-siècle ? » se demanda Montalbano qui écoutait sur un autre appareil.

— ... Son Excellence le Préfet a reçu une demande. Il s'agissait de fournir le maximum d'aide à un journaliste tunisien qui voulait faire une enquête délicate parmi ses compatriotes et pour cela, entre autres, il désirait s'embarquer. Son Excellence m'a chargé de m'en occuper. On m'a signalé le nom du patron Prestìa comme celui d'une personne tout à fait fiable. Mais Prestìa redoutait de rencontrer des difficultés du côté du bureau de placement. C'est pour cela que je lui ai laissé ma carte. Voilà tout.

— Commandeur, je vous suis très reconnaissant de vos explications exhaustives, dit Valente avant de raccrocher.

Ils restèrent un moment à se regarder en silence.

— Ou bien c'est un con, ou bien il joue au con, dit Montalbano.

— Pour moi, cette affaire commence à *fètiri,* à puer, dit Valente, pensif.

— Pour moi aussi, dit Montalbano.

Ils étaient en train de raisonner sur leur prochaine démarche quand le téléphone sonna.

— J'avais dit que je n'étais là pour personne ! s'exclama, furieux, Valente.

Il écouta quelques secondes, puis passa le combiné à Montalbano. Avant de partir pour Mazàra, le commissaire avait dit à son bureau où on pourrait le joindre en cas de nécessité.

— Allô ? Montalbano, je suis. Qui est-ce ? Ah, c'est vous, monsieur le Questeur ?

— Oui, c'est moi. Où êtes-vous passé ?

Il était irrité.

— Je suis chez mon collègue, le vice-Questeur Valente.

— Ce n'est pas votre collègue. Valente est vice-Questeur, pas vous.

Montalbano commença à s'inquiéter.

— Qu'est-ce qui se passe, monsieur le Questeur ?

— Non, c'est moi qui vous demande ce qui se passe, nom de Dieu !

Nom de Dieu ? Le Questeur disait « Nom de Dieu » ?

— Expliquez-moi.

— Quel caca êtes-vous allé remuer ?

Caca ? Le Questeur disait « caca » ? C'était le début de l'Apocalypse ? D'ici peu les trompes du Jugement dernier allaient sonner ?

— Mais qu'est-ce que j'ai fait ?

— Vous m'avez donné un numéro d'immatriculation, vous vous souvenez ?

— Oui. AM 237 GW.

— Celui-ci. Hier soir, j'ai chargé un ami de Rome de s'en occuper, pour gagner du temps, comme vous me l'avez demandé. Eh bien, il m'a téléphoné très mécontent. On lui a répondu que s'il voulait savoir le nom du propriétaire de la voiture, il devait faire une demande écrite, en spécifiant de manière détaillée les motifs de ladite requête.

— Pas de problème, monsieur le Questeur. Moi, demain, je vous raconte tout et vous, dans la demande, vous pouvez...

— Montalbano, ou vous n'avez pas compris, ou vous ne voulez pas comprendre. Ce numéro est un numéro réservé.

— Et qu'est-ce que ça signifie ?

— Ça signifie que cette voiture appartient aux Services. C'est si difficile à comprendre ?

Tu parles d'une puanteur, c'était pire encore. C'était l'air entier qui empestait.

Tandis qu'il racontait à Valente l'assassinat de Lapecora, le rapt de Karima, Fahrid et son automobile qui appartenait en fait aux Services, il lui vint une pinsée qui l'inquiéta. Il téléphona au Questeur, à Montelusa.

— Pardonnez-moi. Mais vous, quand vous avez parlé avec votre ami du numéro d'immatriculation, vous lui avez dit de quoi il s'agissait ?

— Et comment aurais-je pu ? Moi, je ne sais rien de ce que vous êtes en train de faire.

Le commissaire poussa un soupir de soulagement.

— Je leur ai juste dit que cela concernait une enquête que vous, Montalbano, vous êtes en train de mener, continua le Questeur.

Le commissaire se ravala son soupir de soulagement.

— Allô, Galluzzo ? Montalbano, je suis. Je t'appelle de Mazàra. Je pense que je vais rentrer tard. Donc, contrairement à ce que je t'avais dit, va tout de suite à Marinella, chez moi, prends la vieille Tunisienne et raccompagne-la à Montelusa. D'accord ? Ne perds pas une minute.

— Allô ? Livia, écoute-moi attentivement et fais, sans discuter ce que, moi, je te dis. Je suis à Mazàra et je pense que notre téléphone n'est pas encore sur écoutes.

— Oh mon Dieu, mais qu'est-ce que tu racontes ?

— J'ai dit de ne pas discuter, parler, poser de

questions, tu dois seulement m'écouter. D'ici peu, Galluzzo va arriver. Il va se reprendre la vieille et la ramener à Montelusa. Ne traînez pas avec les adieux ; à François, tu lui diras qu'il la reverra vite. Dès que Galluzzo est parti, tu appelles à mon bureau et tu demandes Mimì Augello. Trouve-le absolument, où qu'il soit allé. Tu lui dis que tu as besoin de le voir tout de suite.

— Mais s'il a à faire ?

— Pour toi, il enverra tout promener et il se précipitera. Toi, pendant ce temps, tu vas préparer une mallette avec les quelques affaires de François...

— Mais qu'est-ce que tu veux...

— Tais-toi, tu as compris ? Tais-toi. Explique à Mimì que, sur mon ordre, le petit doit disparaître de la face de la Terre, se volatiliser. Qu'il le cache dans un endroit où il puisse être bien. Toi, tu ne lui demandes pas où il compte l'emmener. C'est clair ? Tu devras ignorer où François est allé. Et ne pleure pas, ça m'énerve. Ecoute-moi bien. Laisse passer une petite heure, après que Mimì est parti, et appelle Fazio. Dis-lui, en pleurant, et tu n'auras pas besoin de feindre, étant donné que tu es déjà en train de le faire, que le minot a disparu, peut-être qu'il s'est échappé pour aller retrouver la vieille, en somme, qu'il t'aide à le chercher. Entre-temps, je serai rentré. Une dernière chose : téléphone à Punta Ràisi et réserve une place pour Gênes. Un vol vers midi, comme ça je trouverai quelqu'un pour t'accompagner. A tout à l'heure.

Il raccrocha, croisa le regard troublé de Valente.

— Tu penses qu'ils pourraient en arriver là ?

— A pire, même.

— Maintenant, l'histoire est claire, pour toi ? demanda Montalbano.

— Je pense que je commence à comprendre, répondit Valente.

— Je t'explique mieux, dit le commissaire. Dans les grandes lignes, l'affaire a pu se passer comme ça. Ahmed Moussa, à ses propres fins, fait organiser une base d'opérations par un de ses hommes, Fahrid. Celui-ci obtient l'aide, volontairement offerte ou pas et dans quelle mesure, je ne sais pas, de la sœur d'Ahmed, Karima, qui depuis quelques années se trouve dans l'île. En faisant chanter un monsieur de Vigàta, qui s'appelait Lapecora, ils se servent de sa vieille société d'importation et d'exportation comme façade. Tu me suis ?

— Parfaitement.

— Ahmed, qui doit avoir une rencontre importante, des armes ou des appuis politiques pour son mouvement, vient en Italie sous la protection d'un de nos Services. La rencontre a lieu en mer, mais c'est très probablement un piège. Ahmed n'imaginait pas une seconde que notre Service jouait un double jeu, qu'il était d'accord avec ceux qui, à

Tunis, voulaient le liquider. Au passage, je suis persuadé que Fahrid aussi était d'accord pour dégommer Ahmed. Sa sœur, je ne crois pas.

— Pourquoi as-tu tellement peur pour l'enfant ?

— Parce que c'est un témoin. Tout comme il a reconnu son oncle à la télévision, il pourrait reconnaître Fahrid. Et celui-là, il a déjà tué Karima, j'en suis sûr. Il l'a tuée après l'avoir emmenée dans une voiture qui appartient, à ce qu'il paraît, à nos Services.

— Qu'est-ce qu'on fait ?

— Toi, pour un petit moment, tu restes bien sage, Valè. Moi, je vais m'occuper immédiatement d'entreprendre une action de diversion.

— Bonne chance.

— A toi aussi, mon ami.

Il arriva au bureau que le soir déjà tombait. Fazio l'y attendait.

— Vous avez trouvé François ?

— Vous êtes passé chez vous avant de venir ici ? demanda Fazio au lieu de répondre.

— Non. Je viens directement de Mazàra.

— *Dottore*, on va dans votre bureau ?

Quand ils y furent, Fazio ferma la porte.

— *Dottore*, moi, un flic, je suis. Peut-être moins fort que vous, mais flic en tout cas. Comment vous faites à savoir que le minot s'est enfui ?

— Fazio, qu'est-ce qui te prend ? C'est Livia qui

me l'a téléphoné à Mazàra et moi, je lui ai dit de s'adresser à toi.

— Voyez, *dottore*, le fait est que la demoiselle m'a expliqué qu'elle cherchait mon aide parce qu'elle ne savait pas où vous vous trouviez.

— Touché, dit Montalbano.

— Et puis la demoiselle pleurait sincèrement, ça oui. Mais pas à cause du fait que le minot s'était enfui, pour une autre raison que je ne sais pas. Alors j'ai compris ce que vous, *dottore*, vous attendiez de moi, et je l'ai fait.

— Et qu'est-ce que je voulais de toi ?

— Que je fasse du *scarmazzo*, du bordel, du bruit. Je me suis fait toutes les maisons des alentours, j'ai demandé à tous les gens que je rencontrais. Est-ce que par hasard vous auriez vu un minot comme ci et comme ça ? Personne ne l'avait vu, mais en attendant, tout le monde a su qu'il s'était enfui. Ce n'était pas ça que vous vouliez ?

Montalbano se sentit gagné par l'émotion. Ça, c'était l'amitié sicilienne, la vraie, qui se base sur le non-dit, sur l'intuition : à un ami, on n'a pas besoin de demander, c'est l'autre qui, de manière autonome, comprend et agit en conséquence.

— Et maintenant, que dois-je faire ?

— Continuer à faire du *scarmazzo*. Téléphone aux carabiniers, à toutes les casernes de la province, aux commissariats, aux hôpitaux, à qui tu veux. Fais-le sous forme semi-officielle, des coups de fil seulement, rien d'écrit. Décris l'enfant, manifeste de l'inquiétude.

— *Dottore*, on est sûrs qu'après ça, ils le trouvent pas ?

— Tranquille, Fazio, il est en de bonnes mains.

Il prit un papier à en-tête et écrivit à la machine :

MINISTERE DES TRANSPORTS — SERVICE DES IMMATRICULATIONS

POUR ENQUETE DELICATE CONCERNANT ENLEVEMENT ET PROBABLE MEURTRE FEMME REPONDANT AU NOM DE KARIMA MOUSSA IL M'EST NECESSAIRE CONNAITRE NOM PROPRIETAIRE VEHICULE DONT LE NUMERO EST AM 237 GW. STOP. PRIERE DE BIEN VOULOIR REPONDRE DANS LES MEILLEURS DELAIS. STOP. LE COMMISSAIRE : SALVO MONTALBANO

Va savoir pourquoi, chaque fois qu'il devait envoyer un fax, il le rédigeait comme un télégramme. Il le relut. Il avait même écrit le nom de la fille pour rendre l'hameçon encore plus appétissant. Ils allaient sûrement être obligés de sortir à découvert.

— Gallo !

— A vos ordres, *dottore*.

— Cherche le numéro de fax du service des immatriculations à Rome et expédie-le immédiatement. Galluzzo !

— A vos ordres.

— Alors ?

— J'ai ramené la vieille à Montelusa. Tout va bien.

— Ecoute, Gallù. Avertis ton beau-frère que demain matin, après les funérailles de Lapecora, il vienne dans ces parages. Qu'il amène un cameraman.

— Merci du fond du cœur, *dottò*.

— Fazio !

— Je vous écoute.

— Ça m'est complètement sorti de la tête. Tu y es allé, chez Mme Lapecora ?

— Bien sûr. J'ai pris une petite tasse d'un service de douze pièces. Je l'ai là. Vous voulez la voir ?

— Qu'est-ce que j'en ai à foutre ? Demain, je te dirai ce que tu dois en faire. Mets-la dans une enveloppe de cellophane. Ah, écoute, Jacomuzzi a envoyé le couteau ?

— Oh que si, monsieur.

Il n'avait pas le courage de quitter le bureau, à la maison le plus difficile l'attendait, la douleur de Livia. A propos, si Livia partait... Il fit le numéro d'Adelina.

— Adelì ? Montalbano, je suis. Ecoute, demain matin, la demoiselle s'en va. J'ai besoin de me remettre. Tu sais quoi ? Aujourd'hui, je n'ai rien mangé.

Il fallait bien survivre, non ?

Quinze

Assise sur le banc de la véranda, absolument immobile, Livia semblait contempler la mer. Elle ne pleurait pas, mais ses yeux gonflés et rouges disaient qu'elle avait épuisé toutes les larmes qu'elle avait en dotation. Le commissaire s'assit à côté d'elle, lui prit une main, la serra. Montalbano eut la sensation de saisir une chose morte, il en éprouva presque de la répugnance. Il la lâcha, s'alluma une cigarette. De toute cette affaire, il voulait tenir Livia à l'écart, visiblement il avait réfléchi à ce sujet.

— Ils veulent lui faire du mal ? demanda-t-elle.

— Du mal, vraiment, je ne crois pas. Mais le faire disparaître quelque temps, ça oui.

— Et comment ?

— Je ne sais pas, peut-être en le mettant dans un orphelinat sous un faux nom.

— Pourquoi ?

— Parce qu'il a connu des personnes qu'il n'aurait pas dû connaître.

Fixant toujours la mer, Livia réfléchit aux dernières paroles de Montalbano.

— Je ne comprends pas, dit-elle.

— Quoi ?

— Si ces personnes que François a vues sont des Tunisiens, peut-être des clandestins, vous, comme policiers, vous ne pourriez pas…

— Il n'y a pas que des Tunisiens.

Lentement, comme si cela lui coûtait un effort, Livia se tourna pour le regarder.

— Non ?

— Non. Et je ne te dis pas un mot de plus.

— Je le veux, lui.

— Qui ?

— François. Je le veux.

— Mais, Livia…

— Tais-toi. Je le veux. Personne ne pourra me l'enlever comme ça, et toi moins que les autres. Ces dernières heures, j'y ai beaucoup réfléchi, tu sais ? Quel âge tu as, Salvo ?

Pris au dépourvu, le commissaire eut un instant d'incertitude.

— Quarante-quatre ans, il me semble.

— Quarante-quatre et dix mois. D'ici deux mois, tu en feras quarante-cinq. Moi, j'en ai trente-trois passés. Tu te rends compte ?

— De quoi ?

— Ça fait six ans que nous sommes ensemble. De temps en temps, on parle de se marier, puis on laisse tomber le sujet. Tous les deux, d'un commun mais tacite accord, nous ne prenons pas de décision. Nous sommes bien comme nous sommes et notre paresse, notre égoïsme l'emportent toujours.

— Paresse ? Egoïsme ? Mais quels mots tu emploies ? Il y a des difficultés objectives que...

— ... que tu peux te mettre au cul, conclut brutalement Livia.

Montalbano se tut, déconcerté. En six ans, il n'avait dû entendre qu'une fois ou deux Livia devenir vulgaire et toujours dans des situations inquiétantes, d'extrême tension.

— Excuse-moi, dit lentement Livia. Mais certaines fois, je ne supporte pas ton hypocrisie. Ton cynisme est plus vrai.

Montalbano continua à encaisser en silence.

— Ne me distrais pas de ce que je veux te dire, reprit Livia. Tu es habile, c'est ton métier. Je te pose une question : quand penses-tu que nous pourrons nous marier ? Réponds-moi clairement...

— Si ça ne dépendait que de moi...

Livia bondit sur ses pieds.

— Suffit ! Je vais me coucher, j'ai pris deux Tavor pour dormir, mon avion part de Palerme à midi. Mais avant, je conclus sur le sujet. Si jamais nous devons nous marier, nous le ferons que tu auras cinquante ans et moi trente-huit. Trop vieux pour avoir des enfants, nous dirons. Et nous ne nous sommes pas aperçus que quelqu'un, Dieu ou celui qui en tient lieu, nous l'a déjà envoyé, l'enfant, au bon moment.

Elle tourna le dos, sortit. Montalbano resta sur la

véranda à regarder la mer, mais il ne réussissait pas à la voir.

Une heure avant minuit, il s'assura que Livia dormait profondément, débrancha le téléphone, ramassa toutes les pièces qu'il réussit à trouver, éteignit les lumières, sortit. En voiture, il rejoignit la cabine téléphonique qui se trouvait au parc de stationnement du bar de Marinella.

— Nicolò ? Montalbano, je suis. Deux choses. Demain matin, vers midi, envoie quelqu'un avec un cameraman aux environs de mon bureau. Il y a du neuf.

— Merci. Et puis ?

— Et puis, vous en avez une, de caméra *nica*, petite, qui ne fait pas de bruit ? Plus *nica* elle est, mieux ça vaut.

— Tu veux laisser à la postérité un document sur tes prouesses au lit ?

— Tu sais t'en servir, de cette caméra ?

— Bien sûr.

— Alors, tu me la portes.

— Quand ?

— Dès que tu as fini le journal télévisé de minuit. Ne sonne pas quand tu arrives, Livia dort.

— Monsieur le Préfet de Trapani ? Excusez l'heure tardive. Ici Corrado Menichelli du *Corriere della Sera*. J'appelle de Milan. Nous avons eu vent d'un fait d'une gravité exceptionnelle, mais avant de le publier, étant donné qu'il vous concerne au premier chef, nous en voulons confirmation par vous personnellement.

— Exceptionnelle gravité ?! Je vous écoute.

— Est-il vrai ou non que vous ayez subi des pressions pour qu'un journaliste tunisien soit aidé durant un séjour à Mazàra ? Avant de me répondre, dans votre propre intérêt, réfléchissez-y un moment.

— Mais je n'ai rien à réfléchir ! explosa le préfet. De quoi parlez-vous ?

— Vous ne vous en souvenez pas ? Ecoutez, c'est très étrange, parce que cela s'est passé il n'y a pas plus d'une vingtaine de jours.

— Ce que vous dites ne s'est jamais passé ! Moi, je n'ai jamais subi de pressions ! Je ne sais rien des journalistes tunisiens !...

— Monsieur le Préfet, nous avons pourtant les preuves que...

— Vous ne pouvez avoir les preuves d'un fait qui n'est jamais arrivé ! Passez-moi immédiatement le directeur !

Montalbano raccrocha. Le préfet de Trapani était sincère ; son chef de cabinet, en revanche, non.

— Valente ? Montalbano, je suis. En me faisant passer pour un journaliste du *Corriere della Sera*, j'ai parlé avec le préfet de Trapani. Il ne sait rien. La chose a été montée par notre ami, le commandeur Spadaccia.

— D'où tu m'appelles ?

— Tranquille. Je t'appelle d'une cabine téléphonique. Maintenant, je vais te dire ce que nous devons faire, à condition, toujours, que tu sois d'accord.

Pour le lui dire, il dépensa toutes ses pièces, moins une.

— Mimì ? Montalbano, je suis. Tu dormais ?

— Non. Je dansais. Quelle question à la con !

— Tu es remonté contre moi ?

— Oh que si, monsieur ! Après le rôle que tu m'as fait jouer !

— Moi ? Quel rôle ?

— M'envoyer prendre le minot. Livia m'a regardé avec haine, j'arrivais pas à le lui enlever des bras. Il m'est venu quelque chose là, à l'estomac.

— Où tu l'as emmené, François ?

— A Calapiàno, chez ma sœur.

— C'est un endroit sûr ?

— Très sûr. Elle et son mari ont une maison énorme à cinq kilomètres du village, un domaine agricole isolé. Ma sœur a deux fils, un du même âge que François, il se trouvera très bien. J'ai mis deux heures et demie à l'aller et deux heures et demie au retour.

— Tu es fatigué ?

— Crevé. Demain matin, je viens pas au bureau.

— D'accord, tu ne viens pas au bureau, mais à neuf heures maximum, tu dois te trouver chez moi, à Marinella.

— Pour quoi faire ?

— Tu prends Livia et tu l'accompagnes à Palerme, à l'aéroport.

— Entendu.

— Comment ça se fait que la fatigue t'est passée, Mimì ?

Maintenant, Livia dormait d'un sommeil agité ; de temps en temps, elle geignait. Montalbano ferma la porte de la chambre à coucher, s'assit dans le fauteuil, alluma la télévision en gardant le volume sonore très bas. Sur Televigàta, le beau-frère de Galluzzo était en train de parler d'un communiqué du ministère des Affaires étrangères tunisien portant sur quelques nouvelles erronées à propos de la disparition accidentelle du marin tunisien tué sur un bateau de pêche italien qui avait franchi la limite des eaux territoriales. Le communiqué démentait les rumeurs fantaisistes selon lesquelles le marin n'en serait pas un, mais un journaliste assez connu, Ben Dhahab. Il s'agissait évidemment d'un cas d'homonymie, le journaliste Ben Dhahab était vivant et continuait à accomplir son travail. Dans la seule ville de Tunis, poursuivait le communiqué, on comptait au moins une vingtaine de Ben Dhahab. Montalbano éteignit le téléviseur. Ça bougeait donc, et il y avait des gens qui commençaient à se prémunir, à dresser des palissades, à répandre de la fumée.

Le commissaire entendit le moteur de la voiture qui arrivait et s'arrêtait sur l'esplanade devant la porte de la maison. Il courut ouvrir, c'était Nicolò.

— J'ai fait aussi vite que j'ai pu, dit-il en descendant de son auto.

— Je te remercie.

— Livia dort ? demanda le journaliste en regardant autour de lui.

— Oui. Demain matin, elle repart pour Gênes.

— Je regrette beaucoup de ne pas pouvoir lui dire bonjour.

— Nicolò, la caméra, tu la portas ?

Le journaliste sortit de sa poche un machin grand comme quatre paquets de cigarettes rangés par deux.

— La voilà, tiens. Moi, je vais dormir.

— Et non. Tu dois me la cacher dans un coin où elle ne pourra pas être repérée.

— Et comment je fais, s'il y a Livia ?

— Niccolò, tu t'es mis dans la tête cette histoire que je veux me filmer pendant que je baise. La caméra, tu dois la mettre dans la pièce où nous nous trouvons.

— Dis-moi ce que tu veux filmer.

— Une discussion entre moi et un homme assis exactement où tu te trouves.

Nicolò Zitto regarda devant lui, sourit.

— Ce rayonnage plein de livres me paraît mis là exprès.

Emportant avec lui une chaise, il la plaça près de la bibliothèque et s'y hissa. Il farfouilla entre les livres, installa la caméra, descendit, s'assit à la place où il se trouvait auparavant, regarda vers le haut.

— D'ici, ça se voit pas, dit-il, satisfait. Viens contrôler, toi aussi.

Le commissaire s'exécuta.

— Ça me paraît bien.

— Reste là, dit Nicolò.

Il remonta sur le siège, tripota quelque chose, redescendit.

— Qu'est-ce que tu fais ? demanda Montalbano.

— Je te filme.

— Vraiment ? Ça ne fait pas le moindre bruit.

— Je te l'avais dit, que c'était une merveille.

Nicolò recommença son manège, montant et descendant de la chaise. Mais cette fois, il avait la caméra à la main et il la montra à Montalbano.

— Regarde, Salvo, on fait comme ça. En appuyant sur cette touche, le film se rembobine. Maintenant, tu portes la caméra à la hauteur de ton œil et tu pousses cette autre touche. Essaie.

Montalbano s'exécuta et se vit minuscule, assis, et entendit une voix de microbe, la sienne, demander : « Qu'est-ce que tu fais ? », et puis celle de Nicolò qui répondait : « Je te filme. »

— Magnifique, dit le commissaire. Mais il y a une chose. On ne peut le voir que comme ça ?

— Mais non, répondit Nicolò en tirant de sa poche une cassette normale qui, à l'intérieur, était faite de manière différente. Regarde comme je fais. Tu enlèves la cassette de la caméra, qui, comme tu vois, est de la taille de celle d'un répondeur, et tu l'enfiles dans cette cassette qui est faite exprès et qui peut être utilisée par ton magnétoscope.

— Ecoute, mais pour la mettre sur enregistrement, qu'est-ce que je dois faire ?

— Appuyer sur cette autre touche.

En voyant la tête perplexe du commissaire, Nicolò fut pris de doute.

— Tu seras capable de t'en servir ?

— Mais qu'est-ce que tu crois ! répondit Montalbano, vexé.

— Et alors, pourquoi tu fais cette tête ?

— Parce que je ne peux pas monter sur la chaise devant la personne que je dois filmer, ça éveillerait ses soupçons.

— Vois un peu si tu y arrives à la mettre en marche en te dressant sur la pointe des pieds.

Il y arrivait.

— Alors, c'est simple. Quand la personne arrive, tu as un livre sur la table, tu le remets avec désinvolture à sa place et tu pousses la touche.

Chère Livia, malheureusement, je ne peux pas attendre ton réveil, je dois aller à Montelusa chez le Questeur. Mimì, avec qui je me suis mis d'accord, va t'accompagner à Palerme. Essaie de rester le plus possible calme et sereine. Je te téléphonerai ce soir. Je t'embrasse.

Salvo

Un commis voyageur de dernière catégorie se serait certainement mieux exprimé, avec plus d'imagination et d'affection. Il récrivit le mot, et, étrangement, celui-ci lui vint dans les mêmes termes. Rien à faire, ce n'était pas vrai qu'il devait voir le Questeur, il voulait seulement couper à la scène des adieux. C'était donc une *farfantarìa,* un mensonge, et lui, il n'avait jamais réussi à en dire aux personnes qu'il estimait. Avec les petits mensonges, en revanche, il savait se débrouiller. Et comment !

Au bureau, il trouva Fazio qui l'attendait, agité.

— *Dottore,* ça fait une demi-heure que j'essaie de vous appeler chez vous, mais vous avez dû débrancher le téléphone.

— Qu'est-ce qui te prend ?

— Un individu a téléphoné, qui a trouvé le cadavre d'une vieille. A Villaseta, via Garibaldi. Dans la même maison où nous avons fait la souricière pour le minot. C'est pour ça que je vous cherchais.

Montalbano ressentit comme une secousse électrique.

— Tortorella et Galluzzo y sont déjà allés. Galluzzo vient d'appeler, il a dit de vous dire que c'est la vieille qu'il avait emmenée chez vous.

Aisha.

Le coup de poing au visage que Montalbano se donna ne fut pas assez fort pour lui faire sauter les dents, mais il ensanglanta sa lèvre.

— Mais qu'est-ce qui vous prend, *dottore* ? demanda Fazio, ébahi.

Aisha était un témoin, bien sûr, tout comme l'était François ; mais il n'avait eu d'yeux et d'attentions que pour le minot. Un con, voilà ce qu'il était. Fazio lui tendit un mouchoir.

— Essuyez-vous.

Aisha était un balluchon entortillé au pied de l'escalier qui menait à la chambre habitée par Karima.

— Apparemment, elle est tombée et s'est brisé le cou, dit le Dr Pasquano qui avait été appelé par Tortorella. Mais je pourrai vous en dire davantage après l'autopsie. De toute façon, pour faire voltiger une vieille comme ça, un souffle suffit.

— Et Galluzzo, où est-il ? demanda Montalbano à Tortorella.

— Il est allé à Montelusa parler avec une Tunisienne qui hébergeait la morte. Il veut lui demander pourquoi la vieille est venue ici, si quelqu'un l'a appelée.

Tandis que l'ambulance repartait, le commissaire

entra chez Aisha, souleva une pierre au fond de l'âtre, prit le livret d'épargne, souffla dessus pour le nettoyer, se le glissa dans la poche.

— *Dottore* !

C'était Galluzzo. Non, personne n'avait appelé Aisha. Elle s'était mis en tête de retourner chez elle, elle s'était levée de bon matin, elle avait pris le car et n'avait pas raté son rendez-vous avec la mort.

De retour à Vigàta, avant d'aller au bureau, il passa à l'étude du notaire Cosentino, un type qui lui était sympathique.

— Je vous écoute, *dottore*.

Le commissaire tira de sa poche le livret d'épargne, le tendit au notaire. Celui-ci l'ouvrit, le regarda et puis demanda :

— Et alors ?

Montalbano se lança dans une explication très compliquée ; au notaire, il ne voulait chanter que la demi-messe.

— Il me semble avoir compris, résuma le notaire, que cet argent appartient à une dame que vous présumez morte et dont l'héritier serait le fils mineur.

— Exact.

— Excusez-moi, mais pourquoi le livret, vous ne vous le gardez pas, et quand le moment arrivera, vous le lui remettrez vous-même ?

— Et qui vous dit que dans quinze ans, je serai encore en vie ?

— Eh oui, fit le notaire et il poursuivit : Faisons comme ça, vous vous reprenez le livret, moi, j'étudie la chose et on se revoit dans une semaine. Peut-être que ce serait bien de les faire fructifier, ces sous.

— A vous de jouer, dit Montalbano en se levant.

— Reprenez le livret.

— Gardez-le. Moi, je suis capable de le perdre.

— Attendez que je vous donne un reçu.

— Voyons, je vous en prie.

— Encore une chose.

— Je vous écoute.

— Faites attention, qu'il est indispensable d'avoir la certitude de la mort de la mère.

Au bureau, il appela chez lui. Livia était sur le départ. Elle lui dit bonjour, du moins à ce qu'il lui sembla, plutôt froidement. Il ne savait qu'y faire.

— Mimì est venu ?

— Bien sûr. Il m'attend dans la voiture.

— Bon voyage. Je te téléphone ce soir.

Il devait continuer, ne pas se laisser prendre par Livia.

— Fazio !

— A vos ordres.

— Va à l'église, à l'enterrement de Lapecora qui doit déjà avoir commencé. Emmène-toi Gallo. Au cimetière, pendant qu'ils font les condoléances à la veuve, tu t'approches et tu lui dis avec la tête la plus sombre que tu peux : « Madame, accompagnez-nous au commissariat. » Si elle se met à faire une scène, si elle déconne, pas de scrupules, tu l'embarques de force dans la voiture. Ah, autre chose : au cimetière, il y a sûrement le fils Lapecora. Au cas où il voudrait défendre sa mère, tu le menottes.

MINISTERE DES TRANSPORTS — SERVICE DES IMMATRICULATIONS

POUR LA TRES DELICATE ENQUETE CONCERNANT MEURTRE DE DEUX FEMMES TUNISIENNES NOMMEES KARIMA ET AISHA IL M'EST ABSOLUMENT NECESSAIRE CONNAITRE IDENTITE ET ADRESSE PROPRIETAIRE DE L'AUTOMOBILE IMMATRICULEE AM 237 GW STOP PRIERE BIEN VOULOIR REPONDRE MEILLEURS DELAIS STOP MONTALBANO COMMISSARIAT VIGATA PROVINCE DE MONTELUSA

Au service des immatriculations, avant de passer le fax à qui de droit suivant les ordres reçus, ils allaient bien rire aux dépens du naïf ou du crétin qui avait ainsi rédigé sa requête. Mais qui de droit, en revanche, ayant compris la *sisiàta*, le défi, cachée derrière le message, serait contraint à réagir. Exactement ce que Montalbano voulait.

Seize

Le bureau de Montalbano se trouvait placé à l'opposé de l'entrée du commissariat, et pourtant le commissaire entendit l'explosion de cris à l'arrivée de la voiture de Fazio amenant la veuve Lapecora. Les journalistes et les photographes n'étaient pas bien nombreux mais à eux devaient s'être jointes des dizaines de flâneurs et de curieux.

— Madame, pourquoi vous a-t-on arrêtée ?

— Regardez de ce côté, madame !

— Laissez passer ! Laissez passer !

Puis il y eut un calme relatif et on frappa à la porte. C'était Fazio.

— Comment ça s'est passé ?

— Elle n'a pas offert beaucoup de résistance. Elle s'est agitée quand elle a vu les journalistes.

— Et le fils ?

— Il y avait un homme à côté d'elle, au cimetière, et tout le monde lui faisait les condoléances. J'ai cru que c'était le fils. Mais, quand j'ai dit à la veuve qu'elle devait venir avec nous, il a tourné le dos et s'est éloigné. Donc, ça ne pouvait pas être le fils.

— Et pourtant, si, Fazio. Une âme trop sensible pour assister à l'arrestation de sa mère. Et terrorisé à l'idée de devoir payer les frais judiciaires. Fais entrer la dame.

— *Comu a una latra* ! *Comu a una latra*, comme une voleuse, vous me traitez ! explosa la veuve dès qu'elle se trouva en présence du commissaire.

Montalbano prit une expression furieuse.

— Vous avez maltraité Madame ?

En parfait comédien, Fazio parut embarrassé.

— Etant donné qu'il s'agissait d'une arrestation...

— Et qui vous a parlé d'une arrestation ? Asseyez-vous, madame, et je vous présente des excuses pour le déplaisant quiproquo. Je ne vous retiens pas plus de quelques minutes, le temps nécessaire pour mettre sur procès-verbal quelques-unes de vos réponses. Puis vous rentrerez chez vous et tout sera fini.

Fazio alla s'asseoir à la machine à écrire, Montalbano se plaça à son bureau. La veuve semblait s'être un peu calmée, mais le commissaire voyait ses nerfs sautiller sous la peau comme des poux sur un chien errant.

— Madame, corrigez-moi si je me trompe. Vous m'avez dit, vous vous souvenez, que le matin du meurtre de votre mari, vous vous êtes levée, vous êtes allée à la salle de bains, vous avez pris votre sac dans la salle à manger, vous êtes sortie. C'est exact ?

— Tout à fait exact.

— Vous n'avez rien remarqué d'anormal, chez vous ?

— Et qu'est-ce que je devais remarquer ?

— Par exemple que la porte du bureau, contrairement à l'habitude, était fermée.

Il avait tiré au jugé, mais mis dans le mille. De rouge qu'il était, le visage de Mme Lapecora devint blanc. Mais la voix resta ferme.

— Il me semble qu'elle était ouverte, mon mari ne la fermait jamais.

— Eh non, madame. Quand je suis entré dans l'appartement avec vous, à votre retour de Fiacca, la porte était fermée. C'est moi qui l'ai ouverte.

— Ouverte ou fermée, quelle importance cela a-t-il ?

— Vous avez raison, c'est un détail insignifiant.

La veuve ne réussit pas à retenir un soupir de soulagement.

— Madame, le matin du jour où on a assassiné votre mari, vous êtes partie pour Fiacca, trouver votre sœur malade. Exact ?

— C'est ce que je fis.

— Mais vous avez oublié une chose. A l'embranchement pour Cannatello, vous êtes descendue du car, vous avez attendu celui qui venait en sens inverse et vous êtes retournée à Vigàta. Qu'est-ce que vous aviez oublié ?

La veuve sourit, elle s'était certainement préparée à cette question.

— Ce matin-là, je ne suis pas descendue à Cannatello.

— Madame, j'ai le témoignage des deux chauffeurs.

— Ils ont raison. Sauf que ça ne s'est pas passé ce matin-là, mais deux jours plus tôt. Les chauffeurs se trompent de jour.

Elle était fourbe et rapide. Eh bien, il allait falloir recourir au guet-apens.

Il ouvrit un tiroir du bureau, sortit le couteau de cuisine dans son sachet de cellophane.

— Ce couteau, madame, est celui avec lequel a été assassiné votre mari. D'un seul coup, dans le dos.

La veuve demeura impassible et ne dit mot.

— Vous l'avez déjà vu ?

— Des couteaux comme ça, on en voit partout.

Lentement, le commissaire glissa de nouveau la main dans le tiroir, en sortit une autre enveloppe de cellophane contenant une tasse.

— Vous la reconnaissez, celle-là ?

— C'est vous qui l'avez prise ? Vous m'avez fait retourner toute la maison pour la retrouver !

— Donc, elle est à vous. Vous la reconnaissez officiellement.

— Bien sûr. Et qu'est-ce qu'on en fait, de cette tasse ?

— Elle me sert à vous envoyer en prison.

Entre toutes les réactions possibles, la veuve en choisit une qui, d'une certaine manière, suscita l'admiration du commissaire. De fait, la dame tourna la tête vers Fazio et lui demanda, avec gentillesse, comme si elle se trouvait en visite de courtoisie :

— Il est devenu fou ?

En toute sincérité, Fazio aurait voulu répondre qu'à son avis, le commissaire était fou de naissance, mais il ne dit rien et fixa la fenêtre.

— Maintenant, je vais vous raconter comment ça s'est passé, annonça Montalbano. Donc, ce matin-là, le réveil sonne, vous vous levez, vous allez à la salle de bains. Vous devez forcément passer devant la porte du bureau et vous la voyez fermée. Sur le moment, vous n'y faites pas attention, mais ensuite vous y repensez. Et quand vous sortez de la salle de bains, vous l'ouvrez. Mais je ne crois pas que vous y entriez. Vous restez un instant sur le seuil, vous refermez, vous allez à la cuisine, vous saisissez un couteau, vous vous le mettez dans le sac à main, vous sortez, prenez le car, descendez à Cannatello, montez sur celui qui va à Vigàta, revenez à la maison, ouvrez la porte, vous voyez votre mari qui s'apprête à sortir, vous discutez, votre mari ouvre la porte de l'ascenseur, qui est à l'étage étant donné que vous venez juste de vous en servir, vous le suivez, le poignardez, votre mari pivote sur lui-même, tombe à terre, vous mettez en marche l'ascenseur, vous arrivez au rez-de-chaussée, sortez de l'immeuble. Et personne ne vous voit. Voilà votre grand coup de chance.

— Et pourquoi je l'aurais fait ? demanda calmement Mme Lapecora et elle ajouta, avec une ironie incroyable pour le lieu et le moment : Seulement parce que mon mari avait fermé la porte du bureau ?

Montalbano, sur son siège, lui fit une demi-révérence admirative.

— Non, madame, à cause de ce qu'il y avait derrière la porte fermée.

— Et qu'y avait-il ?

— Karima. La maîtresse de votre mari.

— Mais vous venez de dire que dans cette pièce, je ne suis pas entrée ?

— Vous n'avez pas eu besoin d'entrer parce que vous avez été assaillie par une bouffée de parfum, celui que Karima utilisait en abondance. Il s'appelle Volupté. Il est fort, persistant. Vous l'aurez sans doute senti, quelquefois, dans les vêtements de votre mari, qui s'en étaient imprégnés. Il flottait encore dans le bureau, plus léger, bien sûr, quand j'y suis entré le soir, après votre retour.

La veuve Lapecora garda le silence, elle repassait dans sa tête les paroles du commissaire.

— Vous pouvez me dire quelque chose, par curiosité ? demanda-t-elle ensuite.

— Tout ce que vous voulez.

— Pourquoi, d'après vous, je ne suis pas entrée

dans le bureau et je n'ai pas, pour commencer, assassiné cette femme ?

— Parce que vous avez une cervelle précise comme une montre suisse et rapide comme un ordinateur. Karima, en voyant s'ouvrir la porte, se serait mise sur le qui-vive, prête à réagir. Votre mari, accouru à ses cris, vous aurait désarmée avec l'aide de la jeune femme. En faisant en fait comme si de rien n'était, vous auriez pu peu après les cueillir sur le fait.

— Et comment expliquez-vous, si on suit votre raisonnement, qu'il n'y a eu que mon mari de tué ?

— Quand vous être rentrée, Karima n'était plus là.

— Excusez-moi, mais étant donné que vous n'étiez pas là, cette belle histoire, qui vous l'a racontée ?

— Vos empreintes digitales, sur la tasse et sur le couteau.

— Sur le couteau, non ! se récria Mme Lapecora.

— Pourquoi pas sur le couteau ?

La dame se mordait les lèvres.

— La tasse est à moi, le couteau, non.

— Le couteau aussi est à vous, il y a une de vos empreintes. Très claire.

— Mais ce n'est pas possible !

Fazio ne détachait pas ses yeux de son supérieur, il savait que sur le couteau, il n'y avait aucune empreinte, on était au moment le plus délicat du guet-apens.

— Vous êtes sûre qu'il n'y a pas d'empreinte parce que vous avez poignardé votre mari sans avoir quitté les gants que vous aviez mis quand vous vous êtes habillée en grande pompe pour sortir. Mais voyez-vous, madame, l'empreinte relevée n'est pas de ce matin, mais de la veille quand vous, après avoir utilisé le couteau pour nettoyer du poisson, vous l'avez essuyé et mis dans le tiroir de la cuisine. De fait, l'empreinte n'est pas sur le manche, mais sur la lame, juste là au bord du manche. Et maintenant, vous allez suivre Fazio, nous allons vous prendre vos empreintes digitales et les comparer.

— C'était un cornard, dit Mme Lapecora, et il s'est mérité la mort qu'il a eue. Il s'était amené chez moi sa radasse pour s'envoyer en l'air toute la journée dans mon lit, pendant que j'étais dehors.

— Vous êtes en train de me dire que vous avez agi par jalousie ?

— Et pourquoi, sinon ?

— Mais vous n'aviez pas déjà reçu trois lettres anonymes ? Vous pouviez les surprendre pendant qu'ils étaient aux bureaux de la montée Granet.

— Je ne fais pas ce genre de choses, moi. Il me monta à la tête, le sang, quand je compris qu'il s'était amené sa radasse dans ma maison.

— Moi, je crois, madame, que le sang vous est monté à la tête quelques jours avant.

— Et quand ça ?

— Quand vous avez découvert que votre mari

avait prélevé une grosse somme sur son compte en banque.

Cette fois encore, le commissaire bluffait. Ça lui réussit.

— Deux cents millions, dit la veuve avec un mélange de désespoir et de rage, deux cents millions à cette très grande pute !

Voilà d'où venait une partie de l'argent du livret d'épargne.

— Si je ne l'arrêtais pas, il était capable de se manger les bureaux, la maison et l'entrepôt !

— Nous mettons ça sur procès-verbal, madame ? Mais dites-moi une chose, avant : qu'est-ce qu'il vous a dit, votre mari, quand il vous a vu apparaître ?

— Il m'a dit : « Me casse pas les couilles, je dois aller aux bureaux. » Peut-être qu'il avait eu une discussion avec la salope, elle s'en était allée et il lui courait après.

— Monsieur le Questeur ? Montalbano, je suis. Je vous avise qu'à l'instant, je viens de faire avouer à Mme Lapecora le meurtre de son mari.

— Félicitations. Pourquoi l'a-t-elle commis ?

— Par intérêt, qu'elle veut faire passer pour de la jalousie. Je dois vous demander un service. Je peux tenir une brève conférence de presse ?

Il n'y eut pas de réponse.

— Monsieur le Questeur ? Je vous ai demandé si je pouvais…

— J'ai très bien entendu, Montalbano. Mais la stupeur m'a ôté l'usage de la parole. Vous voulez tenir une conférence de presse, vous ? Je ne peux pas y croire !

— Et pourtant, c'est vrai.

— Très bien, faites. Mais ensuite, vous devrez m'expliquer ce qu'il y a là-dessous.

— Vous affirmez que depuis longtemps, Mme Lapecora était au courant de la relation entre son mari et Karima ? demanda le beau-frère de Galluzzo, dans son rôle de correspondant de Televigàta.

— Oui. Pas moins de trois lettres anonymes lui étaient arrivées, expédiées par son mari.

Sur le moment, ils ne comprirent pas.

— Vous êtes en train de dire que c'est M. Lapecora qui s'était autodénoncé ? demanda le journaliste, abasourdi.

— Oui. Parce que Karima avait commencé à le faire chanter. Il espérait une réaction de sa femme qui le libérerait de la situation dans laquelle il s'était mis. Mais sa femme n'est pas intervenue. Et son fils non plus.

— Excusez-moi, mais pourquoi ne s'est-il pas adressé à la justice ?

— Parce qu'il pensait qu'il aurait provoqué un gros scandale. Tandis qu'avec l'aide de sa femme, la chose serait restée dans le cercle, comment dire, de la famille.

— Mais cette Karima, où est-elle, maintenant ?

— Nous l'ignorons. Elle s'est enfuie avec son fils, un petit garçon. Une de ses amies, inquiète de la disparition de la mère et du fils, a même prié Retelibera de diffuser leur photo. Mais personne, jusqu'à aujourd'hui, ne s'est manifesté.

Ils remercièrent, s'en allèrent. Montalbano sourit, satisfait. Le premier puzzle avait été résolu, parfaitement, suivant le dessin prédéterminé. Fahrid, Ahmed, Aisha elle-même étaient restés en dehors. Avec eux, en les utilisant bien, le dessin se serait révélé bien différent.

Il était en avance pour le rendez-vous avec Valente. Il s'arrêta devant le restaurant où il avait déjà déjeuné la fois précédente. Il s'empiffra d'un sauté de clovisses en chapelure, d'une solide portion de spaghettis aux clovisses, d'un turbot au four à l'origan et au citron caramélisé. Il compléta le tout d'un gâteau au chocolat amer avec une sauce à l'orange. A la fin, il se leva, gagna la cuisine et serra la main avec émotion au cuisinier, sans mot dire. En voiture, en se rendant au bureau de Valente, il chanta à gorge déployée : « Regarde comme il balance, regarde comme il balance, ce twist… »

Valente installa Montalbano dans une pièce voisine de la sienne.

— C'est un truc qu'on a déjà fait d'autres fois,

dit-il. Nous laissons la porte entrouverte et toi, avec ce miroir, en le réglant comme il faut, tu vois ce qui se passe dans mon bureau, si entendre ne suffit pas.

— Fais attention, Valente, que c'est une question de secondes.

— Laisse-nous faire.

Le commandeur Spadaccia entra dans le bureau de Valente et l'on voyait tout de suite qu'il était nerveux.

— Excusez-moi, *dottor* Valente, mais je ne comprends pas. Vous pouviez très bien venir, vous, à la préfecture, et me faire gagner du temps. J'ai beaucoup à faire, vous savez ?

— Pardonnez-moi, commandeur, dit Valente avec une répugnante humilité. Vous avez parfaitement raison. Mais réglons cela tout de suite, je ne vous retiendrai pas plus de cinq minutes. Une simple précision.

— Allez-y.

— Vous, l'autre fois, vous m'avez dit que le préfet avait été en quelque manière sollicité…

Le commandeur leva une main impérieuse, Valente se tut d'un coup.

— Si j'ai dit cela, je me suis trompé. Son Excellence n'est pas au courant. D'un autre côté, il s'agissait d'une connerie comme il en arrive cent par jour. De Rome, du ministre, on m'a téléphoné à moi, ils ne dérangent pas Son Excellence pour des conneries pareilles.

Il était clair que le préfet, après le coup de fil du faux journaliste du *Corriere,* avait demandé des explications à son chef de cabinet. Et ça avait dû être un échange plutôt animé, dont l'écho persistait dans les fortes expressions qu'utilisait le commandeur.

— Continuez, dit Spadaccia.

Valente écarta les bras, une auréole flottait au-dessus de sa tête.

— C'est fini, dit-il.

Spadaccia écarquilla les yeux, regarda autour de lui comme pour vérifier la réalité qui l'entourait.

— Vous êtes en train de me dire que vous n'avez rien d'autre à me demander ?

— Exactement.

La claque que Spadaccia asséna sur le bureau fut si violente que même Montalbano sursauta dans la pièce à côté.

— Ça, c'est un tour de con dont vous aurez à me rendre compte !

Et il sortit, écumant. Montalbano courut à la fenêtre, les nerfs tendus. Il vit le commandeur foncer hors de l'immeuble, se diriger vers sa voiture dont le chauffeur descendait pour lui ouvrir la portière. A ce moment précis, d'un véhicule de police à peine arrivé, descendit, aussitôt pris sous le bras par un agent, Angelo Prestìa. Spadaccia et le patron du bateau se retrouvèrent quasiment face à face. Ils ne se dirent rien, chacun poursuivit sa route.

Le hennissement de joie que Montalbano émettait parfois, quand les choses tournaient bien, effraya Valente qui se précipita dans la pièce voisine.

— Qu'est-ce qui te prend ?

— C'est fait ! dit Montalbano.

— Asseyez-vous là, entendirent-ils dire à un agent.

Prestìa avait été introduit dans le bureau du vice-Questeur. Valente et Montalbano restèrent où ils étaient, s'allumèrent une cigarette, se la fumèrent sans rien dire : en attendant, le commandant du *Santopadre* cuisait à feu doux.

Ils entrèrent avec la tête de qui porte des nuages noirs, un amer fardeau. Valente alla s'asseoir derrière son bureau, Montalbano prit une chaise et se mit à côté de lui.

— C'est bientôt fini, ces conneries ? attaqua le patron.

Et il ne comprit pas qu'avec cette attitude agressive, il avait révélé à Valente et à Montalbano quelle pinsée il avait en tête : il s'était convaincu que le commandeur Spadaccia était venu attester la vérité de ses déclarations. Il se sentait tranquille, il pouvait donc jouer les indignés.

Sur le bureau, il y avait un volumineux dossier sur lequel ils avaient écrit en caractères d'imprimerie le nom d'Angelo Prestìa, volumineux parce que rempli de vieilles circulaires, mais cela, le patron l'ignorait. Valente l'ouvrit, en tira la carte de visite de Spadaccia.

— Ça, c'est toi qui nous l'as donné, tu confirmes ?

Le passage du « vous » de l'interrogatoire précédent au « tu » flicard énerva Prestìa.

— Bien sûr que je vous le confirme. C'est le commandeur qui me l'a donné en me disant que si j'avais des histoires après le voyage avec le Tunisien, je pouvais m'adresser à lui. Et je l'ai fait.

— Erreur, dit Montalbano avec la fraîcheur d'un quart de poulet.

— Mais il m'a dit ça !

— Bien sûr qu'il t'a dit ça, mais toi, au lieu de t'adresser à lui dès que ça s'est mis à sentir le roussi, la carte de visite, tu nous l'as donnée à nous. Et comme ça tu as attiré des ennuis à ce gentilhomme.

— Des ennuis ? Quels ennuis ?

— Etre impliqué dans un meurtre prémédité, ça ne te paraît pas de sérieux ennuis ?

Prestìa en eut le sifflet coupé.

— Mon collègue Montalbano, intervint Valente, est en train de t'expliquer le pourquoi de la tournure qu'a prise cette histoire.

— Quelle tournure elle a prise ?

— Si toi, tu t'étais adressé directement à Spadaccia, sans nous montrer sa carte de visite, il aurait essayé d'arranger les choses, *a tacimaci,* en coulisse. Mais toi, en nous donnant sa carte, tu as mis en branle la loi. Et donc à Spadaccia, il ne reste plus qu'une possibilité : tout nier.

— Comment ça ?!

— Oh que si, monsieur. Spadaccia ne t'a jamais vu ni entendu nommer. Il a fait une déclaration que nous avons dans le dossier.

— Quel fils de pute ! s'exclama Prestìa et il demanda :

— Et comment il explique que j'aie sa carte de visite ?

Montalbano partit d'un grand rire.

— Pour ça aussi, il t'a bien eu, annonça-t-il. Il nous a amené la photocopie d'une déclaration faite, il y a une dizaine de jours, à la questure de Trapani : on lui a volé le portefeuille et dedans, entre autres, il y avait quatre ou cinq, il ne se souvient pas, cartes de visite.

— Il t'a balancé par-dessus bord, dit Valente.

— Et l'eau est très profonde, ajouta Montalbano.

— Jusqu'à quand tu vas réussir à surnager ? insista Valente.

La sueur dessinait de larges taches sous les aisselles de Prestìa. Le bureau fut envahi par une désagréable odeur musquée et aillée, que Montalbano définit couleur vert-moisi. Prestìa se prit la tête à deux mains, murmura :

— Ils m'ont coincé !

Il resta un moment dans cette position, puis à l'évidence, se décida :

— Je peux voir mon avocat ?

— Avocat ? répéta Valente sur le ton du grand étonnement.

— Pourquoi tu veux ton avocat ? demanda à son tour Montalbano.

— Il me semblait que…

— Qu'est-ce qu'il te semblait ?

— Qu'on t'arrêtait ?

Le duo fonctionnait à la perfection.

— Vous ne m'arrêtez pas ?

— Mais pas du tout.

— Tu peux t'en aller, si tu veux.

Prestìa mit cinq minutes avant de réussir à se décoller le cul de sa chaise et à s'enfuir, littéralement.

— Et maintenant, qu'est-ce qui va se passer ? demanda Valente qui savait avoir déchaîné un bordel.

— Il va se passer que Prestìa ira casser les burnes à Spadaccia. Et le prochain coup, c'est à eux de le jouer.

Valente eut une expression prioccupée.

— Qu'est-ce que tu as ? lui demanda Montalbano.

— Je ne sais pas… je ne suis pas pirsuadé… J'ai peur qu'ils fassent taire Prestìa. Et nous en serons responsables.

— Prestìa est trop au premier plan, maintenant.

Le liquider, ce serait comme signer toute l'opération. Non, moi, je suis convaincu qu'ils le feront taire, oui, mais en le payant largement.

— Tu m'expliques une chose ?

— Bien sûr.

— Pourquoi tu patauges dans cette histoire ?

— Et toi, pourquoi tu me suis ?

— La première raison, c'est parce que je suis un flic comme toi et la seconde parce que je m'amuse.

— Et moi je te dis : la première raison, pour moi, coïncide avec la tienne. La deuxième raison c'est : je le fais par intérêt.

— Et qu'est-ce que tu veux y gagner ?

— Je l'ai clairement dans la tête, mon profit. Mais tu veux parier que toi aussi, tu vas y gagner quelque chose ?

Décidé à ne pas céder à la tentation, il passa comme une fusée, à cent vingt à l'heure, devant le restaurant où il s'était empiffré pour déjeuner. Mais cinq cents mètres plus loin, sa résolution se dissipa d'un coup, il freina, provoquant les furieux coups de klaxon de la voiture qui venait derrière. L'homme qui était au volant, en le dépassant, lui lança un regard enragé et lui fit le geste de la corne[1].

1. Avec l'index et le petit doigt, pour traiter l'autre de cocu, appartient au patrimoine commun de tous les Italiens.

Montalbano opéra un demi-tour extrêmement interdit sur la route, alla directement à la cuisine et demanda au cuisinier, sans même lui dire bonjour :

— Mais vous, les rougets de roche, vous les préparez comment ?

Dix-sept

Le lendemain matin, à huit heures pile, il s'apprésenta au Questeur qui, depuis sept heures, comme à son habitude, se trouvait au bureau, au milieu des imprécations murmurées par les femmes de ménage empêchées de faire leur travail.

Montalbano lui raconta les aveux de Mme Lapecora, lui dit que le pôvre tué, comme pour éviter sa tragique fin, avait écrit des lettres anonymes à sa femme et une lettre en clair à son fils, mais qu'eux l'avaient laissé cuire dans son jus. Il ne parla ni de Fahrid, ni de Moussa, c'est-à-dire du puzzle plus grand. Il ne voulait pas que le Questeur, à présent au terme de sa carrière, en vienne à se trouver impliqué dans une affaire qui puait plus que la merde.

Et jusque-là, il s'en était bien sorti, il n'avait pas dû dire de mensonges au Questeur, il n'avait fait que des omissions, raconté des demi-vérités.

— Mais pourquoi avez-vous voulu donner une conférence de presse, vous qui, d'habitude, les évitez comme la peste ?

Il avait prévu la question, sa réponse était donc

toute préparée et lui permettait, du moins en partie, de ne pas mentir, au prix d'une autre omission.

— Voyez-vous, cette Karima était un type singulier de prostituée. Elle n'était pas seulement avec Lapecora, mais avec d'autres personnes. Rien que des gens d'un âge avancé, des retraités, des commerçants, des professeurs. En limitant l'épisode à Lapecora, j'ai essayé d'éviter que se diffusent des venins, des insinuations, sur des malheureux qui, au fond, ne faisaient rien de mal.

Il était convaincu que l'explication était plausible. Et de fait, le Questeur n'émit qu'un seul commentaire :

— Vous avez une étrange morale, Montalbano.

Et puis, il demanda :

— Mais cette Karima a vraiment disparu ?

— Il paraît vraiment que oui. Quand elle a appris le meurtre de son amant, elle a pris la fuite avec l'enfant, dans la crainte d'être mêlée à l'assassinat.

— Ecoutez, dit le Questeur, c'était quoi, cette histoire de voiture ?

— Quelle voiture ?

— Allez, Montalbano, la voiture dont il est apparu ensuite qu'elle appartient aux Services. Ce sont des gens à vous faire des ennuis, vous le savez ?

Montalbano rit. Ce rire, il se l'était essayé le soir précédent, devant la glace, et il avait insisté jusqu'à ce qu'il lui sorte bien. Maintenant, contrairement à ce qu'il avait espéré, il lui sonnait faux, trop aigu.

Mais s'il voulait garder hors de toute l'histoire cet homme de bien qu'était son supérieur, il n'y avait pas à tortiller, le mensonge, il devait le dire.

— Pourquoi riez-vous ?

— Parce que je suis embarrassé, croyez-moi. La personne qui m'avait donné ce numéro de plaque m'a téléphoné le lendemain pour me dire qu'elle s'était trompée. Les lettres étaient bonnes, mais le chiffre n'était pas 237, c'était bel et bien 837. Je suis mortifié, excusez-moi.

Le Questeur le regarda dans les yeux pendant un temps que le commissaire crut éternel. Puis il parla, à voix basse.

— Si vous voulez que j'avale ça, je l'avale. Mais faites attention, Montalbano. Eux, ce sont des gens qui ne plaisantent pas. Capables de tout et puis, en cas de grosse bavure, ils font porter la culpabilité sur des collègues dévoyés. Qui n'existent pas. Ce sont toujours eux, par nature et par constitution, qui sont dévoyés.

Montalbano ne sut que dire. Le Questeur changea de sujet.

— Ce soir venez dîner chez moi. Je ne veux pas entendre d'excuses. Vous mangerez ce que vous trouverez. Je dois absolument vous dire deux choses. Je ne les dis pas ici, parce que cela prendrait une couleur bureaucratique qui ne me plaît pas.

La journée était belle, il n'y avait pas le moindre nuage dans le ciel, et pourtant Montalbano eut l'impression qu'une ombre s'était posée sur le soleil, baissant soudain la température de la pièce.

Dottore *Montalbano, vous, personnellement, vous ne me connaissez pas et moi je ne connais pas comment vous êtes fait. Je m'appelle Prestifilippo Arcangelo et je suis l'associé de votre père dans le domaine vinicole qui, grâce au Seigneur, va très bien et nous rapporte. Votre père ne parle jamais de vous mais j'ai découvert que chez lui, il garde tous les journaux qui parlent de vous et aussi, lui, quand quelquefois il vous voit apparaître à la télévision, il se met à pleurer mais il cherche à ne pas se faire voir.*

Cher dottore, *le cœur me manque parce que la nouvelle que je viens vous donner par la présente n'est pas bonne. Depuis que Mme Giulia, la seconde femme de votre père, est montée au Ciel, voilà quatre ans, mon associé et ami n'a plus été lui-même. Ensuite, l'année dernière, il a commencé à se sentir mal, il n'avait plus de souffle, il suffisait qu'il monte un escalier et la tête lui tournait. Il ne voulait pas aller chez le médecin, il n'y avait pas moyen. Comme ça, moi, profitant qu'ici, au pays, était venu mon fils qui besogne à Milan et qui est un bon médecin, je l'emmenai à la maison de votre père. Mon fils le visita et il a poussé des cris, il voulait que votre père se fasse hospitaliser. Il en a tant fait et dit qu'il a réussi à accompagner votre père au pital avant de rentrer à Milan. Au bout de dix jours, que moi, j'y allais tous les soirs le trouver, le médecin me dit qu'ils avaient fait tous les examens et que votre père avait été attaqué de ce mal terrible aux poumons. Et comme ça votre père a commencé à sortir et rentrer au pital où ils lui faisaient le traitement qui lui a fait perdre tous les cheveux mais d'amélioration, rin de rin. Lui m'a esspressément interdit de vous faire savoir la chose, il a dit qu'il ne voulait pas que vous vous inquiétiez. Mais à hier soir, je me suis informé auprès du médecin et lui m'a dit que votre père est maintenant à la fin, il lui reste un mois, à un jour près. Et moi malgré l'interdiction absolue de votre père, j'ai pinsé de vous le faire savoir à vous comment est la chose. Votre père est hospitalisé clinique Porticelli, le numéro de téléphone est 341234. Il a le téléphone dans la chambre. Mais c'est peut-être mieux si vous venez le trouver en personne en faisant semblant de rien savoir de sa maladie. Mon numéro de tiléphone, vous l'avez déjà, c'est celui du domaine vinicole où je besogne toute la sainte journée.*

Je vous salue et je suis désolé.
Prestifilippo Arcangelo

Un léger tremblement des mains le gêna pour remettre la lettre dans l'enveloppe et la glisser dans sa poche. Une profonde fatigue s'était abattue sur lui, qui l'obligea à se laisser aller, les yeux fermés, contre le dossier de la chaise. Respirer lui devint difficile, il lui sembla que la pièce n'avait plus d'air. Il se leva à grand-peine, entra dans le bureau d'Augello.

— Qu'est-ce qui fut ? lui demanda Mimì dès qu'il vit sa tête.

— Rin. Ecoute, j'ai à faire, c'est-à-dire que j'ai besoin de rester un peu en paix et seul.

— Je peux t'être utile ?

— Oui. Occupe-toi de tout. On se voit demain. Ne me fais pas appeler à la maison.

Il passa à la boutique de graines et semences, s'acheta un solide cornet, commença sa promenade sur le môle. Mille pensées lui passaient par la tête, mais il ne réussissait à en arrêter aucune. Arrivé au phare, il continua. Il y avait, juste au-dessous, un gros rocher, rendu glissant par une mousse verte. Il réussit à l'atteindre en risquant à chaque pas de tomber à la mer, il s'y assit, cornet à la main. Mais il ne l'ouvrit pas, il sentait une espèce de déferlante s'élever en lui de quelque part dans son corps, vers la poitrine et de là monter vers la gorge, formant un nœud qui le suffoquait, lui ôtait le souffle. Il éprouvait le besoin, la nécessité, de pleurer, mais ça ne venait pas. Puis, dans la confusion des pensées qui lui traversaient la coucourde, quelques mots s'imposèrent plus nettement, jusqu'au point de composer un vers : « Père qui chaque jour mourrez un peu... »

C'était quoi, ça ? De la poésie ? Quand est-ce qu'il avait lu ça ? Il répéta à mi-voix :

« Père qui chaque jour mourrez un peu... »

Et enfin, de sa gorge jusque-là close, serrée, le cri jaillit, mais plus qu'un cri, c'était un grand gémissement d'animal blessé, auquel, immédiatement, succédèrent les larmes irrésistibles et libératoires.

Quand, l'année précédente, il avait été blessé dans un échange de coups de feu et qu'il était hospitalisé, Livia lui avait raconté que son père téléphonait tous les jours. Il était venu le voir en personne une seule fois, pendant sa convalescence. A Montalbano, il était apparu seulement un peu amaigri, et c'est tout. En fait, il était plus élégant que d'habitude, il avait toujours tenu à bien s'habiller. A cette occasion, il demanda à son fils s'il avait besoin de quelque chose : « Moi, je peux », dit-il.

Quand avait eu lieu l'éloignement silencieux entre son père et lui ? Il avait été — cela, Montalbano ne pouvait le nier — un père attentif et affectueux. Il avait tout fait pour que la perte de sa mère lui pèse le moins possible. Dans son adolescence, les quelques fois — heureusement peu nombreuses — où il était tombé malade, son père n'était pas allé au bureau pour ne pas le laisser seul. Qu'est-ce qui n'avait pas fonctionné, alors ? Peut-être y avait-il eu entre eux deux un manque presque total de communication, ils ne réussissaient jamais à trouver les mots justes pour s'exprimer l'un à l'autre leurs sentiments. Tant de fois, dans sa prime jeunesse, Montalbano avait pensé : « Mon père est un homme fermé. » Et sans doute, mais il le comprenait seulement maintenant, assis en haut d'un écueil, son père avait pensé la même chose de lui. Mais il avait montré une grande délicatesse d'âme : pour se remarier, il avait attendu que son fils ait sa licence et passe le concours. Mais quand son père avait amené à la maison sa nouvelle femme, Montalbano en était resté irraisonnablement blessé. Entre eux deux, un mur s'était dressé ; en verre certes, mais quand même un mur. Et ainsi, leurs rencontres avaient été peu à peu ramenées à deux ou trois par an. Son père arrivait d'habitude avec quelques caissettes du vin produit par son domaine, restait une demi-journée et repartait. Montalbano trouvait le vin excellent et l'offrait fièrement à ses amis en leur disant que c'était son père qui l'avait produit. Mais à lui, à son père, l'avait-il déjà dit que le vin était excellent ? Il creusa sa mémoire : jamais. Tout comme son père collectionnait les journaux qui parlaient de lui ou avait les larmes aux yeux quand il le voyait à la télévision. Mais il ne l'avait jamais félicité personnellement pour la réussite d'une enquête.

Il resta sur l'écueil pendant plus de deux heures et quand il se leva pour retourner à la ville, il avait pris sa décision. Il n'irait pas trouver son père. En le voyant, ce dernier aurait certainement compris la gravité de son mal, ça aurait été pire. Du reste, il ne savait pas dans quelle mesure son père aurait apprécié sa présence. En outre, à Montalbano, les moribonds faisaient peur et horreur : il n'était pas certain de supporter l'horreur et la peur de voir mourir son père, il risquait de s'enfuir, à la limite de l'effondrement.

Quand il arriva à Marinella, il portait encore en lui une fatigue âpre et pesante. Il se déshabilla, passa un maillot, entra dans la mer. Il nagea jusqu'à ce qu'il commence à avoir des crampes aux jambes. Il rentra chez lui et se rendit compte qu'il n'était pas en condition d'aller dîner chez le Questeur.

— Allô ? Montalbano, je suis. Je regrette mais…

— Vous ne pouvez pas venir ?

— Non, je suis navré.

— Travail ?

Pourquoi ne pas lui dire la vérité ?

— Non, monsieur le Questeur. J'ai reçu une lettre qui concerne mon père. On m'écrit qu'il est en train de mourir.

Dans un premier temps, le Questeur ne dit rien, le commissaire l'entendit distinctement pousser un long soupir.

— Ecoutez, Montalbano, si vous voulez aller le trouver, même pour un certain temps, allez-y donc, ne vous inquiétez pas, je trouverai le moyen de vous remplacer temporairement.

— Non, je n'y vais pas. Je vous remercie.

Cette fois aussi, le Questeur se tut un moment, les paroles du commissaire l'avaient certainement frappé, mais comme il était éduqué à l'ancienne mode, il ne revint pas sur le sujet.

— Montalbano, je suis gêné.

— Je vous en prie, pas avec moi.

— Vous vous souvenez qu'à dîner, j'aurais dû vous dire deux choses ?

— Bien sûr.

— Je vous les dis par téléphone, même si cette façon de faire, je vous l'ai dit, me gêne. Et ce n'est peut-être pas le moment le plus opportun, mais je crains que vous ne l'appreniez de quelqu'un d'autre, je ne sais pas, par les journaux... Vous ne le savez sûrement pas, mais moi, depuis presque un an, j'avais demandé la retraite anticipée.

— Oh, mon Dieu, ne me dites pas que...

— Si, on me l'a accordée.

— Mais pourquoi voulez-vous vous en aller ?

— Parce que je ne me trouve plus en syntonie avec le monde et parce que je me sens las. Moi, le jeu des paris sur les résultats du foot, je l'appelle le Sisal.

Le commissaire ne comprit pas.

— Excusez-moi, je n'ai pas saisi.

— Vous, comment vous l'appelez ?

— Le Totocalcio.

— Vous voyez ? Là est la différence. Voilà quelque temps, un journaliste a accusé Montanelli d'être vieux, et entre les preuves qu'il a avancées, il a affirmé que Montanelli, ce jeu, il l'appelait le Sisal, comme il y a trente ans.

— Mais ça ne signifie rien ! Ce n'est qu'une plaisanterie !

— Ça signifie quelque chose, Montalbano, ça signifie. Ça signifie être inconsciemment ancré dans le passé, ne pas vouloir voir, carrément refuser, certains changements. D'autre part, je n'étais qu'à un an de la retraite. A La Spezia j'ai encore la maison de mes parents, je suis en train de la faire remettre en état. Si vous en avez envie, quand vous irez à Gênes trouver Mlle Livia, vous pourrez faire un saut chez nous…

— Et quand est-ce que…

— Que je vais m'en aller ? Quel jour est-on ?

— Le 12 mai.

— Officiellement, je quitterai ma charge le 10 août.

Le Questeur s'éclaircit la voix et le commissaire comprit que maintenant venait la deuxième nouvelle, peut-être la plus difficile à annoncer.

— Quant à l'autre question.

Il hésitait, c'était clair. Montalbano vint à son secours.

— Pire que ce que vous venez de me dire, il ne peut pas y avoir.

— Ça concerne votre promotion.

— Non !

— Ecoutez-moi, Montalbano. Votre position n'est plus défendable ; considérez aussi qu'ayant demandé ma retraite anticipée, je suis, comment dire, en position de faiblesse. Je dois la proposer et il n'y aura pas d'obstacles.

— Je serai transféré ?

— A quatre-vingt-dix-neuf pour cent, oui. Considérez que, si moi je ne vous propose pas pour la nomination, avec tous les succès que vous avez obtenus, le fait pourrait être interprété négativement par le ministère et peut-être qu'on finirait par vous transférer quand même mais sans promotion. Ça ne vous arrange pas, une augmentation ?

La coucourde du commissaire tournait à pleine vapeur, elle fumait, pour trouver une solution possible. Il en entrevit une, se lança.

— Et si moi, à partir de maintenant, je n'arrêtais plus personne ?

— Je ne comprends pas.

— Je dis : et si je me mets à faire semblant de ne plus rien résoudre, si je n'enquête pas comme je devrais, si je laisse échapper…

— Des bêtises, vous laissez échapper des idioties. Je ne comprends pas, chaque fois que je vous parle de promotion, vous, d'un coup, vous régressez, vous vous mettez à raisonner comme un enfant.

Il fit passer une autre heure, il rousina dans la maison, rangeant des livres, dépoussiérant les verres qui protégeaient les cinq gravures en sa possession, chose qu'Adelina ne faisait jamais. Il n'alluma pas la télévision. D'un coup d'œil à sa montre, il constata qu'il s'était fait les dix heures du soir. Il monta en voiture et alla à Montelusa. Dans les trois cinémas, ils jouaient *Les Affinités électives*, des frères Taviani, *Io ballo da sola*, de Bertolucci et *En voyage avec Dingo*. Il n'eut pas la moindre hésitation, il choisit le dessin animé. La salle était vide. Il revint en arrière, auprès de celui qui lui avait contrôlé le billet.

— Mais il n'y a personne !

— Il y a vous. Qu'est-ce que vous voulez, de la compagnie ? Il est tard, à cette heure les minots sont allés se coucher. Il n'est resté que vous, à être réveillé.

Il s'amusa tant qu'à un certain moment, il se retrouva à rire dans la salle vide.

Il vient un moment, pinsa-t-il, où tu t'aperçois que ta vie a changé. Mais quand est-ce arrivé ? tu te demandes. Et tu ne trouves pas la réponse, des faits imperceptibles se sont accumulés jusqu'à déterminer le changement. Ou peut-être des faits bien visibles, mais dont tu n'as pas déterminé la portée, les conséquences. Tu demandes et redemandes, mais la réponse à ce « quand », tu n'arrives pas à la trouver. Comme si ça avait de l'importance, en plus ! Mais lui, Montalbano, non, à cette question, il n'aurait pas su répondre avec précision. Ce fut précisément le 12 mai que ma vie changea, aurait-il dit.

A côté de la porte d'entrée de sa villa, Montalbano

avait fait mettre une petite lampe qui s'allumait automatiquement quand la nuit venait. Ce fut à cette lumière que, depuis la route provinciale, il vit une voiture arrêtée sur la petite esplanade devant la maison. Il prit l'allée menant à la villa, s'arrêta à quelques centimètres de l'auto. C'était, comme il s'y attendait, une BMW gris métallisé. Numéro d'immatriculation AM 237 GW. Mais on ne voyait pas âme qui vive, l'homme qui l'avait amenée était certainement caché dans les parages. Montalbano décida que le mieux était de jouer les indifférents. Il sortit de la voiture en sifflotant, referma la portière et alors vit un type qui l'attendait. Il ne l'avait pas remarqué avant parce que l'homme était debout, de l'autre côté de la voiture, mais il était de stature si réduite qu'il ne dépassait pas le toit. Quasiment un nain, à peu de chose près. Correctement vêtu, avec des lunettes à monture dorée.

— Vous vous êtes fait attendre, dit le petit homme en venant vers lui.

Montalbano, les clés à la main, se dirigea vers la porte. Le presque nain s'interposa, agitant une sorte de carte.

— Voilà mes papiers, dit-il.

Le commissaire repoussa la menotte qui tenait la carte, ouvrit la porte, entra. L'autre le suivit.

— Je suis le colonel Lohengrin Pera, se présenta le bibelot.

Le commissaire s'arrêta d'un coup, comme si on

lui avait appliqué un fer entre les omoplates. Lentement, il se retourna, jaugea le colonel. Les parents avaient dû lui donner ce prénom pour le dédommager en quelque sorte de sa taille et de son nom[1]. Montalbano fut fasciné par les petites chaussures du colonel, il devait se les faire faire sur mesure, elles n'appartenaient même pas au genre des chaussures de « sous-hommes » comme les appelaient les cordonniers. Et pourtant, on l'avait enrôlé et donc, même si c'était de justesse, il devait avoir la hauteur nécessaire. Mais les yeux, derrière les lunettes, étaient vifs, attentifs, dangereux. Montalbano eut la certitude d'être devant le cerveau de l'opération Moussa. Il gagna la cuisine, toujours suivi par le colonel, mit à réchauffer au four les rougets à la tomate qu'Adelina lui avait préparés, entreprit de disposer les couverts, sans jamais ouvrir la bouche. Sur la table, il y avait un livre de six cents pages qu'il avait acheté sur un étal et qu'il n'avait jamais ouvert, c'est le titre qui avait éveillé sa curiosité : *Métaphysique de l'être partiel.* Il le prit, se dressa sur la pointe des pieds, le mit sur le rayonnage et appuya sur la touche de la caméra. Comme obéissant à un clac, le colonel Lohengrin Pera s'assit sur la bonne chaise.

1. *Pera* : poire.

Dix-huit

Montalbano mit une bonne demi-heure à se manger les rougets, parce qu'il voulait les déguster comme ils le méritaient et aussi pour donner l'impression au colonel que, de ce qu'il pourrait lui dire, il se contrefoutait éperdument. Il ne lui offrit même pas un verre de vin, il faisait comme s'il était seul, au point qu'une fois, il rota fort. De son côté, Lohengrin Pera, une fois assis, ne bougea plus, se limitant à fixer le commissaire de ses petits yeux vipérins. Ce fut seulement après que Montalbano se fut bu une tasse de café que le colonel se mit à parler.

— Vous avez certainement compris pourquoi je suis venu vous trouver.

Le commissaire se leva, alla dans la cuisine, posa la tasse sur l'évier, revint.

— Je joue à cartes découvertes, poursuivit le colonel, peut-être avec vous est-ce la meilleure façon de s'y prendre. J'ai donc voulu utiliser cette voiture dont vous, par deux fois, avez demandé à connaître les coordonnées du propriétaire.

Il tira de sa poche les deux feuillets que Montalbano reconnut comme les fax qu'il avait envoyés au service des immatriculations.

— Sauf que vous, le propriétaire de cette voiture, vous le connaissiez déjà, votre Questeur vous a sûrement déjà dit qu'il s'agissait d'un numéro d'immatriculation réservé. Et alors, si vous avez envoyé quand même ces fax, cela veut dire qu'ils visaient à signifier autre chose qu'une simple demande d'information, même imprudente. Je me suis donc convaincu, corrigez-moi si je me trompe, que vous désiriez, pour des raisons qui vous sont propres, que nous sortions à découvert. Et donc me voilà, nous vous avons contenté.

— Vous m'excusez un instant ? demanda Montalbano.

Sans attendre de réponse, il se leva, alla à la cuisine, revint avec un plat où était posé un énorme bout de cassata sicilienne glacée. Le colonel s'apprêta avec une infinie patience à attendre la fin de l'ingestion de la glace.

— Continuez donc, dit courtoisement le commissaire. Comme ça, je ne peux pas me la manger, je dois attendre qu'elle fonde un peu

— Avant de poursuivre, reprit le colonel qui, à l'évidence, les nerfs, devait les avoir solides, permettez-moi une précision. Dans votre deuxième fax, vous faites allusion à une femme dénommée Aisha. Dans cette mort, nous ne sommes pour rien. Il s'est certainement agi d'un accident. S'il avait été nécessaire de l'éliminer, nous l'aurions fait tout de suite.

— Je n'en doute pas. Et je l'avais très bien compris.

— Et alors, pourquoi dans votre fax, vous avez écrit autrement ?

— Pour en rajouter une couche.

— Ah bon. Vous avez lu les écrits de Mussolini ?

— Ce n'est pas parmi mes lectures préférées.

— Dans un de ses derniers écrits, Mussolini affirme que le peuple doit être traité comme l'âne, avec le bâton et la carotte

— Toujours original, Mussolini ! Vous savez quoi ?

— Dites-moi.

— La même phrase, mon grand-père la disait, lui c'était un *viddrano*, un paysan, mais lui, n'étant pas Mussolini, il parlait seulement du *scecco*, de l'âne.

— Puis-je continuer à filer la métaphore ?

— Mais je vous en prie !

— Vos fax, le fait d'avoir convaincu votre collègue Valente de Mazàra d'interroger le patron du bateau de pêche et le chef de cabinet du préfet, ces faits et d'autres ont été vos coups de bâton pour nous débusquer.

— Et la carotte, où est-elle ?

— Elle consiste dans vos déclarations durant la conférence de presse après l'arrestation de Mme Lapecora pour le meurtre de son mari. Là, oui, que vous auriez pu nous y mêler de force, en nous tirant par les cheveux, mais vous n'avez pas voulu le faire, vous avez soigneusement circonscrit ce crime dans les limites de la jalousie et du lucre. Mais c'était une carotte menaçante, elle disait…

— Colonel, je vous conseille de laisser tomber la métaphore, nous voilà arrivés à la carotte parlante.

— D'accord. Vous, avec cette conférence de presse, vous avez voulu nous faire savoir que vous étiez en possession d'autres éléments que vous n'étiez pas, toutefois, disposés à montrer pour l'instant. C'est cela ?

Le commissaire tendit une petite cuillère vers la glace, la remplit, se la porta à la bouche.

— Elle est encore dure, communiqua-t-il à Lohengrin Pera.

— Vous êtes décourageant, commenta le colonel mais il poursuivit. Pour continuer à mettre cartes sur table, vous voulez bien me dire tout ce que vous savez de cette affaire ?

— Quelle affaire ?

— Le meurtre d'Ahmed Moussa.

Il avait réussi à lui faire dire ouvertement ce nom, dûment enregistré par la caméra.

— Non.

— Et pourquoi ?

— Parce que j'adore votre voix, vous entendre parler.

— Je peux avoir un verre d'eau ?

En apparence, Lohengrin Pera était parfaitement

calme et se contrôlait, mais en lui-même, il était certainement proche du point d'ébullition. La demande d'eau en était le signal clair.

— Allez vous la prendre à la cuisine.

Tandis que le colonel se débrouillait avec le verre et le robinet, Montalbano, qui le voyait de dos, remarqua un gonflement sous sa veste, à la hauteur de la fesse droite. Tu veux voir que le nain est armé d'un gros calibre deux fois plus grand que lui ? Il décida de rester sur ses gardes et rapprocha de lui un couteau très aiguisé qui servait à couper le pain

— Je serai bref et explicite, attaqua Lohengrin Pera en se rasseyant et en s'essuyant les lèvres avec un mouchoir brodé grand comme un timbre-poste. Il y a un peu plus d'un an, nos collègues de Tunisie nous ont proposé de collaborer à une délicate opération de neutralisation d'un dangereux terroriste, dont vous m'avez fait répéter le nom à l'instant.

— Pardonnez-moi, dit Montalbano, mais moi, j'ai un vocabulaire limité. Par neutraliser, vous entendez l'élimination physique ?

— Appelez ça comme vous voulez. Nous avons naturellement pris l'avis de nos supérieurs et il nous fut ordonné de ne pas collaborer. Sauf que, il y a pas même un mois, nous nous sommes retrouvés dans la très désagréable situation d'avoir, nous, à demander une aide à nos amis de Tunis.

— Quelle coïncidence ! s'exclama Montalbano.

— Eh oui. Eux, sans discuter, nous ont donné

l'aide demandée et ainsi nous nous sommes trouvés à avoir une dette morale…

— Non ! s'écria Montalbano.

Lohengrin Pera sursauta.

— Qu'y a-t-il ?

— Vous avez dit : morale, répondit le commissaire.

— Comme vous voulez, disons seulement une dette, sans adjectif, ça vous va bien comme cela ? Excusez-moi, avant de poursuivre, je dois passer un coup de fil, j'étais en train d'oublier.

— Je vous en prie, dit le commissaire en montrant le téléphone.

— Merci. J'ai mon cellulaire.

Lohengrin Pera n'était pas armé, le gonflement sur sa fesse venait du portable. Il composa le numéro de manière que Montalbano ne puisse le lire.

— Allô ? Pera à l'appareil. Tout va bien, nous parlons.

Il éteignit le mobile, le laissa sur la table.

— Nos collègues de Tunis avaient découvert que depuis des années, la sœur préférée d'Ahmed, Karima, habitait en Sicile et que, par son travail, elle disposait d'un vaste cercle de connaissances.

— Vaste non, le corrigea Montalbano, choisi, oui. C'était une putain respectueuse, elle inspirait confiance.

— Le bras droit d'Ahmed, Farid, proposa à son chef d'ouvrir une base d'opérations en Sicile en se servant justement de Karima. Ahmed avait assez confiance en Fahrid, ignorant tout à fait que son bras droit avait été acheté par les services tunisiens. Discrètement aidé par nous, Fahrid arriva et prit contact avec Karima, laquelle, après un tri soigneux de ses clients, choisit Lapecora. Peut-être sous la menace de révéler leur relation à sa femme, Karima le contraignit à relancer la vieille entreprise d'importation et d'exportation, qui se révéla une excellente couverture. Fahrid pouvait communiquer avec Ahmed en écrivant des lettres commerciales codées à une fantomatique entreprise de Tunis. A propos, vous, dans votre conférence de presse, vous avez dit qu'à un certain moment, Lapecora a écrit anonymement à sa femme pour dénoncer sa liaison. Pourquoi ?

— Parce qu'il avait flairé ce qu'il y avait de louche dans toute l'affaire.

— Vous pensez qu'il aura soupçonné la vérité ?

— Mais non ! Au maximum, il aura pensé à un trafic de drogue. S'il avait découvert qu'il était au centre d'une intrigue internationale, il serait mort sur le coup.

— Je le crois aussi. Pendant quelque temps, notre tâche fut de contenir les impatiences tunisiennes, mais nous voulions être certains que, une fois l'hameçon lancé, le poisson l'aurait avalé.

— Excusez-moi, mais qui était le jeune blond qui de temps en temps se montrait avec Fahrid ?

Le colonel lui lança un regard admiratif.

— Ça aussi, vous le savez ? Un de nos hommes qui, de temps en temps, venait vérifier comment ça se passait.

— Et tant qu'à faire, il se baisait Karima.

— Des choses qui arrivent. Finalement Fahrid a convaincu Ahmed de venir en Italie en lui faisant miroiter la possibilité d'acquérir une grosse cargaison d'armes. Toujours sous notre invisible protection, Ahmed Moussa arriva à Mazàra, en suivant les indications de Fahrid. Le patron du bateau de pêche, sur les pressions du chef de cabinet du préfet, s'arrangea pour embarquer Ahmed, étant donné que la rencontre entre ce dernier et le fantomatique trafiquant d'armes devait se dérouler en haute mer. Ahmed Moussa tomba dans le piège sans le moindre soupçon, il alluma même une cigarette, comme on lui avait dit de faire, pour que son identification se déroule au mieux. Mais le commandeur Spadaccia, le chef de cabinet, avait commis une grosse erreur.

— Il n'avait pas averti le patron qu'il ne s'agissait pas d'une rencontre clandestine, mais d'un guet-apens, dit Montalbano.

— On peut aussi le dire comme cela. Le patron, comme il lui avait été dit de faire, jeta à l'eau les papiers d'Ahmed et partagea avec l'équipage les soixante-dix millions que celui-ci avait en poche. Puis, au lieu de retourner à Mazàra, il changea de route, il avait peur de nous.

— C'est-à-dire ?

— Vous voyez, nous avions éloigné nos vedettes du lieu de l'action et ça, le patron le savait. Si deux et deux font quatre, a-t-il sans doute pensé, il est possible que sur la route du retour, on trouve quelque chose, une torpille, une mine, une vedette même qui, en m'envoyant par le fond, fera disparaître les traces de l'opération. Voilà pourquoi il alla à Vigàta, et brouilla les cartes.

— Il avait vu juste ?

— En quel sens ?

— Il y avait quelqu'un ou quelque chose qui attendait le bateau ?

— Allons, Montalbano ! Nous aurions fait un massacre inutile !

— Vous, vous ne faites que des massacres utiles, pas vrai ? Et comment pensiez-vous obtenir le silence de l'équipage ?

— Par le bâton et la carotte, pour citer de nouveau un auteur qui ne vous plaît pas. En tout cas, tout ce qu'il y avait à dire, je vous l'ai dit.

— Eh non.

— Qu'est-ce que ça veut dire, non ?

— Ça veut dire que ce n'est pas tout. Vous, habilement, vous m'avez emmené en haute mer, mais moi je n'oublie pas ceux qui sont restés à terre. Par exemple, Fahrid. Lui, par un de ses informateurs, il apprend qu'Ahmed a été tué, mais le bateau, inexplicablement pour lui, a accosté à Vigàta. La chose le trouble. En tout cas, il doit exécuter la deuxième partie de la tâche qui lui a été assignée. C'est-à-dire neutraliser, comme vous dites, Lapecora. Arrivé à la porte de son immeuble, il apprend, avec stupeur et inquiétude, que quelqu'un d'autre l'a précédé. Alors, il *s'appagna*.

— Pardon ?

— Il prend peur. Il ne comprend plus rien. Comme le patron du bateau, il craint que vous soyez derrière ce meurtre. Vous avez commencé, pense-t-il, à retirer de la circulation tous ceux qui, d'une manière ou d'une autre, sont impliqués dans l'histoire. Peut-être qu'un instant, l'effleure le doute que c'est Karima qui a assassiné Lapecora. Je ne sais pas si vous le savez, mais Karima, sur ordre de Fahrid, avait contraint Lapecora à la cacher chez elle, Fahrid ne voulait pas qu'en ces heures décisives, Lapecora fasse le malin. Mais Fahrid ignorait que Karima, mission accomplie, était déjà rentrée chez elle. En tout cas, à un certain moment de la matinée, Fahrid a rencontré Karima et tous deux ont dû avoir une violente discussion, au cours de laquelle l'homme a révélé le meurtre de son frère. Karima a tenté de s'enfuir. Elle n'a pas réussi et elle a été assassinée. Du reste, elle devait l'être en tout cas, discrètement, au bout de quelque temps.

— Comme je l'avais deviné, dit Lohengrin Pera, vous avez tout compris. Maintenant, je vous prie de réfléchir : vous êtes, comme moi, un fidèle serviteur de notre Etat. Eh bien…

— Vous pouvez vous le mettre au cul, dit lentement Montalbano.

— Je n'ai pas compris.

— Je répète : notre Etat commun, vous pouvez vous le mettre au cul. Vous et moi, nous avons des conceptions diamétralement opposées de ce que signifie être serviteur de l'Etat ; en pratique, nous servons deux Etats différents. Donc vous êtes prié de ne pas mélanger votre travail et le mien.

— Montalbano, maintenant, vous vous mettez à jouer les Don Quichotte ? Toute communauté a besoin de quelqu'un qui nettoie les chiottes. Mais cela ne signifie pas que celui qui nettoie les chiottes n'appartient pas à la communauté.

Montalbano sentait monter sa fureur, un mot de plus aurait été sûrement une erreur. Il tendit la main, rapprocha le plat de glace, commença à manger. A présent, Lohengrin Pera s'était habitué et dès l'instant où Montalbano commença à goûter la glace, il n'ouvrit plus la bouche.

— Karima a été tuée, vous me le confirmez ? demanda Montalbano après quelques cuillerées.

— Malheureusement, oui. Fahrid a craint que…

— Le pourquoi ne m'intéresse pas. Ce qui m'intéresse seulement c'est qu'elle a été tuée par délégation d'un fidèle serviteur de l'Etat comme vous. Vous, ce cas spécifique, comment vous l'appelez, neutralisation ou meurtre ?

— Montalbano, on ne peut pas, avec l'étalon de la morale commune…

— Colonel, je vous ai déjà averti : en ma présence, n'utilisez pas le terme « morale ».

— Je voulais dire que certaines fois, la raison d'Etat…

— Ça suffit, dit Montalbano qui s'était englouti la glace en quatre cuillerées furieuses. Puis, soudain, il se frappa le front : Mais quelle heure est-il ?

Le colonel regarda sa montre, petite et précieuse, on aurait dit un jouet d'enfant.

— Il est deux heures.

— Comment se fait-il que Fazio ne soit pas encore arrivé ? se demanda Montalbano à lui-même, en feignant d'être préoccupé et il ajouta : Je dois passer un coup de fil.

Il se leva, alla au téléphone qui se trouvait sur le bureau, à deux mètres de distance, parla à haute voix de manière que Lohengrin Pera entende tout.

— Allô, Fazio ? Montalbano, je suis.

Fazio avait du mal à parler, il était pâteux de sommeil.

— *Dottore,* qu'est-ce qu'il fut ?

— Mais comment, tu as oublié cette arrestation ?

— Quelle arrestation ? répondit Fazio, pris par les Turcs.

— L'arrestation de Simone Fileccia.

Simone Fileccia avait été arrêté la veille par Fazio lui-même. Et donc, Fazio comprit tout de suite.

— Qu'est-ce que je dois faire ?

— Viens chez moi, tu me prends et on va l'arrêter.

— Je prends ma voiture ?

— Non, il vaut mieux une des nôtres.

— J'arrive.

— Attends.

D'une main, le commissaire couvrit le combiné et se tourna vers le colonel.

— Pour combien de temps on en a encore ?

— Ça dépend de vous, répondit Lohengrin Pera.

— Disons que tu arrives d'ici une vingtaine de minutes, dit le commissaire à Fazio. Pas avant. Je dois finir une conversation avec un ami.

Il raccrocha, s'assit. Le colonel sourit.

— Si nous avons si peu de temps, dites-moi tout de suite quel est votre prix. Et ne vous offensez pas pour l'expression.

— Je coûte peu, très peu, dit Montalbano.

— Je vous écoute.

— Deux choses seulement. Je veux que d'ici une semaine, on retrouve le cadavre de Karima, mais de manière qu'il soit identifiable sans équivoque.

Un coup sur la tête aurait fait moins d'effet à Lohengrin Pera. Il ouvrit et referma sa petite bouche, agrippa de ses menottes les bords de la table comme s'il craignait de tomber de son siège.

— Pourquoi ? réussit-il à articuler avec une voix de cocon de ver à soie.

— Mes oignons, fut la robuste et lapidaire réponse.

Le colonel secoua sa petite tête de gauche à droite et vice-versa, on aurait dit une poupée à ressort.

— Ce n'est pas possible.

— Pourquoi ?

— Nous ne savons pas où elle a été... enterrée.

— Et qui le sait ?

— Fahrid.

— Fahrid a été neutralisé ? Vous savez que ce mot m'a plu ?

— Non, il est retourné en Tunisie.

— Alors, il n'y a pas de problème. Mettez-vous en contact avec ses petits camarades à Tunis.

— Non, fit fermement le nain. A présent, l'affaire est close. Nous n'avons aucun intérêt à la rouvrir avec la découverte d'un cadavre. Non, ce n'est pas possible. Demandez ce que vous voulez, mais cela, nous ne pouvons pas vous le concéder. A part que je ne vois pas à quoi ça sert.

— Tant pis, dit Montalbano en se levant.

Automatiquement, Lohengrin Pera se leva lui aussi. Mais il n'était pas du genre à se rendre facilement.

— Comme ça, juste par curiosité, vous voulez me faire connaître votre deuxième demande ?

— Bien sûr. Le Questeur de Vigàta a avancé la proposition de ma promotion au grade de vice-Questeur...

— Nous n'aurons aucune difficulté à la faire accepter, dit le colonel, soulagé.

— Et à la faire refuser ?

Montalbano entendit, distinctement, le bruit émis par le monde de Lohengrin Pera qui se brisait et tombait en morceaux sur lui et il vit que le colonel faisait le dos rond, comme quelqu'un qui veut se protéger d'une explosion soudaine.

— Vous êtes complètement fou, murmura l'homme des Services, sincèrement effrayé.

— C'est maintenant que vous vous en apercevez ?

— Ecoutez, vous faites ce que vous voulez, mais moi, je ne peux pas accéder à votre requête de faire retrouver le cadavre. Absolument pas.

— On regarde comment a marché l'enregistrement ? proposa Montalbano, aimable.

— Quel enregistrement ? demanda Lohengrin Pera, héberlué.

Montalbano s'approcha du rayonnage, se dressa sur la pointe des pieds, prit la caméra, la montra au colonel.

— Seigneur ! s'exclama celui-ci en se laissant tomber sur le siège, en sueur. Montalbano, dans votre propre intérêt, je vous conjure...

Mais c'était un serpent et il se conduisit en serpent. Tandis qu'il paraissait supplier le commissaire de ne pas commettre une connerie, sa main lentement s'était mise en mouvement, à présent elle était à portée du cellulaire. Conscient du fait qu'il n'y arriverait pas seul, il voulait appeler les renforts.

Montalbano le laissa approcher à un centimètre du téléphone, puis se lança. D'une main, il fit voltiger le portable hors de la table, de l'autre, il frappa violemment le colonel au visage. Lohengrin Pera vola à travers toute la pièce, son dos cogna contre le mur opposé, il glissa à terre. Le commissaire s'approcha lentement et, comme il avait vu faire dans un film avec des nazis, il écrasa du talon les petites lunettes du colonel tombées à terre.

Dix-neuf

Et, au point où il en était, il fit un prix de gros, il flanqua de grands coups de pied au cellulaire jusqu'à ce qu'il l'ait à moitié écrasé.

Le reste de l'œuvre, il l'accomplit avec le marteau de la boîte à outils. Ensuite, il s'approcha du colonel qui se trouvait toujours à terre et geignait faiblement. Dès qu'il vit le commissaire devant lui, Lohengrin Pera se protégea avec les avant-bras, comme font les minots.

— Assez, par pitié, implora-t-il.

Quel homme était-ce ? Pour une baffe et un peu de sang qui lui sortait de la lèvre éclatée, il s'était mis dans cet état ? Il l'agrippa par le col de la veste, le souleva, l'assit. D'une main tremblante, Lohengrin Pera s'essuya le sang avec le timbre brodé mais, quand il vit la tache rouge sur le tissu, il ferma les yeux et parut sur le point de s'évanouir.

— C'est que… le sang… me fait horreur, marmonna-t-il.

— Le tien ou celui des autres ? s'informa Montalbano.

Il alla à la cuisine, prit une bouteille de whisky à demi pleine et un verre, les posa devant le colonel.

— Je ne bois pas.

Montalbano, maintenant qu'il s'était soulagé les nerfs, se sentait plus calme.

Si le colonel, raisonna-t-il, avait tenté de téléphoner pour demander de l'aide, les personnes qui l'auraient secouru se trouvaient certainement dans les environs, à quelques minutes de route de la maison. Le vrai danger était là. Il entendit la sonnette à la porte d'entrée.

— *Dottore* ? Fazio, je suis.

Il entrouvrit la porte.

— Ecoute, Fazio, je dois finir ma conversation avec cette personne que je t'ai dit. Reste en voiture, quand j'en ai besoin, je t'appelle. Mais attention : il peut y avoir dans les parages des gens malintentionnés. Arrête tous ceux que tu vois s'approcher de la maison.

Il referma la porte, retourna s'asseoir devant Lohengrin Pera, qui paraissait perdu dans sa dépression.

— Essaie de me comprendre maintenant, parce que d'ici peu, tu ne réussiras plus à rien comprendre.

— Qu'est-ce que vous voulez me faire ? demanda, blêmissant, le colonel.

— Pas de sang, sois tranquille. Je te tiens, ça, j'espère que tu l'as compris. Tu as été assez couillon pour tout déballer devant une caméra. Si je fais passer à la télé cet enregistrement, ça va déclencher un putain de bordel international que tu pourras aller vendre des sandwiches à la *panella*[1]. Si au contraire, tu fais retrouver le corps de Karima et que tu bloques ma promotion — mais attention que les deux choses sont aussi importantes l'une que l'autre —, moi, je te donne ma parole d'honneur que je détruirai la cassette. Tu es obligé de te fier à moi. J'ai été clair ?

Avec sa petite tête, Lohengrin Pera fit signe que oui et en cet instant, le commissaire s'aperçut que le couteau avait disparu de la table. Le colonel avait dû s'en emparer pendant que le commissaire parlait avec Fazio.

— Dis-moi, par curiosité, demanda Montalbano, est-ce qu'il existe, à ta connaissance, des vers venimeux ?

Pera lui lança un regard interrogateur.

— Dans ton propre intérêt, pose le couteau que tu as sous ta veste.

Sans dire un mot, le colonel obéit et posa le couteau sur la table. Montalbano déboucha la bouteille de whisky, remplit le verre à ras bord, le tendit à Lohengrin Pera qui se recula avec une grimace de dégoût.

— Je vous ai déjà dit que je ne bois pas.

1. Pâte de pois chiches frite, cousine de la *socca* niçoise, de la *cade* toulonnaise, des fallafel orientaux, etc.

— Bois.

— Je ne peux pas, croyez-moi.

En lui serrant les joues avec deux doigts de la main gauche, Montalbano l'obligea à ouvrir sa petite bouche.

Fazio entendit le commissaire l'appeler au bout de trois quarts d'heure qu'il attendait en voiture et alors qu'un sommeil d'opiomane s'abattait sur lui. Il entra et aussitôt remarqua un nain bourré, qui s'était même vomi dessus. Comme il ne tenait pas debout, le nain s'appuyait tantôt à une chaise, tantôt au mur, et tentait de chanter *Celesta Aïda*. A terre, Fazio vit des lunettes et un cellulaire fracassés ; sur la table, il y avait une bouteille de whisky vide, un verre vide lui aussi, trois, quatre feuilles de papier et des documents d'identité.

— Ecoute-moi bien, Fazio, dit le commissaire Maintenant, je vais te raconter comment exactement, ça s'est passé, au cas où on te poserait des questions. Hier soir, vers minuit, en rentrant à la maison, j'ai trouvé, juste à l'entrée de mon allée, la voiture de ce monsieur, une BMW, qui bloquait la route. Il était complètement bourré. Je l'ai emmené chez moi parce qu'il n'était pas en état de conduire. Dans sa poche, il n'avait pas de papiers, rien. Après diverses tentatives de lui faire passer sa saoulerie, je t'ai appelé à l'aide.

— Très clair, dit Fazio.

— Maintenant, on va faire comme ça. Tu le prends en poids, de toute façon il pèse pas beaucoup, et tu le fourres dans sa BMW, tu te mets au volant et tu vas le déposer en cellule de garde-à-vue. Moi, je viens derrière toi avec notre voiture.

— Et comment vous faites, après, pour rentrer chez vous ?

— Il faudra que tu me raccompagnes, prends patience. Demain matin, dès que tu le vois capable de raisonner, tu le mets en liberté.

Rentré chez lui, il sortit le pistolet de la boîte à gants de sa voiture, où il le gardait toujours, et se le glissa dans la ceinture. Puis, avec le balai, il ramassa les débris de portable et de lunettes et les enveloppa dans une feuille de journal. Avec la pelle que Mimì avait offerte à François, il creusa deux trous profonds presque directement sous la véranda. Dans l'un d'eux, il mit le paquet enveloppé de journal, dans l'autre les feuilles et les papiers déchirés en petits morceaux. Il les arrosa d'essence et leur mit le feu. Quand ils furent réduits en cendres, il reboucha aussi ce trou. Le jour pointait. Il alla à la cuisine, se prépara un café fort, le but. Puis il se rasa et se mit sous la douche. Il voulait savourer l'enregistrement complètement détendu. Il glissa la petite cassette dans la grande, comme le lui avait montré Nicolò, alluma télévision et magnétoscope. Au bout de quelques secondes, comme rien n'apparaissait, il se leva de son fauteuil, contrôla les appareils, certain de s'être trompé de prise. Pour ces trucs, il était complètement nul, les ordinateurs aussi le terrorisaient. Rien encore. Il retira la grande cassette, l'ouvrit, regarda. La petite qui se trouvait à l'intérieur s'était mise de travers, il la poussa à fond. Remit le tout dans le magnétoscope. Sur l'écran, pas la moindre putain d'image. C'était quoi, Seigneur Dieu, qui ne fonctionnait pas ? Tandis qu'il se posait la question, il se figea, un doute lui vint. Il courut au téléphone.

— Allô ?

La voix à l'autre bout du fil articulait chaque lettre avec une énorme fatigue.

— Nicolò ? Montalbano, je suis.

— Et qui d'autre ça pouvait être, bordel de merde ?

— Je dois te demander quelque chose.

— Mais tu sais quelle heure il est, merde ?

— Excuse-moi, excuse-moi. Tu te souviens de la caméra que tu m'as prêtée ?

— Eh bè ?

— Pour enregistrer, quelle touche je devais pousser ? Celle du dessus ou celle de dessous ?

— Celle de dessus, espèce de con.

Il s'était trompé de touche.

Il se déshabilla de nouveau, passa son maillot de bain, entra courageusement dans l'eau glacée, commença à nager. Quand, fatigué, il se mit à faire la planche, il réfléchit qu'au fond, ce n'était pas si grave qu'il n'ait rien enregistré, l'important était que le colonel l'ait cru et continue à le croire. Il revint à la rive, rentra chez lui, se jeta sur le lit trempé comme il l'était, s'endormit.

Il se réveilla à neuf heures passées et eut la nette impression qu'il n'arriverait pas à retourner au bureau et à reprendre le travail de tous les jours. Il décida d'avertir Mimì.

— Allô, allô ! Qui c'est qu'est là à l'appareil ?

— Catarè, Montalbano, je suis.

— Vosseigneurie est là en personne ?

— Je suis moi, exactement. Passe-moi le *dottor* Augello.

— Allô, Salvo. Où es-tu ?

— Chez moi. Ecoute, Mimì, je n'y arrive pas, à venir au bureau.

— Tu te sens mal ?

— Non. Sauf que je ne me sens pas, ni aujourd'hui ni demain, de venir. J'ai besoin de quatre ou cinq jours de repos. Tu y arrives à me couvrir ?

— Bien sûr.

— Merci.

— Attends, ne raccroche pas.

— Qu'est-ce qu'il y a ?

— Je suis inquiet, Salvo. Depuis deux jours, tu es

bizarre. Qu'est-ce qui t'arrive ? Ne me laisse pas sur des charbons ardents.

— Mimì, j'ai seulement besoin d'un peu de repos. Voilà tout.

— Où tu vas ?

— Je ne sais pas, pour l'instant. Je te téléphonerai plus tard.

En fait, où aller, il le savait très bien. A Marinella, il se prépara sa valise en cinq minutes, il mit plus de temps à se choisir les livres qu'il emportait. Il laissa un billet en caractères d'imprimerie à Adelina, la bonne, pour l'avertir qu'il rentrerait d'ici une semaine. Quand il arriva à la trattoria de Mazàra, ils l'accueillirent comme le fils prodigue.

— L'autre jour, j'ai cru comprendre que vous louez des chambres.

— Oui, au-dessus, on en a cinq. Mais on est hors saison ; de louée, on n'en a qu'une.

Ils lui firent voir la chambre, ample, lumineuse, à l'à-pic de la mer.

Il s'étendit sur le lit, vide de pensées, mais sentant sa poitrine se gonfler d'une heureuse mélancolie. Il était en train de larguer les amarres pour partir vers « the country sleep » quand il entendit frapper à la porte.

— Entrez, c'est ouvert.

Sur le seuil apparut le cuisinier. C'était un gaillard d'un remarquable tonnage, noir des yeux et de peau.

— Qu'est-ce que vous faites ? Vous descendez pas ? J'ai su que vous étiez arrivé et j'ai préparé une chose que…

Ce que le cuisinier lui avait préparé, il ne réussit pas à l'entendre parce qu'une musique suave et très douce, une musique du paradis, avait commencé à lui résonner aux oreilles.

Cela faisait une heure qu'il suivait du regard une barque à rames qui approchait lentement de la rive. A bord, il y avait un homme qui ramait à coups vigoureux et bien rythmés. La barque avait été repérée aussi par le propriétaire de la trattoria, car Montalbano l'entendit crier :

— Luicì, le chevalier est en train de rentrer !

Le commissaire vit Luicino, le fils de seize ans du patron, entrer dans l'eau pour pousser la barque jusque sur le sable, de manière que l'occupant ne se mouille pas les chaussures. Le chevalier, dont Montalbano ignorait le nom, était habillé à quatre épingles, cravate comprise. Sur la tête, un panama blanc avec, comme il se doit, un ruban noir.

— Chevalier, vous avez pris quelque chose ? lui cria le traiteur.

— Mon cul, que je pris !

C'était un homme proche de la soixantaine, sec, nerveux. Plus tard, Montalbano l'entendit qui marchait dans la chambre voisine.

— J'ai préparé par là, dit le patron dès qu'il vit Montalbano apparaître pour le dîner et il le conduisit dans une petite pièce qui ne contenait que deux tables.

Le commissaire lui en fut reconnaissant, la grande salle résonnait des cris et des rires d'une compagnie nombreuse.

— J'ai mis la table pour deux, poursuivit le traiteur. Vous n'avez rien contre si le chevalier Pintacuda mange avec vous ?

Quelque chose contre, il l'avait : il avait toujours peur de devoir parler quand il mangeait. Peu après, le maigre sexagénaire se présenta en s'inclinant à demi.

— Liborio Pintacuda et je ne suis pas chevalier. Je dois vous avertir de quelque chose, poursuivit-il à peine assis, au risque de vous paraître grossier. Moi, quand je parle, je ne mange pas. En conséquence, si je mange, je ne parle pas.

— Bienvenue au club, dit Montalbano en poussant un soupir de soulagement.

Les pâtes au crabe avaient la grâce d'un danseur étoile de l'opéra mais le loup farci en sauce au safran le laissa souffle coupé, quasiment effrayé.

— Vous pensez qu'il pourra répéter un miracle pareil ? demanda-t-il à Pintacuda en montrant le plat désormais vide.

Ils venaient juste de finir et pouvaient donc récupérer l'usage de la parole.

— Il se répétera, soyez tranquille, comme le

miracle du sang de saint Janvier, répondit Pintacuda. Cela fait des années que je viens ici et jamais, je dis bien jamais, je n'ai été déçu par la cuisine de Tanino.

— Dans un grand restaurant, un cuisinier comme Tanino, on le paierait à prix d'or, commenta le commissaire.

— Eh oui. L'année dernière, un Français est passé par ici, propriétaire d'un grand restaurant parisien ; il s'est presque mis à genoux devant Tanino pour le ramener à Paris. Il n'y a pas eu moyen. Tanino dit que lui est d'ici et que c'est ici qu'il doit mourir.

— Quelqu'un lui a certainement appris à cuisiner comme ça, ça ne peut être un don naturel.

— Ecoutez, il y a dix ans encore, Tanino était un petit délinquant, des vols minables, de la revente de drogue. Il entrait et sortait de prison. Puis, une nuit, lui apparut la Madone.

— Vous plaisantez ?

— Je m'en garde bien. Il raconte que la Madone lui prit la main entre les siennes, le regarda dans les yeux et lui communiqua que de ce jour, il allait devenir un grand cuisinier.

— Allez !

— Vous, cette histoire de la Madone, vous ne la connaissiez pas, et pourtant devant le loup farci, vous avez utilisé un mot précis : miracle. Mais je vois que vous ne croyez pas au surnaturel et donc, je change de discours. Qu'est-ce que vous faites, par ici, commissaire ?

Montalbano sursauta. Ici, il n'avait dit à personne quel travail il faisait.

— J'ai vu à la télévision votre conférence de presse pour l'arrestation de la femme qui a tué son mari, expliqua Pintacuda.

— Rendez-moi un service, ne dites à personne qui je suis.

— Mais ici, tout le monde le sait qui vous êtes, commissaire. Mais comme ils ont compris que ça vous fait plaisir de ne pas être reconnu, ils font semblant de rien.

— Et vous, qu'est-ce que vous faites de beau ?

— Je faisais le professeur de philosophie, si enseigner la philosophie peut se considérer comme beau.

— Ça ne l'est pas ?

— En rien. Les jeunes s'ennuient, ils n'ont plus la tête à apprendre ce que pensaient Hegel et Kant. Il faudrait substituer à l'enseignement de la philosophie une matière appelée « mode d'emploi ». Alors, peut-être que cela aurait un sens.

— L'emploi de quoi ?

— De la vie, mon cher. Vous savez ce qu'a écrit Benedetto Croce dans ses *Mémoires* ? Il dit que de ses expériences, il a appris à considérer la vie comme une chose sérieuse, un problème à résoudre. Ça paraît évident, n'est-ce pas ? Mais ça ne l'est pas. Il faudrait expliquer philosophiquement aux jeunes la signification du fait d'aller se planter avec leur automobile dans une autre, le samedi soir. Et leur dire, philosophiquement, que cela pourrait être évité. Mais nous aurons le temps d'en discourir, on m'a dit que vous allez séjourner ici quelques jours.

— Oui. Vous vivez seul ?

— Durant les quinze jours que je passe ici, tout à fait seul. Mais à Trapani, j'habite une grande maison avec ma femme, quatre filles toutes mariées et huit petits-enfants qui, quand ils ne sont pas à l'école, sont avec moi toute la journée. Au moins une fois tous les trois mois, je m'enfuis de là-bas, je ne laisse ni adresse ni téléphone. Je me purge, je prends les eaux de la solitude, cet endroit est pour moi comme une clinique dans laquelle je me désintoxique d'un excès de sentiments. Vous jouez aux échecs ?

Dans l'après-midi du lendemain, alors que, recroquevillé sur son lit, il se relisait pour la vingtième fois *Le Conseil d'Egypte* de Sciascia, il lui vint à l'esprit qu'il avait complètement oublié d'avertir Valente de l'espèce de pacte qu'il avait passé avec le colonel. Ce qui pouvait devenir dangereux pour son collègue de Mazàra, au cas où il aurait continué ses enquêtes. Il descendit à l'étage d'en dessous, où il y avait le téléphone.

— Valente ? Montalbano, je suis.

— Salvo, bon Dieu, où es-tu passé ? Je t'ai demandé au bureau et on m'a répondu qu'on n'avait pas de nouvelles de toi.

— Pourquoi tu me cherchais ? Il y a du neuf ?

— Oui. Ce matin, le Questeur m'a appelé pour me communiquer que, de manière inattendue, ma demande de transfert a été acceptée. Ils m'envoient à Sestri.

Giulia, la femme de Valente, était de Sestri, et là vivaient ses parents. Jusqu'à ce jour, chaque fois que le vice-Questeur avait demandé à être déplacé en Ligurie, on lui avait répondu négativement.

— Je ne te l'avais pas dit que de cette histoire, tu profiterais ? lui rappela Montalbano.

— Tu penses que... ?

— Bien sûr. Ils se débarrassent de toi, sans que tu aies de motif pour protester. Au contraire. A partir de quand prend effet ce transfert ?

— Effet immédiat.

— Tu vois ? Je viendrai te dire au revoir, avant que tu partes.

Lohengrin Pera et ses petits copains de sa petite paroisse s'étaient vivement mis en route. Mais il fallait vérifier si c'était un bon ou un mauvais signe. Et il voulut faire la preuve par neuf. S'ils montraient tant de hâte à clore la partie, ils s'étaient sûrement dépêchés de lui envoyer aussi un signal à lui. La bureaucratie italienne, d'ordinaire très lente, devenait d'une rapidité foudroyante quand il s'agissait de baiser un citoyen ; sur la base de cette vérité archiconnue, il téléphona à son Questeur.

— Montalbano ! Mon Dieu ! Où êtes-vous passé ?

— Je m'excuse de ne pas vous avoir averti, mais je me suis pris quelques jours de repos…

— Je comprends. Vous êtes allé voir…

— Non. Vous m'avez cherché ? Vous avez besoin de moi ?

— Oui, je vous ai cherché, mais je n'ai pas besoin de vous. Reposez-vous. Vous vous souvenez que j'ai dû vous proposer pour un avancement ?

— Mais bien sûr.

— Eh bien, ce matin, le commandeur Ragusa m'a appelé du ministère. C'est un bon ami à moi. Il m'a communiqué que contre votre promotion… je veux dire, il semble qu'aient surgi des obstacles inattendus d'une nature que j'ignore. Ragusa n'a pas voulu ou pu m'en dire plus. Il m'a fait aussi comprendre que toute insistance serait inutile et peut-être nuisible. Moi, croyez-moi, je suis effaré et blessé.

— Pas moi.

— Je le sais bien ! Et même, vous êtes content, non ?

— Doublement content, monsieur le Questeur.

— Doublement ?

— Après, je vous expliquerai de vive voix.

Il se tranquillisa. On filait dans la bonne direction.

Le lendemain matin, Liborio Pintacuda, une tasse de café fumant à la main, le réveilla qu'il faisait encore nuit.

— Je vous attends dans la barque.

Il l'avait invité à son inutile journée de pêche et le commissaire avait accepté. Il enfila un jeans et une chemise à manches : en barque, avec un monsieur vêtu à quatre épingles, il se serait senti gêné aux entournures dans un maillot de bain.

Pêcher, pour le professeur, s'avéra une activité semblable à manger : il n'ouvrait la bouche que pour lancer des imprécations, de temps à autre, contre les poissons qui ne mordaient pas.

Vers neuf heures du matin, comme le soleil était déjà haut, Montalbano n'y tint plus.

— Je suis en train de perdre mon père, dit-il.

— Condoléances, répondit le professeur sans lever les yeux de la ligne.

Au commissaire, ce mot parut inopportun, hors de propos.

— Il n'est pas encore mort, il est en train de mourir, précisa-t-il.

— Ça ne fait pas de différence. Votre père, pour vous, est mort dans l'instant précis où vous avez su qu'il allait mourir. Le reste est, comment dire, une formalité corporelle. Rien de plus. Il habite avec vous ?

— Non, dans une autre ville.

— Seul ?

— Oui. Et je ne réussis pas à trouver le courage d'aller le voir, comme ça, pendant qu'il s'en va. Je n'y arrive pas. La seule idée me fait peur. Je n'aurai jamais la force de mettre les pieds à l'hôpital où il a été admis

Le vieux ne dit rien, il se limita à remettre un appât, les poissons s'étaient mangé le précédent avec reconnaissance. Puis il se décida à parler.

— Vous savez, il m'est arrivé de suivre une de vos enquêtes, celle qui fut appelée « du chien de faïence ». En cette occasion, vous avez abandonné les investigations sur un trafic d'armes pour vous lancer à corps perdu derrière un crime survenu cinquante ans plus tôt, et dont la solution n'aurait pas d'effets pratiques. Vous savez pourquoi vous l'avez fait ?

— Par curiosité ? hasarda Montalbano.

— Non, très cher. Ce fut de votre part une manière très fine et intelligente de continuer à faire votre métier peu plaisant mais en échappant à la réalité de tous les jours. Evidemment, cette réalité quotidienne, à un certain moment vous pèse trop. Et vous vous en échappez. Comme je fais moi, quand je me réfugie ici. Mais dès que je rentre chez moi, je perds tout de suite la moitié du bénéfice du séjour. Que votre père meure est un fait réel, mais vous vous refusez à l'avaliser en le constatant en personne. Vous faites comme les enfants qui, en fermant les yeux, pensent annuler le monde.

A ce point, le professeur Liborio Pintacuda regarda droit dans les yeux le commissaire.

— Quand est-ce que vous allez vous décider à grandir, Montalbano ?

Vingt

En descendant l'escalier pour aller dîner, il décida que le lendemain matin, il rentrerait à Vigàta, il était parti cinq jours. Luicino avait mis le couvert dans l'habituelle petite pièce, Pintacuda était déjà assis à sa place et l'attendait.

— Demain, je m'en vais, annonça Montalbano.

— Moi non, j'ai besoin d'une semaine encore de désintoxication.

Luicino apporta tout de suite le premier plat et donc leurs bouches ne servirent plus qu'à manger. Lorsque arriva le deuxième plat, ils eurent une surprise.

— Des boulettes !! s'exclama, indigné, le professeur. Les boulettes, c'est bon pour les chiens !

Le commissaire ne se laissa pas démonter, l'odeur qui montait du plat vers ses narines était riche et dense.

— Tanino est malade ? s'inquiéta Pintacuda.

— Oh que non, monsieur, il est en cuisine, répondit Luicino.

Alors seulement, le professeur, du tranchant de la

fourchette, coupa en deux une boulette et s'en porta une moitié à la bouche. Montalbano n'avait pas encore exécuté le geste. Pintacuda mastiqua lentement, ferma à demi les yeux, émit une espèce de gémissement.

— Si on se la mange à l'article de la mort, on est même content d'aller en enfer, dit-il doucement.

Le commissaire se mit en bouche une demi-boulette et, de la langue et du palais, entama une analyse scientifique que Jacomuzzi pouvait toujours essayer de se taper. Donc poisson, et sans aucun doute, oignon, piment, œuf battu, sel, poivre, chapelure. Mais à l'appel manquaient encore deux saveurs à chercher sous le goût du beurre qui avait servi à la friture. A la deuxième bouchée, il identifia ce qu'il n'avait pas découvert tout de suite : cumin et coriandre.

— Des koftas ! s'exclama-t-il stupéfait.

— Qu'est-ce que vous avez dit ? demanda Pintacuda.

— Nous sommes en train de manger un plat indien réussi à la perfection.

— Je m'en fous d'où il vient, dit le professeur. Je sais seulement que c'est un rêve. Et je vous prie de ne plus m'adresser la parole jusqu'à la fin du dîner.

Pintacuda fit débarrasser la table et proposa la désormais habituelle partie d'échecs qu'habituellement, Montalbano perdait.

— Excusez-moi, mais je voudrais avant saluer Tanino

— Je vous accompagne.

Le cuisinier était en train de sévèrement remonter les bretelles à son marmiton qui n'avait pas bien nettoyé les poêles.

— Et comme ça, le lendemain, elles ont l'odeur de la veille et on comprend plus ce qu'on mange, expliqua-t-il aux visiteurs.

— Ecoutez, demanda Montalbano, c'est vrai que vous n'êtes jamais sorti de Sicile ?

Par inadvertance, il avait dû prendre le ton du flic, car Tanino parut revenir à son époque délinquante.

— Mais je vous le jure, commissaire ! J'ai des témoins !

Donc, il ne pouvait avoir appris ce plat dans un restaurant de cuisine étrangère.

— Vous avez déjà fréquenté des Indiens ?

— Ceux du cinéma ? Les Peaux-Rouges ?

— Laissons tomber, dit Montalbano, et il salua le cuisinier miraculé en l'embrassant.

Durant les cinq jours où il avait été absent, lui rapporta Fazio, il ne s'était rien passé d'important. Carmelo Arnone, celui du tabac près de la gare, avait tiré quatre coups de feu contre Angelo Cannizzaro, celui qui avait la mercerie, pour une histoire de femme. Mimì Augello, qui se trouvait là par hasard, avait courageusement affronté le tireur et l'avait désarmé.

— Donc, commenta Montalbano, Cannizzaro s'en est sûrement tiré avec un peu de peur.

C'était un fait connu de tous et de chacun que Carmelo Arnone, avec les calibres, il ne savait pas se débrouiller, il n'était même pas capable de toucher une vache à dix centimètres de distance.

— Eh non.

— Il l'a touché ? demanda Montalbano, abasourdi.

En réalité, continua d'expliquer Fazio, cette fois aussi, il n'y était pas arrivé. Mais le projectile, ayant frappé la boule d'un réverbère, était revenu en arrière et s'était arrêté entre les omoplates de Cannizzaro. Une blessure sans gravité, le projectile avait perdu sa force. Mais tout de suite, au pays, s'était répandue la rumeur que Carmelo Arnone avait lâchement tiré dans le dos d'Angelo Cannizzaro. Le frère de ce dernier, Pasqualino, celui qui vend des fèves et porte des lunettes de deux doigts d'épaisseur, s'était armé et, ayant rencontré Carmelo Arnone, lui avait tiré dessus, se trompant deux fois, de personne et de cible. En fait, abusé par une certaine ressemblance entre eux, il avait pris pour Carmelo Arnone son frère Filippo, qui a une boutique de fruits et légumes. Quant à l'erreur sur la cible, le premier coup s'était perdu qui sait où, le second avait blessé au petit doigt de la main gauche un commerçant de Canicattì venu à Vigàta pour ses affaires. A ce point, le pistolet s'était enrayé, autrement Pasqualino Arnone, en tirant au hasard, aurait refait le massacre des innocents. Ah, et puis, il y avait eu deux cambriolages, quatre vols à l'arraché, trois incendies d'automobile. La routine habituelle.

On frappa et Tortorello entra en poussant la porte du pied, vu qu'il tenait sur ses avant-bras plus de trois kilos de papiers.

— On profite que vous êtes là ?

— Tortorè, tu parles comme si j'étais resté absent cent ans !

Il ne signait jamais sans avoir d'abord lu attentivement de quoi il s'agissait et donc, il arriva à l'heure du déjeuner qu'il n'avait pas encore dévoré plus d'un kilo de papiers. Il éprouvait une certaine stimulation à l'estomac, mais décida de ne pas aller à la trattoria San Calogero, il ne voulait pas si rapidement profaner la mémoire du cuisinier Tanino, directement inspiré par la Madone. Il fallait que la trahison fût au moins justifiée par l'abstinence.

Il finit de signer à huit heures du soir, qu'il avait mal non seulement aux doigts mais aussi au bras.

Quand il arriva chez lui, il avait un fort *pittito*, une grosse faim ; au fond de l'estomac, il avait un trou. Comment devait-il se comporter ? Ouvrir le four et le frigo pour voir ce que lui avait préparé Adelina ? Il réfléchit que passer d'un restaurant à l'autre pouvait certes, techniquement, être considéré comme une trahison, mais que passer de Tanino à Adelina ne l'était certainement pas, même on pouvait le voir comme un retour à la famille après une parenthèse adultère. Le four était vide, au frigo, il y avait une dizaine d'olives, trois sardines, un peu de thon de Lampedusa dans un bocal de verre. Le pain, enveloppé de papier, était sur la table de la cuisine, à côté d'un mot de la bonne.

Après que vosseigneurie ne me ffit pas savvoir quand elle retournnait, jé préparé et préparé et puis je suis obligé à jeter au poubelle les baunes choses. Je prépare pus rien.

Elle refusait de continuer à gaspiller, certes, mais surtout, elle avait dû se vexer qu'il ne lui ait pas dit où il allait. (« Et ça va bin que je suis une bonne, mais, vosseigneurie, des fois, vous me traitez comme une bonne ! »)

Il mangea à contre-cœur deux olives avec le pain qu'il voulut accompagner du vin de son père, et alluma la télévision sur Retelibera, c'était l'heure du journal.

Nicolo Zitò finissait de commenter l'arrestation, pour détournement de fonds publics et concussion, d'un adjoint au maire de Fela. Puis il passa aux faits divers. Aux environs de Sommatino, entre Caltanissetta et Enna, on avait retrouvé le corps, en état de décomposition avancée, d'une femme.

Montalbano, d'un coup, se redressa sur son fauteuil.

La femme avait été étranglée, mise dans un sac et puis jetée dans un puits à sec, plutôt profond. A côté d'elle avait été trouvée une mallette qui avait permis l'identification certaine de la victime : Karima Moussa, trente-quatre ans, née à Tunis, mais depuis quelques années installée à Vigàta.

Sur le petit écran apparut la photo de Karima avec François, celle que le commissaire avait donnée à Nicolò.

Les téléspectateurs se souvenaient-ils que Retelibera avait donné la nouvelle de la disparition de la femme ? De l'enfant, son fils, en revanche, aucune trace. Selon le commissaire Diliberto, qui menait l'enquête, celui qui avait perpétré le meurtre, ce pouvait être le souteneur inconnu de la Tunisienne. En tout cas, il demeurait, toujours selon le commissaire, de nombreux points obscurs à éclaircir.

Montalbano hennit, éteignit le téléviseur, sourit. Lohengrin Pera avait tenu parole. Il se leva, s'étira, se rassit et, d'un coup, s'endormit sur le fauteuil. D'un sommeil animal, peut-être sans rêves, comme un sac de pommes de terre.

Le lendemain matin, au bureau, il téléphona au Questeur pour s'auto-inviter à dîner. Puis il appela le commissaire de Sommatino.

— Diliberto ? Montalbano, je suis. Je téléphone de Vigàta.

— Salut, collègue. Dis-moi.

— Je t'appelle pour cette femme que vous avez trouvée dans un puits.

— Karima Moussa.

— Oui. Vous l'avez identifiée avec certitude ?

— Sans l'ombre d'un doute. Dans la mallette, entre autres, il y avait une carte de distributeur automatique délivrée par la Banque Agricole de Montelusa.

— Excuse-moi de t'interrompre. Mais, tu vois, n'importe qui peut mettre...

— Laisse-moi finir. Il y a trois ans, cette femme a eu un accident et on lui avait fait douze points au bras gauche, à l'hôpital de Montelusa. Ça correspond. La suture est visible malgré l'état de putréfaction avancée du cadavre.

— Ecoute, Diliberto, je viens juste de rentrer à Vigàta ce matin, après quelques jours de vacances. Je suis à court de nouvelles, j'ai appris la découverte par la télévision locale. Ils rapportaient que tu avais aussi quelques perplexités.

— Ça ne concerne pas l'identification. Je suis certain que cette femme a été tuée ailleurs et enterrée dans un endroit différent de celui où nous l'avons retrouvée, à la suite d'un appel anonyme. Donc, moi, je me demande : pourquoi ont-ils déterré et déplacé le cadavre ? Quelle nécessité avaient-ils de faire ça ?

— D'où te vient cette certitude ?

— Ecoute, la mallette de Karima s'était souillée de matière organique durant le premier séjour à côté du cadavre. Alors, pour porter la mallette jusqu'au puits où elle a été retrouvée, ils l'ont enveloppée dans du papier journal.

— Et alors ?

— Le journal a la date d'il y a trois jours. La femme, elle, a été tuée au moins une dizaine de jours avant cette date. Le médecin légiste en mettrait sa main au feu. Donc, je dois chercher de comprendre la raison de ce déplacement. Et il ne me vient aucune idée, j'arrive pas à comprendre.

Montalbano, l'idée, il l'avait, mais il ne pouvait la communiquer à son collègue. Mais enfin, ils n'étaient jamais foutus de bien faire les choses, ces cons des Services ! Comme cette fois où, ayant besoin de faire croire qu'un jour précis, un avion libyen était tombé près de Sila, ils avaient préparé une mise en scène d'explosions et de flammes. Puis, à l'autopsie, il était apparu que le pilote de l'avion était mort quinze jours avant l'impact. Le cadavre volant.

Après le dîner, sobre mais plein de classe, Montalbano et son supérieur se retirèrent dans le bureau de ce dernier. La femme du Questeur resta de son côté, à regarder la télévision.

Le récit de Montalbano fut long, circonstancié au point de ne pas omettre l'écrasement volontaire des petites lunettes de Lohengrin Pera. A un certain moment, le rapport se changea en confession. Mais l'absolution de la part du supérieur tarda à venir. Il était vraiment mécontent d'avoir été exclu du jeu.

— Montalbano, je vous en veux. Vous m'avez refusé la possibilité de m'amuser un peu avant de partir à la retraite.

Livia, ma chérie, cette lettre t'étonnera pour au moins deux raisons. La première est dans la lettre elle-même, dans le fait de l'avoir écrite et envoyée. Des lettres non écrites, en revanche, je t'en ai tant envoyées, presque une par jour. Je me suis rendu compte que durant toutes ces années, je ne t'ai expédié, de temps en temps, que de rares cartes postales avec des saluts « bureaucratiques de commissaire », comme tu les définis.

La deuxième raison, pour laquelle, outre t'étonner, je vais, je pense, te faire plaisir, tient à son contenu.

Depuis que tu es partie, il y a exactement cinquante-cinq jours (comme tu vois, j'en tiens le compte), beaucoup de choses sont arrivées, dont quelques-unes nous concernent. Mais dire « sont arrivées » est erroné, il serait plus juste de dire que je les ai fait arriver.

Toi, une fois, tu m'as reproché une certaine tendance que j'aurais à me substituer à Dieu, en changeant, par de petites ou de grandes omissions et aussi avec des falsifications plus ou moins coupables, le cours des événements (pour les autres). C'est peut-être vrai, et même ça l'est certainement, mais tu ne crois pas que cela entre aussi *dans les attributions du métier que je fais ?*

En tout cas, je te dis tout de suite que je te parlerai

d'une autre, comment dire, transgression à moi, mais opérée pour changer une séquence d'événements en notre faveur, et donc non plus pour ou contre les autres. D'abord, je veux te parler de François.

Ce nom, nous ne l'avons plus prononcé, ni toi ni moi, depuis la dernière nuit que tu as passée à Marinella, quand tu m'as reproché de ne pas avoir compris que cet enfant pouvait devenir le fils que nous n'avions jamais eu. En plus, tu étais blessée par la manière dont je t'avais fait enlever l'enfant. Mais écoute : j'avais peur, et à raison. Il était devenu un témoin dangereux, je craignais qu'ils ne le fassent disparaître (« neutraliser », ils disent, par euphémisme).

L'absence de ce nom a pesé sur nos coups de fil, les rendant évasifs et un petit peu sans amour. Aujourd'hui je désire éclaircir le fait que, si je ne t'ai jamais parlé de François avant, te donnant peut-être l'impression de l'avoir oublié, c'était pour ne pas alimenter de dangereuses illusions, mais si maintenant je t'écris, cela veut dire que cette crainte a disparu.

Tu te souviens de ce matin à Marinella, où François s'est échappé pour aller à la recherche de sa mère ? Bien, pendant que je le ramenais à la maison, il m'a dit qu'il ne voulait pas finir dans un orphelinat. Moi, je lui ai répondu que cela n'arriverait jamais. Je lui ai donné ma parole d'honneur et je lui ai serré la main. J'avais pris un engagement, je devais le tenir à tout prix.

Durant ces cinquante-cinq jours, Mimì Augello a téléphoné, sur ma demande, trois fois par semaine, à sa sœur pour savoir comment allait l'enfant. J'ai toujours eu des réponses rassurantes.

Avant-hier, toujours accompagné par Mimì, je suis allé le voir (à propos, tu devrais écrire une lettre à Mimì pour le remercier de sa généreuse amitié). J'ai eu la possibilité d'observer François pendant quelques minutes, pendant qu'il jouait avec le neveu d'Augello qui a le même âge : il était joyeux, sans souci. Dès qu'il m'a vu, il m'a reconnu immédiatement, son expression a changé, il est devenu triste. La mémoire des enfants est intermittente comme celle des vieux : sûrement, il a dû repenser à sa mère. Il m'a embrassé très fort et puis, en me regardant avec des yeux brillants sans larmes, je ne crois pas que ce soit un enfant qui pleure facilement, il ne m'a pas adressé la question que je craignais, à savoir si j'avais des nouvelles de Karima. Mais il m'a dit, à voix basse :

— Emmène-moi chez Livia.

Pas chez sa mère, chez toi. Il a dû se convaincre que sa mère, il ne la reverrait plus. Et cela, malheureusement, correspond à la réalité.

Tu sais que, depuis le premier moment, j'ai, par triste expérience, nourri la conviction que Karima avait été assassinée. Pour faire ce que j'avais en tête, j'ai dû accomplir une action risquée qui obligeait les complices de l'assassin à sortir à découvert. Le mouvement successif a été de les contraindre à faire retrouver le corps de la femme en rendant son identification certaine. Ça m'a réussi. Et ainsi, j'ai pu agir « officiellement » à l'égard de François, désormais reconnu orphelin de mère. Le Questeur m'a beaucoup aidé, il a mis en mouvement toutes ses connaissances. Si le corps de Karima n'avait pas été retrouvé, mes démarches auraient été entravées par d'infinis obstacles bureaucratiques qui auraient renvoyé d'année en année la solution de notre problème.

Je me rends compte que je suis en train de t'écrire une lettre trop longue et donc, je change de registre.

1) François, aux yeux de la loi, la nôtre et la loi tunisienne, se trouve dans une situation paradoxale. Il est de fait un orphelin qui n'existe pas, puisque sa naissance n'a été enregistrée ni en Sicile ni en Tunisie.

2) Le juge de Montelusa qui s'occupe de ces choses a en quelque manière régularisé la position de François, uniquement pour le temps nécessaire à débrouiller les procédures, en le confiant provisoirement à la sœur de Mimì.

3) Le même juge m'a informé que oui, théoriquement, il serait possible en Italie qu'une femme non mariée adopte un enfant, mais, a-t-il ajouté, en réalité, ce ne sont que des bavardages. Et il m'a cité le cas d'une actrice qui a subi des années de jugements, d'avis, de dispositifs, tous en contradiction les uns avec les autres.

4) Le mieux à faire, pour raccourcir les délais, selon le juge, ce serait que nous nous mariions.

5) Donc, prépare les papiers.

Je te serre dans mes bras et je t'embrasse.

Salvo.

P.S. : Un notaire de Vigàta de mes amis administrera un fonds d'un demi-milliard pour le compte de François, qui en aura l'usufruit à sa majorité. Je trouve juste que « notre » fils naisse officiellement au moment même où il met le pied chez nous, mais je trouve plus que juste qu'il soit aidé, dans la vie, par celle qui fut sa vraie mère et à laquelle appartient l'argent.

VOTRE PERE A L'ARTICLE DE LA MORT SI VOUS VOULEZ ENCORE LE VOIR VIVANT NE PERDEZ PAS DE TEMPS. PRESTIFILIPPO ARCANGELO.

Ces mots, il les attendait, mais quand il les lut, la douleur revint, sourde, comme quand il l'avait appris, aggravée par l'angoisse de ce qu'il était son devoir de faire, se pencher sur le lit, baiser le front de son père, sentir son haleine sèche de mourant, le fixer dans les yeux, lui dire quelques paroles de réconfort. En aurait-il la force ? Trempé de sueur, il pensa que c'était l'épreuve inévitable, s'il était vraiment nécessaire qu'il grandisse, comme le lui avait dit le professeur Pintacuda.

« J'apprendrai à François à ne pas avoir peur de ma mort », pensa-t-il. Et de cette pensée qui l'étonna du seul fait d'avoir pu la penser, il tira une sérénité provisoire.

Juste à la porte de Valmontana, après quatre heures de voiture, il y avait un panneau qui indiquait la route à suivre pour la clinique Porticelli.

Il gara la voiture dans le parc de stationnement

bien rangé, entra. Il sentait son cœur battre juste sous la pomme d'Adam.

— Je m'appelle Montalbano. Je voudrais voir mon père qui est hospitalisé ici.

Celui qui était installé derrière le comptoir le fixa un instant, puis lui indiqua un petit salon.

— Installez-vous. J'appelle le professeur Brancato.

Il se laissa tomber dans un fauteuil, prit une des revues qui traînaient sur une table basse, pour la reposer aussitôt, ses mains transpiraient tellement qu'elles avaient trempé la couverture.

Le professeur entra, quinquagénaire à l'air très sérieux en chemise blanche. Il lui tendit la main.

— Monsieur Montalbano ? Je suis navré, vraiment, de devoir vous dire que votre père est mort sereinement voilà deux heures.

— Merci, dit Montalbano.

Le professeur le regarda, un peu étonné. Mais ce n'était pas lui que le commissaire remerciait.

Note de l'auteur

Un critique, en rendant compte de mon *Chien de faïence*, a écrit que Vigàta, la ville géographiquement inexistante dans laquelle sont situés tous mes romans, est « le centre le plus inventé de la Sicile la plus typique ».

Je cite ces mots pour soutenir la nécessité de devoir déclarer que les noms, les lieux, les situations du présent livre sont *inventés* de toutes pièces La plaque d'immatriculation l'est aussi.

Si l'imagination a pu coïncider avec la réalité, la faute doit en être attribuée, selon moi, à la réalité.

Le roman est dédié à Flem : ce genre d'histoire lui plaisait.

Achevé d'imprimer en mai 2000
sur presse Cameron
par ***Bussière Camedan Imprimeries***
à Saint-Amand-Montrond (Cher)

FLEUVE NOIR
12, avenue d'Italie
75627 Paris Cedex 13
Tél. : 01-44-16-05-00

N° d'impression : 002254/1.
Dépôt légal : juin 2000.

Imprimé en France